Sarah Short
Talk to you. Flüstern im Sommerwind

Sarah Short wurde 1985 in Heidelberg geboren. Zum Studieren zog sie zwanzig Jahre später nach Freiburg im Breisgau, wo sie noch heute mit ihrem Mann, ihren beiden Söhnen und zwei Kaninchen lebt. Neben dem Schreiben und ihrer Arbeit als Lehrerin verbringt sie gerne Zeit mit ihren vielen Büchern oder in der Natur; mal mit, mal ohne Pferd. In ihren Geschichten entführt sie in fantastische Welten direkt vor der Haustür oder zeigt unter anderem Heidelberg von seiner romantischen Seite.

Sarah Short

Talk to you.
Flüstern im Sommerwind

Roman

PIPER

Mehr über unsere Autoren und Bücher:
www.piper.de

Wenn Ihnen dieser Roman gefallen hat, schreiben Sie uns unter Nennung des Titels »Talk to you. Flüstern im Sommerwind« an empfehlungen@piper.de, und wir empfehlen Ihnen gerne vergleichbare Bücher.

Dieses Buch enthält mögliche triggernde Inhalte. Eine Aufzählung und weitere Informationen finden Sie am Ende des Buches.

Wir behalten uns eine Nutzung des Werks für Text und Data Mining im Sinne von § 44b UrhG vor.

ISBN 978-3-492-50783-7
© Piper Verlag GmbH, München 2024
Redaktion: Cornelia Franke
Satz auf Grundlage eines CSS-Layouts
von digital publishing competence (München)
mit abavo vlow (Buchloe)
Covergestaltung: Alexa Kim »A&K Buchcover«
Covermotiv: Bilder unter Lizenzierung von
depositphotos.com (iulia_shev) genutzt
Printed in the EU

Playlist

Rihanna – Only girl
Franki Valli & The Four Seasons – Can't take my eyes off you
Nathalia Avelon & Ville Valo – Summer Wine
Fleurie – Hurricane
Rihanna – Love on the brain
Ruelle – Until we go down
G-Eazy & Halsey – Him and I
Blues Brothers Band – Gimme some lovin'
Texas – Summer son
Taj Mahal – She caught the Katy
Blues Brothers Band – Everybody's need somebody to love
Elton John – Tiny dancer
INXS – Beautiful girl
Sam & Dave – Hold on I'm comin'
Jain – Makeba

1

Henry

Drei Jahre. Seit drei Jahren hatte ich keinen deutschen Boden mehr betreten. Umso aufgeregter war ich, als ich am Frankfurter Flughafen aus der Boeing stieg, die mich über den Atlantik gebracht hatte.

Die Mittagssonne brannte unbarmherzig auf die übernächtigten Passagiere. Gut, vielleicht waren andere weniger übernächtigt als ich. Auf dem Weg zum Shuttlebus kramte ich meine Sonnenbrille aus dem Handgepäck, nach der eisgekühlten Flugzeugkabine war die Umstellung auf siebenundzwanzig Grad Lufttemperatur ziemlich heftig. Ich zog mir den Kapuzenpullover über den Kopf und hängte ihn mir über den Arm.

Ich ertappte mich dabei, wie ich den deutschen Durchsagen in der Wartehalle nachlauschte. Bis auf gelegentliche Anrufe von meinem Kumpel Martin, der in Heidelberg auf Lehramt studierte, hatte ich seit Langem kein deutsches Wort gehört oder gesprochen.

Dass Martin mich für den Sommer nach meinem erfolgreichen Bachelorabschluss am Benjamin Franklin Institute of Technology in Boston zu sich und seiner Frau nach Heidelberg eingeladen hatte, fand ich super. Nicht nur, weil ich meinen Freund seit unserem Abitur nicht mehr persönlich getroffen hatte, sondern auch, weil ich damit erst einmal meinen Eltern aus dem Weg gehen konnte. Sie lagen mir seit Wochen mit Praktika und Vorschlägen für den Master in den Ohren.

Erstens wusste ich noch nicht, ob ich einen Master machen wollte und zweitens hatte ich keine Lust auf ein Praktikum in irgendeiner amerikanischen Firma, die mit meinem Vater geschäftlich involviert war.

Unser Familienunternehmen war ein großer Autozulieferer, das eng mit amerikanischen und englischen Automobilmarken zusammenarbeitete. Eigentlich die Eingangstür für mich. Ein Platz im Vorstand war für mich reserviert, seit ich auf die Welt gekommen war. Zur Freude meines Vaters hatte ich einen entsprechenden Technik-Studiengang abgeschlossen.

Aber nach Jahren des Lernens und Ackerns stand mir der Sinn danach, wenigstens einen Sommer lang an mich zu denken. Und das würde ich bei Martin wesentlich leichter schaffen als zuhause am Starnberger See, wo meine Mutter gelangweilt in unserer Fünfzig-Zimmer-Villa saß und sich nur mit meinen Karriereplänen beschäftigen konnte.

Nein, danke.

Martin erwartete mich laut seiner letzten Nachricht, die ich im Gehen checkte, am anderen Ende des Flughafens. Auf dem Weg zur Gepäckausgabe nahm ich meine Sonnenbrille ab und steckte sie wie ein Opa in die Brusttasche meines T-Shirts.

Ich schob mir auch den anderen Träger meines Rucksacks über die Schulter und klemmte mir den schweren Koffer unter den Arm. Eigentlich sollte er sich bequem ziehen lassen, doch während des Transports war eine der Rollen abgebrochen. Ich wollte gar nicht wissen, wie tief mein Koffer gefallen war und welcher Blödmann ihn in den Händen gehabt hatte. Ich würde mir einfach einen neuen kaufen und fertig.

Martin und ich hatten vor meiner Abreise kurz geskypt und ich ging davon aus, dass ich bei ihm, seiner Frau und ihrer kleinen Schwester unterkommen würde. Ein Hotel hatte ich mir nicht gebucht, obwohl sich das sicher nachholen ließe.

Endlich sah ich meinen Freund. Martin stand mit den Händen in den Hosentaschen neben einer sich lautstark unterhaltenden Gruppe. Auch in der Schule hatte er meist am Rand gestanden.

Martin hatte sich kaum verändert. Allerdings hatte er sich von seiner Nerdbrille verabschiedet und sich einen kurzen Vollbart wachsen lassen, genauso dunkelblond wie seine kurzen, chaotischen Haare. Sein freudiges Grinsen, als er mich erkannte, ließ mich automatisch zurückgrinsen.

Wir umarmten uns fest und klopften uns gegenseitig auf die Schultern.

»Schön, dich zu sehen, Mann«, begrüßte er mich.

»Dito!«, erwiderte ich und trat einen Schritt zurück. Martin strahlte regelrecht. Von dem schüchternen, vergeistigten Typen, der sich so oft selbst im Weg stand, schien nichts übrig geblieben zu sein.

»Komm, das Parkhaus kostet mich ein Vermögen«, forderte er mich auf und packte den Griff meines Koffers.

»Seit wann interessiert dich das?«, fragte ich stirnrunzelnd, setzte mich aber in Bewegung.

»Erzähl ich dir auf der Fahrt, okay? Ist 'ne längere Geschichte.«

»Aber deine Frau hat nicht zufälligerweise was damit zu tun?«

»Nein. Du wirst sie mögen.«

»Bestimmt. Wenn sie dich freiwillig heiratet, kann sie nicht so verkehrt sein.«

Es tat gut, Deutsch zu sprechen. Vor allem aber war es schön, mit einem alten Freund zu reden. Irgendwie hatte er mir gefehlt.

»Und du? Kein amerikanisches Supermodel, das dich begleitet?« Er lächelte mich wissend an. Er hatte damals meist meine abgelegten ›Freundinnen‹ getröstet. Die eine oder andere hatte sich entsprechend revanchiert. Dass er eine echte Beziehung zu einem Mädchen eingegangen war, hatte ich nie erlebt. Bis jetzt.

Und ja, es gab hübsche Amerikanerinnen, aber mit keiner war es mir ernst genug, dass ich sie in mein Heimatland mitgenommen hätte. Und anders als auf dem Internat hatte ich auf meinem technisch ausgerichteten College einen eklatanten Pimmelüberschuss zu beklagen gehabt. Ein Glück, dass es in Boston noch mehr Universitäten gab. Auch wenn ich des ewigen Datens tatsächlich müde war. Aber diese Alter-Mann-Gedanken würde ich vor Martin nicht ausbreiten.

»Du kennst mich doch«, entgegnete ich ausweichend. Was bei Martin noch nie funktioniert hatte. Der Blick aus seinen blauen Augen huschte zu mir und nagelte mich fest.

»Lass den Röntgenblick, Superman«, zog ich ihn auf. Seine Leidenschaft für Comichelden war legendär. »Auf einer Technikerschule gibt es nicht so viele Weiber, aber ein paar waren dabei. Oder ich hab welche von außerhalb getroffen.«

»Und hattest du auch eine Freundin?«

»Keine richtige, falls du das meinst. Mit manchen gab es mehr als ein Date.« Und mehr als eine Nacht. Sein amüsiertes Grinsen erstarb.

»Vielleicht ist Jackys Idee doch nicht so brillant, wie ich dachte. Wehe, du ziehst dein übliches Muster mit ihrer Freundin ab!«

»Und wenn sie sich darüber freuen würde?«

»Pass auf, wir haben nur eine Zweieinhalbzimmerwohnung, Jacky, Michelle und ich. Jacky wollte nicht, dass du ins Hotel musst. Ich hab es aufgegeben, ihr klarzumachen, dass jemandem wie dir zwölf Wochen Hotel nicht wehtun. Auf jeden Fall hat sie sich in den Kopf gesetzt, dass du bei uns um die Ecke in das freie WG-Zimmer ihrer Freundin ziehen kannst. Ihr Mitbewohner ist so lange bei seinem Freund. Aber du musst das nicht machen!«

Ich blinzelte. »Du quartierst mich bei einer Freundin ein und erwartest von mir, dass ich so tue, als wäre sie Nonne?«

»So ungefähr. Sie heißt Eve und ist sehr nett. Und auch ziemlich heiß, aber du bist ja nicht so festgelegt.«

Dafür boxte ich ihn leicht gegen den Oberarm.

»Selbst wenn sie aussieht wie Adriana Lima, kann ich mich schon benehmen.«

»Du willst wirklich nicht ins Hotel?«

»Ich wäre gern bei euch in der Nähe und ein WG-Zimmer klingt gut. Jetzt entspann dich, ich grabe sie nicht an, okay?«

Skeptisch zog Martin die Augenbrauen hoch. Konnte ich ihm nicht verdenken. Er kannte mich zu gut.

»Wenn Eve sich an dich ranschmeißt, sag ich nichts, versprochen. Das wird aber nicht passieren. Obwohl du immer noch ein Weibermagnet bist.« Mit einem süffisanten Lächeln betrachtete er meine lässig gestylten, dunklen Haare, mein glatt rasiertes Gesicht und meine Designerjeans. Ich legte es nicht darauf an, reich auszusehen, aber wer genau hinschaute, wusste es. Da half es auch nicht, auf teure Markensonnenbrillen oder Koffersets zu verzichten.

»Lass vor allem diesen Glutaugenblick stecken«, ermahnte er mich. »Auf deine schwarzen Augen war ich schon immer neidisch.«

Ich lachte leise. »Wo doch die meisten Mädels blaue Augen lieben. So wie deine.«

Doch darauf ging Martin nicht ein. Er mochte es wohl immer noch nicht, Komplimente für sein Aussehen zu bekommen.

Obwohl er ein unauffälliger Jeans-und-T-Shirt-Typ war, der sich nichts aus Styling machte, konnte man nicht über seine durchtrainierte Figur oder sein ebenmäßiges Gesicht hinwegsehen. Immerhin wirkte er deutlich selbstbewusster als zu Schulzeiten und versuchte nicht mehr, sich in überlangen Shirts und Schlabberhosen zu verstecken.

Ein ungutes Gefühl beschlich mich bereits, als wir nicht

die nagelneue Mercedes S-Klasse im Parkhaus ansteuerten, sondern den beinahe schrottreifen Mazda daneben.

»Ist das deiner?«, fragte ich, obwohl Martin schon den Schlüssel ins Türschloss gesteckt hatte.

»Steig einfach ein und stell eine Weile keine Fragen mehr«, wies er mich zurecht und ließ sich auf den Fahrersitz plumpsen. Die verdammte Tür schloss erst nach mehreren Versuchen.

Im Auto erfuhr ich dann die schonungslose Wahrheit.

Etwa zwanzig Minuten später wusste ich nicht, ob ich sauer sein sollte, weil Martin die letzten Jahre keinen Ton darüber gesagt hatte, dass sein Vater hoch verschuldet lieber mit einer Französin durchgebrannt war, als dafür gerade zu stehen, und seine Familie zu einem Leben an der Armutsgrenze verurteilt hatte.

Dass Martin nur dank BAföG studieren konnte und in einer winzigen Hochhauswohnung lebte, schockte mich dann nicht mehr. Wenigstens gehörte die rasselnde und klappernde Karre nicht ihm, sondern dem Mitbewohner, dessen Zimmer ich beziehen sollte.

Während wir die Autobahn nach Heidelberg runterzockelten, fragte ich mich, ob ein Hotel nicht doch die bessere Alternative wäre.

2

Eve

Um Punkt halb eins warf ich den Kugelschreiber in mein Mäppchen, raffte meine Sachen zusammen und gab meine Klausur vorne beim Dozenten ab.

Mit Romanistik wurde ich nicht warm und ich sollte wirklich über einen Fachwechsel nachdenken. Doch die Klausur war nicht das Einzige, was mir Kopfzerbrechen bereitete. Auch für die dreißigseitige Hausarbeit, die ich über die Semesterferien zu schreiben hatte, fehlte mir die zündende Idee. Und so wie es aussah, durfte ich auch für eine Wiederholungsklausur lernen, weil ich mit hoher Wahrscheinlichkeit gerade durchgefallen war. Ganz zu schweigen von dem Latein-Schein, den ich noch nachholen musste. Der Italienischkurs, den ich wegen der Kenntnisse einer weiteren romanischen Sprache an der Heidelberger Volkshochschule besuchte, machte wenigstens Sommerpause.

Trotzdem super Ferien.

Nach diesem Desaster hatte ich keine Lust, gleich heimzufahren und setzte mich mit meiner Tasche in den wunderschönen Garten neben der Jesuitenkirche in die Sonne. Das herrliche Sommerwetter verhöhnte mich geradezu. Regenwolken und trübes Nebelgrau hätten besser zu meiner Stimmung gepasst.

Genervt strich ich mir die Haare zurück. Das war so typisch für mich. Kaum fiel ich auf die Nase, stellte ich alles infrage: Meine Fähigkeiten genauso wie den ganzen Studiengang. Aber wie sollte aus mir eine gute Lehrerin werden, wenn ich nicht mal eine solche Semesterklausur bestand und mir lauter Grundkenntnisse fehlten, die viele Gymnasiasten ganz selbstverständlich mitbrachten?

Heute war wieder einer dieser Tage, an denen ich glaubte, an der Uni nichts verloren zu haben. Mein zweites Semester neigte sich dem Ende zu, aber ich war hier noch nicht angekommen.

Um mich von meinem Gedankenkarussell abzulenken, holte ich mein Handy aus der Tasche. Geradeso widerstand ich dem Drang, meine Französischnotizen in den nächsten Mülleimer zu stopfen, als mein Blick auf den Ordner fiel.

Die *Viel Glück*-Nachricht von meiner Mutter klickte ich an, ohne sie zu lesen. Ihre guten Wünsche hatten nicht geholfen.

Mein Magen zog sich zusammen, als ich daran dachte, wie sie und mein Vater auf meinen Misserfolg reagieren würden. Am besten verschwieg ich ihnen meine Zweifel. Vielleicht hatte ich ja knapp bestanden. Warum schlafende Hunde wecken?

Die zweite Nachricht stammte von Jacky. Der Uhrzeit nach hatte sie sie in der großen Pause geschrieben.

Hey Eve, noch mal viel Glück bei deiner Prüfung! :-) Falls ich zu spät schreibe, verspreche ich dir, dass du spätestens heute Abend nicht mehr daran denken wirst.

Diese Nachricht brachte mich zumindest zum Schmunzeln. Natürlich würde ich heute Abend nicht mehr an diese bescheidene Klausur denken, denn ich hatte einen Auftritt mit meiner Hip-Hop-Tanzgruppe, bei dem wir unsere neue Choreografie für die deutsche Meisterschaft vor größerem Publikum vorführen würden. Ich lächelte zum ersten Mal seit heute Morgen. Denn das Tanzen war definitiv das Beste in meinem Leben. Egal, wie sehr meine Eltern mich damit nervten, ich würde es niemals aufgeben.

Immer noch lächelnd las ich Jackys Nachricht weiter, doch schnell breitete sich ein panikartiges Gefühl in mir aus.

Martins Freund aus den USA kommt heute. Kann er in Ahmeds Zimmer schlafen? Bei uns ist nicht wirklich Platz für längeren Besuch. Schreib mir schnell zurück! LG, Jacky

Oh, oh. Meine Finger schwebten über der Tastatur, um entschieden abzulehnen. Ich hatte keine Zeit. Ich musste lernen und meine Hausarbeit schreiben. Wenn ich die auch noch versaute, wären meine Eltern wahnsinnig enttäuscht. Sie finanzierten mich, sodass ich nicht nebenher arbeiten gehen musste und mich auf das Studium konzentrieren konnte. Doch mit derart schlechten Leistungen würden sie mich zurück nach Hause beordern. Und das wollte ich auf keinen Fall. Ich wollte nicht wieder in mein Kinderzimmer zurück, aus dem ich gerade erst entflohen war. No way.

Aber Jacky war meine beste Freundin. Und Martin war für mich auch wie ein Freund. Sie hatten meine Eltern bequatscht, damit ich mit Ahmed zusammenziehen durfte, nachdem sie festgestellt hatten, wie nett und zuverlässig er war. Und außerdem schwul. Meine leicht xenophobe Mutter hatte mich bereits im Kopftuch mit einer Schar dunkelhaariger Kinder herumlaufen sehen. Dabei war Ahmed der einzige Mann, bei dem ich mich wohlfühlte.

Aber wenn ein Heterotyp von Martins Kaliber bei mir einziehen sollte, ängstigte mich das. Ich wollte nicht mit einem Fremden allein sein.

Jacky schien meine Gedanken gelesen und obendrein Mittagspause zu haben, denn gerade trudelte die nächste Nachricht von ihr ein und ließ mein Handy aufleuchten.

Du musst nicht gleich zusagen. Wir kommen alle heute Abend zu deinem Auftritt, danach könnt ihr euch kennenlernen. Wenn du nicht willst, finden wir eine andere Lösung.

Jacky war ausnahmsweise bemüht, es allen recht zu machen und vor allem Martin nicht erklären zu müssen, dass sein Freund wochenlang auf dem Sofa schlafen sollte. Ich verzog das Gesicht. Irgendwie wäre es gemein von mir, Jacky und Martin acht Wochen oder länger davon abzuhalten, miteinander intim zu werden, weil ihr Hausgast im gleichen Zimmer schlief.

Seufzend schrieb ich meiner Freundin zurück.

Freu mich, wenn ihr alle kommt. Danach könnten wir ja in den Schlossgarten hochgehen. Ich entscheide mich heute Abend, keine Angst. LG

Das verschaffte mir ein wenig Bedenkzeit. Und das gefiel mir, denn tatsächlich verdrängte der mögliche Untermieter die verhauene Prüfung zuverlässig aus meinem Kopf.

Ich stieg in den nächsten Bus und fuhr nach Hause auf den Emmertsgrund. Ahmeds und meine Wohngemeinschaft befand sich in einem der Hochhäuser am Jellinekplatz, wo wir eine Dreizimmerwohnung im fünften Stock mieteten. Wir hatten sowohl Aussicht auf den dichten grünen Wald als auch auf die weitläufige Rheinebene. Trotz der lauten Nachbarn ein absoluter Pluspunkt.

Weil die Wohnungsbaugesellschaft lieber Paare und Familien in ihren Apartments haben wollte, hatten Ahmed und ich uns kurzerhand als Pärchen ausgegeben. Jacky zog uns gerne damit auf, aber das störte mich nicht. Ahmed war im letzten Jahr zu meinem besten Freund geworden.

Im Bus checkte ich noch einmal mein Handy. Meine Mutter erkundigte sich in einer weiteren Nachricht, wie ich mich bei meiner Klausur geschlagen hatte. Sie nannte mich im Gegensatz zu allen anderen immer bei meinem Taufnamen, Eveline, doch für mich hörte sich das an, als würde sie nach einer alten Dame rufen. Eveline durften mich die Leute nennen, wenn ich über sechzig war.

Zuhause ertappte ich mich dabei, wie ich den durch die Prüfungsvorbereitung schwer vernachlässigten Haushalt auf Vordermann brachte. Ahmed hatte heute früh für mich eingekauft, denn der Kühlschrank war gefüllt und ein Zettel klebte an der Tür, wie viel Geld mein Mitbewohner aus der Haushaltskasse genommen hatte. Noch bevor ich mit dem Ausräumen der Spülmaschine anfing, schrieb ich ihm eine kurze Nachricht und bedankte mich bei ihm.

Zwei Stunden später war die Küche sauber, der Müll stand bereit zum Runtertragen im Hausflur und die zweite Maschine mit meiner Kleidung lief, während die erste Ladung auf der Loggia in der Sonne trocknete.

Bei den sommerlichen Temperaturen würde ich sie in wenigen Stunden in den Schrank räumen können.

Als nächstes machte ich mich daran, mein Zimmer aufzuräumen und bei Ahmed durchzulüften. Bei ihm war sogar das Bett gemacht. Streber.

Nach kurzem Zögern zog ich sein Bett ab und ließ die wenigen getragenen Klamotten im Wäschekorb verschwinden. Ob hier nun ein Übernachtungsgast wohnte oder nicht, Ahmed würde sich freuen, dass ich diese unliebsame Aufgabe erledigt hatte.

Ich brachte es nicht fertig, mich für fünf Minuten auf meinen Hintern zu setzen. Kribbelig, vor allem wegen des Auftritts, holte ich den Staubsauger aus der Abstellkammer und nahm mir Zimmer für Zimmer vor.

Schwitzend saugte ich die ganze Wohnung. Erst als ich akribisch die Badewanne schrubbte, gestand ich mir ein, dass ich weniger wegen des Tanzauftritts aufgeregt war, sondern weil ich es kaum erwarten konnte, zu erfahren, wen Jacky und Martin mir heute Abend vorstellen würden.

Wie sollte ich ihm Obdach verweigern, wenn dieser

Freund aus Amerika total nett war? Und vielleicht war er ja gut in Latein. Oder Französisch.

Bei diesem zweideutigen Gedanken kroch noch mehr Hitze meinen Hals hinauf.

Mist.

3

Henry

Der Kulturschock setzte nicht während Martins Bericht ein, sondern als wir zwischen den Schatten der Hochhäuser am Straßenrand parkten und mein Blick auf die überquellenden Tonnen einer Müllsammelstelle fiel.

Martin bemerkte es und stupste mich an, damit ich mich umdrehte. Und da sah ich den dunkelgrünen Wald vor mir, oberhalb der Straße und eines Tennisplatzes. Gut. Nicht überall war es furchtbar.

»Meine Mutter hat ungefähr so geguckt wie du«, meinte Martin grinsend. »Nein, eigentlich hat sie noch deprimierter ausgesehen. Du weißt schließlich, dass du nur auf Zeit hier wohnst. Sie dachte damals, sie wäre in der Hölle gelandet.«

»Warum lebt sie dann noch immer hier? Ist es wegen der steigenden Mieten? Ich habe gehört, in Heidelberg ist es ziemlich schlimm.«

Martin schüttelte den Kopf. »Es gefällt ihr hier mittlerweile.«

»Und was ist mit dir?«

Martins seliges Lächeln hätte ich an anderen Tagen als widerlich eingestuft, aber es freute mich, dass er nicht als kompletter Verlierer aus seiner Geschichte herausgekommen war. Ich war mehr als gespannt auf die Frau, die Martin diese Reaktion entlockte.

Im lang gezogenen und überraschend grünen Innenhof schaute ich mich aufmerksam um. Hochhaussiedlungen kannte ich nur vom Vorbeifahren. Wobei das hier nicht mit manchen Teilen Bostons zu vergleichen war. Entweder standen die hohen Bauten im teuren Financial District oder in der Back Bay, beides Orte, an die ich nie gemusst hatte. Außerdem ließen sich diese Gebiete schwer mit trostlosen Plattenbauten vergleichen. Diese hier schon eher, doch der Wald dahinter und das viele Grün und die herumspringenden Kinder straften diesen Eindruck Lügen. Gerade die schlechter gestellten Viertel der amerikanischen Stadt waren nicht so naturnah, von sauberer Luft und einer gewissen Beschaulichkeit geprägt.

Wenn ich so darüber nachdachte, hatte Martin sich in der Villengegend in Baden-Baden nie so heimisch gefühlt wie hier. Nicht mal die Warnung vor dem oft kaputten Fahrstuhl und dem versifften Treppenhaus, verriet irgendwelche Scham. Ich war beeindruckt.

Tatsächlich funktionierte der Aufzug nicht und wir schleppten meinen Koffer zwischen uns wie einen Umzugskarton hinauf in den vierten Stock. Das Treppenhaus roch nicht besonders, aber ich hatte mir Ratten und Müllberge ausgemalt, die ich glücklicherweise nicht vorfand. Oben gingen wir einen mit grüngrauem Linoleum bedeckten Flur entlang, bis wir vor einer weißen Tür stehenblieben, die genauso aussah wie die anderen auf der Etage.

Drinnen erwartete mich eine kleine, aber gemütlich aussehende Wohnung.

Außer uns war noch niemand da. Jacky hatte Nachmittagsunterricht, laut Martin begann für sie im September das Abiturjahr, und auch ihre kleine Schwester besuchte die Ganztagsschule.

Martin machte eine schnelle Wohnungsführung, zum Start wuschen wir uns jedoch zuerst die Hände im Bad. Penibel wie immer, mein Freund. Allerdings verstand ich nun, warum es eine gute Idee war, in die WG zu Jackys Freundin zu ziehen. Niemand nächtigte freiwillig im Schlaf- und Wohnzimmer eines jungen Ehepaares. Im größten Raum der

Wohnung stand neben dem Fenster ganz hinten ein Doppelbett, das durch ein hohes Bücherregal als Raumtrenner kaum eingesehen werden konnte. An das Bücherregal anschließend befand sich ein Schreibtisch mit einem Computer und einem unordentlichen Bücherstapel darauf und gegenüber des Fensters ein Zweiersofa, ein Sessel und ein Fernseher auf einer niedrigen Kommode. So weit so unspektakulär.

Das Esszimmer und die halb offene Küche schienen eher das Zentrum dieser Wohnung zu sein.

Martin bestätigte meine Vermutung, während er zwei Gläser aus dem Küchenschrank holte und mit Sprudelwasser aus einer Glasflasche füllte.

»Hier am Tisch hocken immer alle. Wundert mich jedes Mal, wie Michelle bei dem Lärm schlafen kann.«

Martin holte Brot und Aufstrich ins Esszimmer und brachte Teller und Messer. Ich hätte mich am liebsten auf dem Sofa ausgestreckt und eine Runde geschlafen, aber Essen war auch gut. Wir setzten uns an den Tisch und unterhielten uns weiter über unser jetziges Leben, aber auch über die Schule und unsere früheren Mitschüler. Ich spürte kaum, wie die Zeit verstrich, bis sich ein Schlüssel im Schloss der Wohnungstür drehte.

Eine rothaarige, junge Frau kam herein, ließ ihren offensichtlich schweren Rucksack auf die Bank neben der Garderobe fallen und huschte ins Bad, wo ich Wasser laufen hörte. Martin und ich verstummten und schauten beide gleichermaßen in Richtung Badezimmer.

Als Jacky näherkam, lächelte sie mich verhalten an, doch ihre Augen funkelten, als sie meinen Kumpel erblickte.

Scheiße, die zwei waren vielleicht verknallt.

Noch bevor ich ihr die Hand reichen und mich vorstellen konnte, hatte Martin sie an sich gerissen und umarmte sie, als käme sie von einer sechswöchigen Expedition zurück. Belustigt schüttelte ich den Kopf.

Mit geröteten Wangen drehte sich Jacky endlich zu mir und hielt mir ihre Hand hin.

»Hi, ich bin Jacky«, stellte sie sich vor. Ihr Lächeln wirkte nun offener.

»Hi! Henry.« Der Griff ihrer Hand war fest.

Martin hatte in seiner Verliebtheit nicht übertrieben: Jacky war eine wunderschöne Frau. Nicht mein Typ mit ihren wilden roten Haaren, aber ansonsten ein echter Hingucker. Endlos lange Beine, tolle Figur und faszinierende grüne Augen. Ihre vollen Lippen kräuselten sich, als sie meine Musterung bemerkte.

»Du bist sicher, dass du mich bei deiner Freundin unterbringen willst?«

»Wenn du sie nicht auch mit den Augen ausziehst, klar«, konterte sie. Martin lachte. Ich runzelte die Stirn.

»Deine Frau hat Haare auf den Zähnen, Martin«, informierte ich ihn und er lachte noch mehr.

»Sei einfach ein anständiger Kerl und dir passiert nichts«, sagte Jacky, ließ mich stehen und ging in die Küche.

»Ist die immer so?«, fragte ich meinen Freund flüsternd.

»Nicht immer. Sie will nur, dass du weißt, mit wem du es zu tun hast. Eve ist eine sehr enge Freundin von ihr und etwas ... speziell.«

Mein fragendes Gesicht brachte Martin leider nicht dazu, mir eine weitere Erklärung zu liefern, und so ließ ich es dabei bewenden.

Nach dem eher kühlen Start stellte Jacky mir ein paar Fragen zu meinem Studium und Amerika und erzählte mir ein bisschen was über Eve. Besonders speziell kam sie in den Erzählungen allerdings nicht rüber.

»Stört es euch, wenn ich mich noch eine Stunde oder so auf euer Sofa lege?«, fragte ich, nachdem ich auf dem unbequemen Holzstuhl immer müder wurde. »Ich weiß nicht mal mehr, wie viel Uhr es eigentlich ist.« Jetlag war ätzend.

»Viel Spaß. Mach aber die Tür zu, Michelle kommt gleich nach Hause. Wir wecken dich zum Abendessen.«

Das klang nach einem guten Plan.

Eine helle Kinderstimme weckte mich. Durch die geöffnete Tür drangen Essensgerüche herein. Schnitzel und Bratkartoffeln, würde ich tippen.

Ich öffnete widerwillig meine Augen, weil die Kinderstimme nicht aufhörte »Grün, grün, grün sind alle meine Kleider, grün, grün, grün ist alles, was ich hab« zu singen.

Ein niedliches Mädchen mit einem geflochtenen Zopf, ebenso rot wie der seiner älteren Schwester, schaute neugierig auf mich herunter.

»Jetzt bist du wach«, konstatierte es und begann von Neuem zu singen: »Schwarz, schwarz, schwarz, sind alle meine Kleider ...«

»Wer bist du denn?«, unterbrach ich die kleine Sängerin. Selbstverständlich wusste ich, wer sie war, aber die hohen Töne vertrugen sich nicht mit meinem unausgeschlafenen Körper.

»Ich heiße Michelle. Jacky ist meine Schwestermama und Martin ist mein Bruderpapa.« Was war ein Bruderpapa?

Ich rieb mir die Augen und gähnte.

»Du sollst dir die Hand vor den Mund halten, wenn du gähnst!«, wies mich Michelle zurecht.

»Entschuldigung«, sagte ich und setzte mich auf. »Was ist ein Bruderpapa, Michelle?«

Sie schaute mich an, als wäre ich schwer von Begriff. Nun, war ich auch.

»Martin ist mein großer Bruder und manchmal auch mein Papa. Er passt auf mich auf, wenn Jacky zum Elternabend geht.«

Aha. Immerhin hatte Martin sie nicht gleich adoptiert. Da fiel mir ein, dass er noch zu jung dafür war. Dennoch erstaunte es mich, dass er sich nicht nur eine Frau, sondern auch ein fremdes Kind ans Bein gebunden hatte. Sein Engagement in allen Ehren, aber ich hätte an seiner Stelle das Weite gesucht. Ganz egal, wie hammermäßig Jacky aussah. Vermutlich war sie eine Granate im Bett. Nicht, dass ich das jemals erwähnen würde. Man sollte sich nicht unbeliebter machen, als man schon war.

Was auch immer Jacky von mir dachte, woran Martin sicherlich nicht ganz unschuldig war, ich rang noch mit mir, ob ich ihr das Gegenteil beweisen oder drauf scheißen und einfach meine Ferien genießen sollte.

»Was gibt es denn zum Essen?«, erkundigte ich mich bei meinem Gast, der sich neben mich auf die Sofakante gesetzt hatte.

»Schniposa.«

»Schnitzel, Pommes und Salat?«

Sie nickte. »Aber den Salat mag ich nicht. Jacky schneidet mir dafür Gurke und Paprika. Man soll nämlich jeden Tag Gemüse essen, weißt du?« Ihre blauen Kulleraugen waren zum Niederknien. Wenn das kleine Fräulein nach seiner Schwester kam, durften Martin und Jacky sich warm anziehen. Ich grinste in mich hinein, als ich versuchte, mir Martin als strengen Ersatzvater vorzustellen, der potenzielle Dates verscheuchte.

»Schade, dass du nicht hierbleibst. Du bist hübsch.« Kinder machten mich regelmäßig sprachlos. Was zum Henker sollte ich darauf antworten?

»Danke für das Kompliment. Du bist auch hübsch.«

»Danke«, sagte sie artig. Wie alt war sie noch mal? Sieben? *Viel Spaß, Martin.*

Ich holte mir ein frisches T-Shirt aus dem Koffer, schwarz und eng anliegend, dann winkte ich Michelle zu und verdrückte mich ins Bad, um vor dem Essen eine schnelle Dusche zu nehmen.

Wie gehofft vertrieb das Wasser neben Schweiß und Flugzeugmief auch die letzten Reste Müdigkeit. Schließlich hatte ich noch einen Umzug vor.

Beim Essen erläuterten Martin und Jacky mir das Abendprogramm. Wir würden mit Eves Ersatzschlüssel, den sie mir für die Zeit meines Aufenthalts anvertraute, mein Gepäck in die Wohngemeinschaft bringen und anschließend mit der Schrottkarre von heute Mittag zu einer Vorführung von Eves Tanztruppe fahren. Michelle durfte mitkommen, weil es bereits um halb acht losging. Bei meinem Schlafdefizit würde ich heute vermutlich vor der Kleinen einnicken.

Die Sporthalle war gut besucht. Aus einer überdimensionierten Anlage dröhnte ein Hip-Hop- und Dancefloormix, während unzählige Leute auf aufgereihten Stühlen saßen oder herumstanden und noch mehr Krach veranstalteten als die Musik. Es war heiß und roch nach Gummi und vielen Menschen. Nicht mein bevorzugter Duft.

Als wir drei Plätze in der ersten Reihe einnahmen, die für uns reserviert gewesen waren, veränderte sich die Beleuchtung in der Halle, was das Signal zum Start der Veranstaltung war. Mehrere Gruppen tanzten heute vor, um ihre Choreografien vor den anstehenden Meisterschaften einem größeren Publikum vorzustellen.

Tanzen interessierte mich eigentlich nicht, von dilettantischem Gehopse in Clubs mal abgesehen. Den Standardtanzkurs, den jeder in der Schule absolviert hatte, empfand ich noch heute als Verrat an meiner Männlichkeit.

Und jetzt saß ich hier in einer überfüllten Turnhalle, anstatt gemütlich im Bett zu liegen und zu schlafen. Neben mir saß Martin mit Michelle auf dem Schoß.

»Soll ich mir einen anderen Platz suchen?«, bot ich an.

»Ach was«, gab Martin zurück. »Das geht schon. Sie kann auch zu Jacky wechseln. Im Übrigen wird sie sofort aufspringen und mitmachen, sobald die Aufführung losgeht.«

»Tanzt Jacky auch?«

Sie stand etwas abseits bei ein paar Tänzern und unterhielt sich angeregt mit ihnen.

»Früher, aber dann hatte sie keine Zeit mehr. Sie geht allerdings zu jedem von Eves Auftritten.«

»Ich kann mir nichts darunter vorstellen. Ist das wie in Musikvideos von Beyoncé?«

»So ähnlich. Die Tänzer haben aber mehr Klamotten an.« Er lächelte. Michelle wand sich von seinem Schoß und hüpfte zu ihrer Schwester.

Die ersten drei Gruppen bestanden aus Mädchen von höchstens vierzehn bis sechzehn Jahren. Danach betrat eine gemischte Truppe die Tanzfläche. Ein Song von Rihanna wurde angespielt. Zumindest hörte es sich an wie Rihanna. Die Lyrics hallten in meinem Kopf wider, aber ich ignorierte die Worte. Denn mein Herz pochte auf einmal wild im Takt der Musik. Vielleicht spürte ich auch nur die ohrenbetäubenden Bässe. Oder ich bebte innerlich wegen dieses Wahnsinnsmädchens, das ganz vorne tanzte, als wäre das hier keine x-beliebige Turnhalle, sondern bereits der Wettbewerb, bei dem es antreten wollte.

Ich war vollkommen fasziniert.

Wie alle weiblichen Mitglieder der Truppe trug die Tänzerin schwarze Shorts und ein lässiges, trikotähnliches T-Shirt in derselben Farbe, dazu schwarze Sneakers. Eves dunkelbraune Haare waren zu einer langen Mähne frisiert, die bei jeder Bewegung mitschwang. »Ist das Eve?«, fragte ich zur Sicherheit meinen Sitznachbarn. Martin nickte lächelnd.

Dann sagte ich nichts mehr. Es ging nicht. Ich speicherte diesen Anblick sorgfältig in meinem Gehirn ab, weil ich ihn immer wieder hervorholen wollte.

Zeitgleich erkannte ich auch den Song. Rihanna sang aus voller Kehle »Only girl« aus den Lautsprechern und ich ertappte mich dabei, wie ich daran dachte, dass Eve noch heißer war als der Superstar aus Barbados. Sie hatte lange Beine wie Jacky, doch sie waren etwas kräftiger. Es gefiel mir. Da hatte man mehr zum Anfassen.

Gut, dass niemand meine ungezogenen Gedanken hörte. Dennoch wandte ich nicht den Blick von Eve ab. Dafür hätte man mich schon aus der Halle schleifen müssen.

An dieser Frau war alles dran. Selbst durch das locker fallende Shirt erkannte ich, dass ihre Brüste mehr als eine Handvoll waren, doch mit ihrer Rückseite konnten sie garantiert nicht mithalten. Dieser runde, knackige Hintern und diese kreisenden Hüften würden mich bis in meine Träume verfolgen. Der Hammer.

Ihr hoch konzentriertes, leicht gerötetes Gesicht war absolut ebenmäßig. Eve war eine Schönheit.

Es lag jedoch nicht allein an ihrem Aussehen, dass sie mich so in ihren Bann zog.

Eve liebte, was sie tat. Und sie gab alles. Ich hätte ihr stundenlang zuschauen können. Auf die anderen Tänzer achtete ich nicht. Nicht einmal Michelles vermutlich zuckersüße Dancemoves neben meinem Stuhl fesselten meine Aufmerksamkeit. Meine Augen klebten an Eve, die souverän ihre Gruppe anführte.

Erst mit ein paar Sekunden Verspätung fiel ich in den frenetischen Applaus ein, der die Halle schier zum Beben brachte.

»Sie ist super, oder?«, rief Martin mir zu.

Sie ist ein feuchter Traum, hätte ich am liebsten gesagt. Aber das wäre nicht gut angekommen.

Fuck. Wie sollte ich mit dieser Göttin wochenlang Tür an Tür leben und so tun, als wäre sie der absolute Abturner? Hatte Martin überhaupt einen blassen Schimmer, was er von mir verlangte?

4

Eve

Der Auftritt war prima gelaufen. Dass Alex fast seinen Einsatz verpasst hatte, war nur mir und Sophie aufgefallen, dem Publikum bestimmt nicht.

Noch ein paar Wochen Training und wir hatten eine echte Chance auf den Gewinn der Meisterschaft in unserer Altersgruppe.

Vollgepumpt mit Endorphinen und ziemlich außer Atem betrat ich die Umkleide, wo wir uns kurz abklatschten und dann duschen gingen. An einem heißen Juniabend in einer nicht klimatisierten Sporthalle zu tanzen, war ein probates Mittel, um sich einen Saunabesuch zu sparen.

Ein paar Minuten später stand ich in frischen Jeansshorts und einem an der Seite geknoteten Nirvana-T-Shirt vor einem der Spiegel, bürstete meine feuchten Haare und trug etwas Wimperntusche auf. Dann schlüpfte ich in meine schwarzen, flachen Chucks und packte meine Sachen zusammen.

Während des Auftritts hatte ich keine Gelegenheit gehabt, das Publikum nach meinen Freunden abzusuchen, obgleich ich wusste, dass sie in der ersten Reihe saßen. Lediglich Jacky hatte ich vorher gesehen, als sie mir viel Glück gewünscht hatte.

Ich verabschiedete mich von unserer Trainerin und freute mich, dass ich dieses Mal nicht beim Abbau helfen musste.

Vor der Halle fiel mir Jackys roter Hinterkopf ins Auge,

sodass ich darauf zusteuerte. Bei ihr standen in einem lockeren Kreis Martin, Jenny und Dennis, außerdem mein mutmaßlicher Mitbewohner auf Zeit.

Automatisch lief ich langsamer. Er drehte mir sein Profil zu. Ein sehr schön geschnittenes Profil. Mir blieb die Luft weg, allerdings nicht aus den Gründen, aus denen mir Männer sonst den Atem raubten. Nein, dieser Fremde weckte zu meiner Verblüffung nicht meinen Fluchtinstinkt.

Er war einen halben Kopf größer als Martin, auch ein gutes Stück kräftiger, allerdings nicht so wie Ahmed, dieser Muskelberg. Henry hatte dunkelbraune Haare, die ihm bis zu den Ohren reichen würden, doch er hatte sie nach hinten und zur Seite gekämmt. Der erste Kerl hier, der wusste, wie man einen Kamm benutzte.

Sein schwarzes T-Shirt betonte seine sportliche Statur. Nachdem Martin mir erzählt hatte, dass er Ingenieurwissenschaften studiert hatte, war in meinem Kopf eher ein magerer Typ im Karohemd herumgespukt. Auf keinen Fall dieses appetitliche Exemplar von einem Mann, das sich nun mir zuwandte.

Ich geriet kurz aus dem Tritt, als mich sein Lächeln traf.

O Shit. Seine dunklen Augen mussten schwarze Löcher sein, so sehr zogen sie mich an. Plötzlich atemlos brachte ich das Zweitschwierigste gleich hinter mich, nämlich dem schönen Fremden die Hand zu geben. Das Schwierigste würde sein, ihn ohne Stocken oder Stottern zu begrüßen.

Von vorne und vor allem aus der Nähe war sein Gesicht auch nicht zu verachten. Seine Lippen waren schön geschwungen, die Unterlippe ein wenig voller als die Oberlippe. Anders als Martin trug er keinen Bart. Noch ein Pluspunkt. Jacky liebte Martins Vollbart, aber mir war das zu haarig.

Verdutzt stellte ich fest, dass auch Henry mich musterte. Sein Mund öffnete sich, als wollte er etwas sagen, doch er schloss ihn wieder und unser irritierender Blickwechsel dauerte an. Ich wartete darauf, dass ich mich unter seinen Blicken wegduckte und unsichtbar machte, doch es geschah nicht. Meine Neugier war bei aller Schüchternheit stärker.

Mir wurde langsam heiß unter seinen taxierenden Augen. Ich hörte, dass sich die anderen weiter unterhielten, aber bei mir kam nur Blubbern und Rauschen an. Unwillig wiegte ich den Kopf hin und her, dann streckte ich entschlossen meine Hand aus und räusperte mich. Leider half es nicht gegen den Wüstensand in meinem Hals. *Ich kann das.*

Henry erwachte aus seiner Starre und ergriff meine Hand, bevor ich sie wieder wegzog. In meiner Brust galoppierte mein Herz los; viel schlimmer als vorhin, wo ich mich beim Tanzen verausgabt hatte.

Entgegen meines festen Vorsatzes brachte ich zunächst keinen Ton heraus. Doch Henry hielt mich fest, viel länger, als es angebracht wäre. Mein Herzschlag wummerte wie vorhin die Bässe der Musik.

»Toller Auftritt«, sagte er leise. Sein Lächeln war vorsichtig, aber immer noch ausnehmend schön.

»Danke«, krächzte ich und räusperte mich erneut. Ein Anfang. Auch mein Mund war staubtrocken. Ich zog an meiner Hand. Da schaltete er und gab mich frei.

»Oh, sorry. Eve, richtig?« Etwas zerstreut schob er seine rechte Hand in die Hosentasche seiner perfekt sitzenden und ebenfalls betont geschnittenen Jeans.

Das konnte ja heiter werden, sollte ich den Mann jedes Mal so begaffen, wenn er sich mir zeigte. Und dass ich kaum ein Wort mit ihm sprach. Immerhin versuchte ich noch nicht, das Gespräch abzubrechen und irgendwo abzutauchen.

Ich nickte auf seine Frage hin.

»Du musst Henry sein.« Ein winziges Lächeln zupfte an meinen Mundwinkeln. Ich redete mit ihm!

»Richtig. Und? Lässt du mich in deine Wohnung oder soll ich mir lieber was anderes suchen?«

Leider konnte ich nicht darauf antworten, weil Jenny, Jacky und Dennis ihr Gespräch beendet hatten und mich jetzt begrüßen wollten. Jennys blonde Haare hingen mir ins Gesicht, als sie mich umarmte und meine Performance lobte.

Ich zog Jacky ebenfalls in meine Arme, bevor ich Dennis und Martin lächelnd die Hand schüttelte. Ich hatte die beiden gern, aber meine Befangenheit in ihrer Nähe schwand noch immer kaum. Michelle hopste auf einer Mauer hin und her und entdeckte mich just in diesem Moment. Ohne Vorwarnung sprang sie mir aus einem halben Meter Entfernung in die Arme. Ich taumelte rückwärts und wäre um ein Haar auf dem Hosenboden gelandet. Doch Henry bewahrte mich vor dem harten Aufprall, indem er vorschnellte und meine Schultern packte.

Michelle quietschte vor Vergnügen, doch ich spürte nur Henrys warme, große Hände durch den Stoff meines T-Shirts. Das fühlte sich gut an. Durfte es das? Schon wieder polterte mein Herz los. Mit einem tiefen Atemzug verlangsamte ich es.

»Noch mal!«, rief Michelle und ich lachte zittrig.

»Nächstes Mal sagst du Bescheid, bevor du springst, Shelly!« Sie guckte mich treuherzig an. »Okay.«

Ich setzte sie ab. Sechsundzwanzig Kilo waren kein Pappenstiel für mich.

»Danke«, sagte ich zu Henry, der seine Hände wieder in seinen Hosentaschen versenkt hatte. Er zuckte mit den Achseln.

»Habt ihr noch was vor?«, fragte ich in die Runde.

»Shelly muss ins Bett« war Jackys Antwort, »Schlossgarten« Martins.

»Kommst du mit?«, wandte ich mich an Jenny. Irgendwie fand ich es seltsam, ohne Jacky mit den anderen mitzugehen.

»Ahmed und Ali wollten auch kommen. Henry soll ein bisschen was von der Stadt sehen!«

»Wegen mir müsst ihr euch keine Umstände machen. Ich hab Jetlag und will sowieso bald ins Bett.«

»Dann lasst uns zu uns gehen«, schlug Martin vor. Das fand ich gut. Dann war auch Jacky nicht außen vor.

Dennis rief Ahmed an und gab den Ortswechsel weiter, während wir alle zum Auto schlenderten. Dennis und Jenny waren mit ihrem eigenen Wagen gekommen, ein mindestens zwanzig Jahre alter Ford Fiesta.

Hauptsache, es fährt, sagte Dennis immer.

Nach Fertigpizza und einem ziemlich behämmerten Actionfilm liefen Henry und ich in überraschend angenehmem Schweigen nach Hause. Wir brauchten kaum mehr als zehn Minuten für den Weg. Der Wald lag dunkel und bis auf das Zirpen von Grillen still zu unserer Linken, während wir den Berg hinauf stapften. Ich musste grinsen, weil Henry ständig sein Gähnen zu unterdrücken versuchte. Dann wieder, als er meinen Nachnamen – Haberer – auf dem Klingelschild las und versuchte, Ahmeds ohne Zungenkrampf auszusprechen.

»Abouchabkis«, sagte ich es ihm vor. »Du kannst dich gleich ins Bett legen, wenn wir heimkommen. Es ist frisch bezogen.« *Und die Wohnung ist so sauber wie seit dem Einzug nicht mehr.*

»Danke. Das hätte ich aber auch selber hingekriegt.« Er zögerte einen Moment. »Ist es wirklich okay für dich, dass ich in deiner Wohnung lebe?«

»Das wird sich zeigen«, entgegnete ich ehrlicher, als ich vorgehabt hatte. Er kommentierte meine Ansage nicht, doch der Blick aus seinen nachtschwarzen Augen traf mich unvorbereitet. Ein paar verirrte Schmetterlinge bahnten sich den Weg in meinen Magen und ließen mich zusammenzucken.

Du liebe Güte! Seit bald sechs Jahren Single zu sein, hatte mich schwer in Mitleidenschaft gezogen, wenn ich auf jeden dahergelaufenen Typen mit Dusseligkeit und gesteigerter Libido reagierte. Aber Henry war ein echtes Sahneschnittchen. Jede Frau würde ihn angucken und sich ein paar nicht jugendfreie Gedanken machen.

Was jedoch Henrys Gesellschaft anging, nahm ich Martins Warnung sehr ernst. Zumal ich nicht so blöd war und anfing, mich für jemanden zu interessieren, der in knapp drei Monaten wieder tausende Kilometer von mir entfernt lebte. Da konnte er noch so sympathisch und vertrauenserweckend sein.

Gentlemanlike überließ Henry mir den Vortritt zum Zähneputzen und sagte mir artig »Gute Nacht«, ehe ich die Tür zu meinem Reich hinter mir schloss und erst mal leise seufzte. Dann jagte ich mich selbst ins Bett, damit ich nicht auf dumme Gedanken kam; zum Beispiel, Henry noch einmal aufzusuchen.

5

Henry

Trotz der ungewohnten Umgebung und des männlichen Aftershaves, das in der Luft lag, schlief ich ein, sobald mein Kopf das Kissen berührte. Allerdings war es nach ungefähr fünf Stunden wieder vorbei mit der Ruhe. Ich hätte mir den Mittagsschlaf verkneifen sollen.

Andererseits stellte sich mein Rhythmus schneller um, wenn ich wach blieb. Heute Abend dann früher schlafen und der Jetlag war fast besiegt.

Daher hockte ich um halb sechs in der Frühe in der WG-Küche, trank Schwarztee, den ich deutlich lieber mochte als Kaffee, las Online-Nachrichten auf meinem Smartphone und wartete darauf, dass ich entweder erneut müde wurde oder Eve aufstand. Ich hatte sie nicht danach gefragt, ob und wann sie heute losmusste.

Von Eve war nichts zu hören, weshalb ich keine Veranlassung gesehen hatte, mir ein T-Shirt überzuziehen. Boxershorts waren bei der tropischen Wärme eigentlich auch zu viel.

In Boston wäre ich jetzt vielleicht ins Bett gegangen, denn dort war es halb zwölf nachts.

Eine gute Stunde später regte sich etwas in Eves Zimmer. Ich hörte, wie der Rollladen hochgekurbelt wurde, eigentlich das Signal für mich, mir schleunigst mein Shirt zu holen. Aber ich blieb wie festgewachsen auf dem wackligen Küchenstuhl sitzen und hielt mich an der leeren Tasse und meinem Handy fest. Tatsächlich war ich mir nicht sicher, ob es Eve recht war, dass ich in aller Herrgottsfrühe ihre Schränke durchwühlt und eigenmächtig Tee gekocht hatte.

In ihrem Zimmer gingen Schranktüren auf und zu, Schubladen wurden aufgezogen. Ich gab mir einen Ruck und stand auf. Zuerst räumte ich die Tasse in die Spülmaschine, dann lief ich in Richtung meines Zimmers.

Eve rannte mit Schwung in mich hinein und prallte gegen meinen Brustkorb. Ich unterdrückte einen Schmerzenslaut.

»Huch!«, machte sie überrascht und legte die Hand an ihre Stirn. Anscheinend hatte sie ihren Hausgast verdrängt.

»Alles okay?«, fragte ich. Mannhaft unterließ ich es, mir die Brust dort zu reiben, wo sie mich getroffen hatte.

»Ich dachte, du schläfst noch«, murmelte sie verwirrt. Ich nahm ihren Unterarm und führte sie zu dem Stuhl, auf dem ich bis eben noch gesessen hatte.

»Meine innere Uhr spinnt. Bin schon seit einer Weile auf. Sicher, dass alles gut ist?«

Sie sah süß aus mit ihren zerzausten Haaren und den roten Wangen, die weniger vom Schlaf als von dem Zusammenstoß mit mir herrührten. Jedenfalls bildete ich mir das ein.

»Ja, schon gut.« Erst jetzt blickte sie auf und sah mich richtig an. Ihre Augen weiteten sich und sie machte Anstalten, aufzustehen. Die Röte in ihrem Gesicht vertiefte sich und strahlte auf den Hals aus. Ich hatte auf einmal Mühe, nicht loszulachen. Sie kniff kurz die Lippen zusammen und riss dann die Augen auf.

»Du ... du hast nichts an!«

»Sorry. Ich wollte mir was anziehen gehen, als du in mich reingelaufen bist.« Außerdem waren die wichtigsten Teile bedeckt. Aber diese Antwort wollte sie bestimmt nicht hören.

Ich legte den Kopf leicht schief und schaute Eve an. Sie benahm sich nicht wie eine erwachsene Frau von fast einundzwanzig Jahren. Hier in der Küche saß ein Backfisch, wie mein Großvater sagen würde. Denn offensichtlich war es ihr unangenehm, mit einem fast nackten Mann in einem geschlossenen Raum zu sein.

»Soll ich mir was überziehen und du machst einfach das, was du morgens so tust?«

Sie nickte und räusperte sich. Das machte sie so häufig, dass es ein Tick sein musste.

»Das wäre nett von dir«, murmelte sie.

Auf dem kurzen Weg in mein Zimmer schossen mir lauter Gedanken durch den Kopf. Was, wenn Eve keine guten Erfahrungen mit Männern gemacht hatte? Oder überhaupt keine Erfahrungen? Diese Eve in der Küche passte kaum zu der Frau, die ich gestern Abend auf der Tanzfläche gesehen hatte. Die selbstbewusste Tänzerin erkannte ich fast nicht mehr in ihr.

Wo versteckte sie diesen Teil ihrer Persönlichkeit und vor allem warum?

Weil ich kein Unmensch war, zog ich zusätzlich zu einem schwarzen T-Shirt noch olivgrüne Bermudashorts an. Als ich wieder in den Flur trat, erkannte ich, dass Eve die Balkontür im Wohnzimmer geöffnet hatte. Ein angenehm frischer Luftzug vertrieb die angestaute Wärme des Vortages aus der Wohnung.

Die aufwallende Hitze in meiner Brust kurierte er leider nicht. Eve richtete in knappen Baumwollshorts und einem wesentlich engeren Shirt als gestern das Frühstück. Ihre Haare hatte sie zu einem unordentlichen Nest zusammengebunden. Offen gefielen sie mir besser.

Und verdammt: Sie machte es mir echt schwer, nicht zur ihr hinzugehen, meine Hände an ihren Seiten herunterfahren zu lassen und meine Lippen auf ihren hellen, verlockenden Hals zu drücken.

Eve bückte sich, um eine Pfanne aus dem Backofen zu holen. Ich schloss die Augen. Das durfte doch nicht wahr sein! Ich wurde tatsächlich hart.

Ich musste weg von diesem unglaublichen Hintern, der sich mir herausfordernd entgegenreckte; weg von diesen glatten, langen Beinen, an denen die Muskeln spielten, wenn Eve sich bewegte. Und das tat sie in dem Moment, als ich versuchte, meinen Schwanz unauffällig in meiner Hose zu verstauen.

Aber sie drehte sich nicht zu mir, sondern zog eine Schublade unter dem Herd auf.

Wenn sie mich angeschaut hätte, wäre ich vor Scham gestorben. Ich hatte wie ein Perverser meine Hand in der Hose und guckte ihr beim Kochen zu. Das war genau der richtige Weg, um ihr Vertrauen zu gewinnen.

Während sie sich darauf konzentrierte, Zutaten in einer Rührschüssel zusammenzuschütten, fragte sie: »Willst du Nussnugatcreme oder Zimt und Zucker zu deinen Pfannkuchen? Marmelade haben wir auch da.« Sie redete mit mir über Pfannkuchen. Okay, wenn sie sich dabei besser fühlte ...

»Zimt und Zucker ist gut. Was magst du am liebsten?«

»Nussnugatcreme.« Da! Ein Lächeln! Zwar für die Teigschüssel, aber ein Lächeln.

»Darf ich dir helfen?«

»Du kannst den Tisch decken. Danke.«

»Danke, dass du Frühstück machst.« Bei mir gab es so was nur am Wochenende oder wenn Mädchen mit mir zum Brunch gingen.

Kein Grund, das zu erwähnen.

Beim Essen taute Eve ein bisschen auf. Vielleicht lag es auch an meinen Klamotten und der Liebe für ihre Pfannkuchen. Die waren unglaublich lecker.

Ich legte mir gerade den dritten auf den Teller und griff nach der Dose mit Zimt-Zucker-Mischung, als Eve anfing, mir Fragen zu stellen, über mein Leben in den USA und meine Freundschaft mit Martin. Im Gegenzug quetschte ich sie über ihre Tanzleidenschaft aus. Ich vergaß beinahe, weiter zu essen, so vertieft war ich in ihre leuchtenden Augen und ihren hübschen Mund, der sich selbst beim Sprechen verführerisch bewegte.

Tatsächlich bekam ich das meiste vom Inhalt ihrer Rede mit. Was sie über ihre Eltern erzählte, stieß mir sauer auf und erinnerte mich allzu sehr an meine eigenen.

Ich unterbrach sie: »Deine Eltern finden es nicht gut, dass du tanzt? Aber du bist großartig!«

»Danke. Aber mit dem Tanzen kann ich kein Geld verdienen und keine Karriere machen.«

Es war lächerlich, wie sehr sich meine Eltern und ihre in dieser Sache glichen.

»Du studierst, hat Martin gesagt.« Ich aß weiter, ließ Eve dabei aber nicht aus den Augen. Nicht so sehr aus Höflichkeit, ich schaute sie einfach gerne an.

»Ja, Romanistik und Germanistik. Ich hatte nicht bedacht, dass man dafür Leistungsnachweise in Latein und einer zweiten romanischen Sprache erbringen muss. Deshalb habe ich noch Italienisch belegt. Kam mir leichter vor als Spanisch.«

»Warst du mit Jacky auf der Schule?«

Sie nickte. »Erst auf der Realschule und dann auf dem Wirtschaftsgymnasium. Man hat hier beim Aufbaugymnasium nur die Wahl zwischen technischem und wirtschaftlichem Schwerpunkt. Allerdings waren wir dort nicht mehr zusammen in einer Klasse, weil ich früher angefangen habe als Jacky. Die wollte erst mal Pause von der Schule und hat bei Aldi gejobbt. Sie macht ihr Abi erst nächstes Jahr.« Sie trank einen Schluck ihres Milchkaffees.

»Und was willst du mal machen?«

»Ich studiere auf Lehramt«, kam es wie aus der Pistole geschossen, »also werde ich Lehrerin.«

»Du klingst nicht gerade enthusiastisch.« Die Begeisterung in ihrer Stimme war komplett verschwunden.

Mein Pfannkuchen war aufgegessen, daher wandte ich mich Eve vollends zu. Sie schaute auf ihren leeren Teller.

»Na ja, ich bin meinen Eltern dankbar, dass ich mein Berufsleben nicht mit einem Haufen Schulden beginnen muss, wie Martin, der erst mal sein BAföG wird zurückzahlen müssen. Andererseits erwarten meine Eltern, dass ich das Studium genauso perfekt abschließe wie die Schule.«

»Lass mich raten: Einser-Abi?«

»Ja«, gestand sie kleinlaut.

»Dafür musst du dich nicht schämen. Martin und ich sind auch solche Streber. Was würdest du machen, wenn du nicht auf das Geld deiner Eltern angewiesen wärst?«

»Es geht nicht nur ums Geld. Ich bin ihre einzige Tochter. Da sind keine Geschwister, die sich die Erwartungen mit mir teilen. Oder sie ein bisschen runterschrauben.« Das beantwortete nicht meine Frage, gab mir aber einen Einblick in ihre Beweggründe.

Ich nickte. Ihre Situation verstand ich besser, als sie dachte. Man konnte allerdings auch Geschwister haben, die dermaßen aus der Rolle fielen, dass am Ende alles an einem selbst hängen blieb. Seit mein älterer Bruder im Knast gesessen hatte, ruhten auf mir alle Hoffnungen, die Ehre der McAllister-Kinder wiederherzustellen. Dazu ein millionenschweres Erbe, das wie ein Damoklesschwert über mir hing.

Ich legte das Besteck ordentlich neben meinen Teller, um mich zu sammeln. Dennoch sagte ich: »Eigentlich wollte ich nicht diesen Technikkram studieren. Sicher, es war interessant, aber es ist nicht das, was ich den Rest meines Lebens machen will.« Was ich aber musste, wenn ich das Firmenimperium meiner Familie übernahm.

Eve schaute mich aufmerksam an. Die Sonne fiel durch das Fenster auf ihr Gesicht und ließ die zwei verschiedenen Brauntöne ihrer großen Augen hervortreten. Außen war die Iris heller als um die Pupille herum. Wow.

»Und was wolltest du machen?«, fragte sie. Ihre schlanken Finger hielten die Kaffeetasse fest.

»Versprichst du mir, dass du nicht lachst?«, erwiderte ich stattdessen. Sie nickte lächelnd.

»Mein Traum war es, Paläontologe zu werden. Du weißt schon, Fossilien ausbuddeln und Millionen Jahre alte Kacke untersuchen.«

Nur Martin wusste davon, weil es für die meisten absolut uncool war, Fossilien zu sammeln und am Wochenende heimlich Steine klopfen zu gehen. Für mich war es eine letzte Flucht gewesen, die mir meine Eltern genommen hatten, als sie mich nach Boston geschickt hatten, damit ich die USA kennenlernte und sich mein Englisch verbesserte. Hallo? Ich hatte meine Kindheit in England verbracht!

Eve lachte nicht. Ihr Lächeln wurde breiter.

»Das kannst du immer noch tun. Paläontologie kann man an einigen Unis studieren.«

Ich wollte sie küssen. Was ich jedoch besser nicht tat, wenn ich so an ihre Nackte-Mann-Phobie dachte.

»Man ja, ich aber nicht. Ich muss nach den Ferien in Boston ein Praktikum absolvieren und mich dann an meinen Master machen.«

»Klingt, als hättest du keine Lust darauf«, stellte sie treffend fest.

»Ach, hört man das, ja?«, meinte ich sarkastisch.

Sie leerte ihre Kaffeetasse. Meine war schon seit geraumer Zeit ohne Inhalt. Aber ich wusste, dass ich jetzt nicht aufstehen und das Gespräch unterbrechen durfte. Eve hatte ihren Anfall von Schamhaftigkeit überwunden und das wollte ich nicht kaputt machen.

»In gewisser Weise sitzen wir im selben Boot«, fing sie an. »Gestern hatte ich eine Klausur, die ich mit großer Wahrscheinlichkeit nicht bestanden habe, ich habe keine Ahnung, worüber ich meine Hausarbeit schreiben soll und keine Lust auf Lateinvokabeln und italienische Konversation.«

»Du denkst also über einen Fachwechsel nach?«

»Irgendwie schon. Aber meine Eltern werden damit nicht

einverstanden sein, zum Glück wissen Sie von all dem noch nichts.«

»Sie waren also gestern nicht bei deinem Auftritt?«

Eve seufzte. »Sie finden, Tanzen ist pure Zeitverschwendung. Dabei ist es das Einzige, was mir wirklich etwas bedeutet. Ich leite mittwochs auch eine Mädchengruppe. Das macht so viel Spaß!«

Langsam bekam ich ein Bild von Eve. Sie könnte Tanzlehrerin werden. Natürlich verdiente man damit zu wenig, sie brauchte also einen Brotjob. Aber der musste nicht mit Germanistik und Romanistik bestritten werden. Wir saßen tatsächlich im selben Boot. Nicht finanziell, aber in Sachen festgefahrener Zukunftsplanung.

»Lass uns unsere Zukunftspläne überdenken«, sagte ich und streckte meine Hand über den Tisch, »und dafür einen Pakt schließen.«

»Einen Pakt?« Zögerlich ergriff sie meine Hand. Ihre Finger zitterten ein wenig. Fast hätte ich ihren zarten Handrücken gestreichelt. Doch ich hielt ihre Hand nur ein wenig fester.

»Wir helfen uns gegenseitig dabei, herauszufinden, was wir wirklich mit unserem Leben anfangen wollen. Deal?«

»Deal.« Sie drückte meine Hand und ihr Lächeln ließ mein Herz stolpern. Rasch ließ ich sie los. Mir reichten schon ihre unverschämt kurzen Shorts, die mir das Denken erschwerten. Aber sehr cool von ihr, dass sie einfach so mitmachte.

»Was hast du heute vor?«, fragte ich sie. »Früh aufgestanden sind wir ja.«

»Ich muss in die Uni. Noch zwei Vorlesungen, dann sind endlich Ferien.« Sie überlegte kurz und meinte dann: »Komm doch mit! Die eine Veranstaltung behandelt französische Landeskunde, die andere deutsche Grammatik.«

»Martins Univeranstaltungen in Chemie und Biologie

spielen sich in Laboren ab, zu denen ich keinen Zutritt habe, warum also nicht.«

Sie wirkte erfreut über meine Zusage.

Es hätte mir zu denken geben sollen, dass ich für ein Mädchen freiwillig irgendwelche fachfremden Vorlesungen besuchte. Aber wie so oft an diesen Morgen, ein Lächeln von Eve und mein Gehirn verabschiedete sich. O tempora, o mores.

6

Eve

Nach dieser peinlichen Aktion heute früh hatte ich schwer an mich halten müssen, nicht direkt wieder in meinem Zimmer zu verschwinden und die Tür abzuschließen.

Aber ich hatte mich tapfer der Situation gestellt. Und es hatte sich gelohnt: Sobald er Klamotten trug, fiel es mir leichter, mich mit Henry zu unterhalten. Mehr als das: Es machte mir Spaß. Außerdem hatte ich mit Henry bereits heute Morgen mehr Sätze gewechselt als mit Martin und Dennis in den letzten drei Jahren. Was ich wirklich interessant fand.

Jetzt saßen wir nebeneinander im Bus und ließen uns durch das Fenster von der Sonne bescheinen. Dank meiner Jeansshorts und der lockeren, dunkelblauen Bluse war es nicht zu warm.

Ich schaffte das. Es war mir möglich, entspannt neben einem attraktiven Mann zu sitzen. Neben so einem Mann zu sitzen, war allerdings tausend Mal leichter, als auch mit ihm zu sprechen. Ich musste mir nicht wie Raj aus »The Big Bang Theory« Mut antrinken, trotzdem war genau das eine meiner Strategien. Die leider an Unitagen nicht funktionierte, meine Professoren würden es sicherlich nicht gutheißen, wenn ich angeheitert in meinen Kursen erschien. Bloß weil ich mit einem Mann reden wollte.

Es spielte keine Rolle, ob es sich um Fremde oder Bekannte handelte, denn ich litt unter einer leichten Form von selektivem Mutismus. Dank jahrelanger Therapie war ich inzwischen meistens in der Lage, einem Dozenten auf eine Frage zu antworten, auch wenn ich dabei oft ins Stottern geriet. Ich hatte mühsam gelernt, nicht mit Zorn oder Tränen auf mein plötzliches Verstummen zu reagieren oder mich komplett zurückzuziehen.

Gestern hatte mir Jackys Anwesenheit geholfen, mit Henry zu sprechen. Heute früh war ich zunächst überfordert gewesen. Doch ich war nicht mehr neun und stand vor dem Vertretungslehrer, der mir wegen meiner vermeintlichen Bockigkeit eine Strafarbeit aufgebrummt hatte. Es hatte zwar einen Moment gedauert, aber ich hatte Henry antworten können.

Meine Störung war mit ein Grund gewesen, warum ich keine Empfehlung für das Gymnasium bekommen hatte. Im Gegensatz zu meinen mündlichen waren meine schriftlichen Leistungen in der Schule überdurchschnittlich gewesen. Es nagte an mir, dass ich meinen gewohnten Standard nicht mehr erfüllte und die Uni mir so schwerfiel.

Mein Blick huschte zu Henry, der aus dem Fenster guckte und nicht bemerkte, dass ich ihn erneut studierte. Seine dunklen Haare zeigten im Sonnenlicht eine größere Farbvarianz, einzelne Strähnen gingen bis ins Rötliche. Außerdem sah sein Haar so weich aus, dass ich es gerne berührt hätte. Weil das jedoch komisch rüberkommen würde, verschränkte ich meine Finger ineinander auf der Tasche, die ich auf dem Schoß hatte. Nicht, dass sie sich noch selbstständig machten.

Es war nicht so, dass ich mich vor körperlicher Nähe fürchtete. Mit meinem Ex-Freund hatte ich vor sechs Jahren nicht nur Händchen gehalten. Doch ich fürchtete mich vor der Zurückweisung, wenn mein Gegenüber erst einmal die Wahrheit über mich herausfand.

Daniel hatte irgendwann genug davon gehabt, dass ich nach einer gewissen Anwärmphase zwar mit ihm redete, seine Kumpels aber anschwieg und nur in gestotterten Einwortsätzen mit seinem Vater kommunizierte. Daher hatte sich unsere Beziehung nach ein paar Monaten erledigt. Unsere Freundschaft ebenfalls. Außer meinem Vater gab es nach diesem Fiasko keine Männer mehr in meinem Leben.

Mit Ahmed zusammen zu wohnen, war eine Art Selbsttherapie. Er hatte sich zu Beginn nicht daran gestört, wenn ich nur ein paar Handzeichen machte und dann abhaute. Seitdem hatte sich unsere Kommunikation stark gebessert. Ahmed hatte geduldig abgewartet, bis ich auf ihn zugekommen war und aus unbeholfenem Gestammel ganze Sätze und schließlich nennenswerte Gespräche geworden waren. Ahmed war auch der Einzige, der neben meinen Eltern von der Mutismus-Sache wusste. Mit Fug und Recht konnte ich ihn als meinen besten und einzigen männlichen Freund bezeichnen.

Doch seit ich gestern Abend auf dem Parkplatz Henry zum ersten Mal getroffen hatte, wünschte ich mir einen weiteren Freund. Das Beste an ihm war nämlich nicht sein attraktives Gesicht, sondern die Tatsache, dass er nur auf Zeit hierblieb. Es würde keine Folgen haben, wenn ich es mit ihm vergeigte.

Obwohl ich mich bislang sehr gut geschlagen hatte. Das Gespräch beim Frühstück hätte ich meiner Therapeutin aufzeichnen und zur nächsten Sitzung mitbringen sollen.

Ich ging recht gerne in ihre Praxis. Sie machte mir Mut und mit ihr sprach ich über Dinge, die ich sonst keinem erzählte, beispielsweise über meinen miesen Start ins Studium. Wobei ich mich ausgerechnet Henry anvertraut hatte. Auch das würde ich ihr erzählen.

Er blickte noch immer nicht zu mir. Da ich nach wie vor kein Meister im Anbahnen von lockeren Gesprächen war, hing ich weiter meinen Gedanken nach.

Laut meiner Therapeutin hatte ich die schlimmste Phase der Störung in meiner Kindheit erlebt und sie hegte damals die Hoffnung, dass ich die Störung im Erwachsenenalter verlieren würde. Tatsächlich verzeichnete ich noch immer

Fortschritte. Ich war davon überzeugt, dass das Tanzen einen Beitrag dazu leistete, denn während des Trainings war ich nie stumm geblieben. Noch ein Grund, warum ich es auf gar keinen Fall aufgeben wollte.

Als wir am Bismarckplatz ausstiegen, schwiegen wir weiter. Aber Henry lächelte mich von Zeit zu Zeit an, wie um mir zu zeigen, dass er es nicht schlimm fand, still zu sein.

Das Treiben auf dem belebten Platz nahm ich heute kaum wahr. Die Busse und Straßenbahnen knatterten und quietschten, Dutzende Menschen eilten an uns vorbei, telefonierend, miteinander schwatzend, mit raschelnden Tüten und quengelnden Kleinkindern. Neben einem Bushäuschen kläffte ein kleiner Hund. Ein Straßenmusiker spielte »Wonderwall« von Oasis auf der Gitarre. Schade, dass wir keine Zeit hatten, um stehenzubleiben und zuzuhören.

Henry sah sich um, stellte jedoch keine Fragen. Stattdessen folgte er mir in die Plöck, wo der Gehweg zwar schmal war, die Menschenmenge aber überschaubarer als in der parallel verlaufenden Geschäftsstraße. Ich nahm fast nie den Bus zum Universitätsplatz. Lieber spazierte ich an den alten Häusern vorbei durch die Stadt.

Kurz vor dem Ziel machten wir bei einem Bäcker Halt, um später in der Pause keinen Stress zu haben. Ich wartete darauf, dass die Befangenheit zurückkehrte, aber da war nichts. Ich verspürte vielmehr auf einmal den Drang, Henry etwas zu erzählen. Es kostete mich zwei Anläufe, aber dann klappte es.

Ich war so stolz auf mich, als ich fragte: »Hast du ein Lieblingsbuch? Ich habe mehrere.«

Mein Herz schlug ein klein wenig schneller, als Henry sich mir zuwandte und seine Augen amüsiert blitzten. O ja, er war ein super Übungsobjekt. Obendrein fing ich an, ihn zu mögen, was nur förderlich war. Jetzt musste ich es noch hinbekommen, das Gespräch nicht einschlafen zu lassen, bis die Vorlesung anfing.

»Eigentlich habe ich kein richtiges Lieblingsbuch, aber wenn ich eins wählen müsste, wäre es ›Gevatter Tod‹ von Terry Pratchett. Kennst du die Reihe?«

Ich liebte die Scheibenwelt-Romane. »Ja. Ich habe aber nicht alle gelesen. Wie findest du ›Schweinsgalopp‹? Das mit dem Glauben, der sich verselbstständigt, ist so verrückt. Der Film dazu war auch nicht schlecht, aber natürlich mussten ein paar gute Stellen gekürzt werden.« Ich quatschte plötzlich wie ein Wasserfall. Wie machte dieser Typ das nur?

»Es gibt noch einen anderen Film mit Rincewind, dem Zauberer, soweit ich weiß.«

Innerlich wollte ich jubeln. Kein Stottern, kein unangenehmes Stechen im Bauch. Ich lächelte so breit, dass es beinahe wehtat, und hörte nicht mehr damit auf, bis wir den Hörsaal betraten.

Während der Französischvorlesung schrieben Henry und ich Zettelchen wie zwei Zwölfjährige. Ein paar Mal hätte ich fast losgelacht, weil Henry ein Franzosenklischee nach dem anderen in lustige Zeichnungen verpackte.

Als ich einen Zettel entfaltete, auf dem ein schnauzbärtiger Franzose im Unterhemd ein Baguette unter die Achsel geklemmt hatte, kicherte ich doch los und fing mir einen bösen Blick unserer Dozentin ein. Henry war anscheinend hübsch genug, dass sie ihn verschonte.

Ich drehte den Zettel um und schrieb darauf:

Du kannst toll zeichnen! Hattest du einen Kurs?

Dann reichte ich Henry das Papierchen. Er schrieb seine Antwort unter meine Frage.

Nein, aber ich hatte Kunst-LK in der Schule. Und du?

Und so schrieben wir weiter. Nach dem Inhalt der heutigen

Vorlesung sollte mich besser niemand fragen. Ich war nur körperlich anwesend.

In deutscher Grammatik passte ich besser auf. Was auch daran lag, dass Henry andächtig dem Professor lauschte und allem Anschein nach mehr über grammatische Fälle erfahren wollte.

Nun, mir konnte es nicht schaden, mitzuschreiben. Das zur Vorlesung gehörende Seminar verlangte eine Hausarbeit, die ich wegen Französisch ins nächste Semester geschoben hatte.

Wenn mir das Schicksal gewogen war, würde ich sie niemals schreiben müssen.

Erschrocken über meine freimütigen Gedanken legte ich mitten im Satz den Stift hin und lehnte mich zurück. Für den Moment wollte ich viel lieber über etwas anderes nachdenken.

Henry und ich hatten einen Pakt geschlossen und diesen sollte ich ernstnehmen. Am besten fing ich gleich an, mir einen neuen Plan zurechtzulegen.

Fachwechsel oder hinschmeißen? Letzteres erschien mir plötzlich verlockender als alles andere.

Gar nicht gut.

7

Henry

Zum Abendessen trafen wir uns alle in Martins und Jackys Wohnung. Bei Spaghetti Bolognese lernte ich auch Ahmed und seinen Freund Ali kennen – tatsächlich das erste schwule Paar, das ich in meinem Leben traf.

Beide Männer entsprachen nicht den gängigen Vorurteilen über Homosexuelle. Von denen zu meiner Schande auch einige in meinem Kopf herumschwirrten. Natürlich sahen beide zehnmal gepflegter aus als Dennis, dem das Schmieröl unter den Fingernägeln hing und die Haut seiner Hände dunkler färbte als den Rest von ihm. Aber das tat ich vermutlich auch.

Hatte der Typ keine Zeit gefunden, wenigstens seine blaue, ebenfalls ölverschmierte Arbeitshose abzulegen? Jacky hatte ihren Kumpel gezwungen, ein Handtuch unterzulegen, bevor er sich auf seinen Stuhl setzen durfte. Ich hatte mir aber bei allem Schmutz sagen lassen, dass Dennis seinen Job als Kfz-Mechatroniker liebte.

Während die blonde Jenny schier ununterbrochen plapperte, hielt Eve sich zurück. Mir fiel auf, dass sie nur mit Ahmed, Ali und mir richtig sprach, wenn auch nur einzelne, gemurmelte Sätze. Konnte sie Dennis und Martin nicht leiden? Fast wirkte es so. Da ich aber wusste, dass Eve schon länger zu diesem Freundeskreis gehörte, sah ich vermutlich Gespenster.

Nach seiner letzten Gabel Nudeln richtete Dennis das

Wort an alle: »Das faule Studentenpack hier hat ja ab morgen frei, wie wäre es daher mit Schwimmbad?«

»Wir sind schon ab zwei dort«, sagte Jacky dazu. »Michelle hat freitags keinen Ganztag.«

»Ich hab bis um vier Seminar, dann komme ich nach. Ihr seid beim Kinderbecken wie immer?«, kam es von Martin. Ich würde noch eine Weile brauchen, um mich daran zu gewöhnen, dass mein Kumpel jetzt ein Familienvater war und dazu angehender Lehrer.

Jenny fing eine Diskussion mit Jacky an, weil sie lieber in einem anderen Teil des Freibads liegen wollte.

Ich schaute zu Eve, die ihre Gabel auf den Teller sinken ließ und überraschend meinen Blick erwiderte.

»Kommst du auch mit?«, raunte ich. Hastig verscheuchte ich die Vorstellung von Eve in einem knappen Bikini und sah ihr abwartend in die Augen.

Ein großer Fehler. Auf einmal herrschte Trockenheit in meinem Mund und ich musste das Besteck hinlegen, um das plötzliche Zittern meiner Hände zu verbergen. Mein Magen schlingerte, als Eve die Lider senkte und langsam nickte. Sie sah so schön aus. Warum fand ich sie so anziehend?

»Ähm ... Warum nicht? Wir können zusammen mit Jacky und Michelle fahren. Ich habe einen Führerschein«, brachte sie heraus. »Ahmed leiht uns bestimmt seinen Wagen.«

Ich auch, aber das sagte ich nicht laut. Ahmed mochte harmlos sein, doch das versteckte er sehr gut. Ich wollte auf keinen Fall derjenige sein, der eine Delle in seine ranzige Karre fuhr, die vor Eves Mietshaus parkte.

Der Gedanke an den bärtigen Araber neben mir brachte mich wieder zur Räson. Eve war unglaublich hübsch, aber ich hatte Martin versprochen, ihr nicht wehzutun. Und das würde ich unweigerlich, wenn ich von hier abreiste und sie bis dahin etwas für mich empfinden sollte.

Da lächelte Eve mich an. Wow, sie ließ mich das Atmen

vergessen. Und meine verflixten Spiegelneuronen zwangen mich dazu, zurückzulächeln.

Ein unerwarteter Schmerz an meinem Schienbein holte mich in die Gegenwart zurück. Ich riss mein rechtes Bein hoch und knallte mit dem Knie so fest gegen die Tischunterseite, dass die Gläser klirrten. Aua!

Martin hatte mich unter dem Tisch getreten und schaute mich vorwurfsvoll an. Ich rieb mir heimlich das Knie. Niemals würde ich Martin die Genugtuung geben, dass ich nach seinem Tritt am liebsten gejault hätte.

»Alles okay?«, fragte mich Eve. Sorgenvoll musterte sie mein schmerzverzerrtes Gesicht. Super. Jetzt hielt sie mich sicher für ein Weichei.

»Alles gut. Hab mich nur an der Tischplatte gestoßen.« Ich hörte mit dem kindischen Gerubbel auf und setzte mich wieder gerade hin. Dabei schoss ich einen zornigen Blick auf meinen Kumpel ab und wandte mich demonstrativ meiner Sitznachbarin zu.

Ich würde mich ja wohl mit Eve unterhalten dürfen!

Doch als sie Ahmeds Frage zur anstehenden Nebenkostenabrechnung beantwortete, war ich außerstande, ihr zuzuhören. Vielmehr strich mein Blick über ihr hübsches, leicht gebräuntes Gesicht, glitt über ihre hohen Wangenknochen und die niedliche Stupsnase hin zu den vollen Lippen, die geradezu danach schrien, geküsst zu werden.

Und als dieser Gedanke in meinem Kopf Gestalt annahm, lehnte ich mich zurück, um so viel Abstand wie möglich zwischen Eve und mich zu bringen. Nachts im Bett konnte ich vielleicht auf diese Weise an sie denken, aber auf keinen Fall, wenn sie mit mir an einem voll besetzten Tisch saß!

Aber meine verräterischen Augen huschten immer wieder zu ihr, mein Blick blieb auf den Wellen ihrer glänzenden Haare liegen oder an ihren großen, haselnussbraunen Augen. Angestrengt versuchte ich, den Streifen Haut zu ignorieren, der am Bund ihrer Hose aufblitzte, wenn sie sich nach vorne lehnte.

Ich hatte längst aufgehört zu essen und einen weiteren Nachschlag komplett vergessen. Bei jeder Regung wehte mir Eves blumiger Duft in die Nase und führte zu unerwünschten Bildern vor meinem inneren Auge.

In meiner Fantasie saß Eve auf meinem Schoß und erlaubte mir, meine Lippen über ihren zarten Hals fahren zu lassen, ehe ich ihnen mit meiner Zungenspitze folgte und von ihr kostete. Mir wurde abwechselnd heiß und kalt auf meinem Stuhl, als ich spürte, wie mein Schwanz zuckte. O nein! Das ging jetzt wirklich zu weit. Angestrengt versuchte ich, dem Tischgespräch zu folgen, dem Eve nur lauschte und ab und an nickte.

Ich imitierte ein Gähnen hinter vorgehaltener Hand und sagte in eine Gesprächspause hinein: »Leute, ich muss dringend ins Bett, der Jetlag hat mich im Griff.« Und meine Geilheit. Hätte Martin mich nicht bei einer hässlichen, alten Schabracke unterbringen können?

»Dann nix wie ab mit dir«, entgegnete Martin. »Bleibst du noch, Eve?«

Ja, bleibst du noch, Eve? Angesichts meiner unberechenbaren Lüsternheit solltest du am besten auswärts übernachten. Oder wenigstens warten, bis ich eingeschlafen bin.

Gott, ich war schrecklich. Ich benahm mich wie ein Vierzehnjähriger, der sich nicht unter Kontrolle halten konnte.

Doch Eve hatte leider nicht meine Gedanken gelesen. Sie erhob sich und suchte meinen Blick.

»Wir können zusammen los. Ich bin auch müde.«

»Oh, gut!«, freute sich Ahmed. »Dann können wir auch heimgehen und müssen dich nicht begleiten.«

Sie beugte sich zu ihrem Mitbewohner herunter und tätschelte ihm die Wange.

»Du musst mich nie begleiten, Ahmed. Aber lieb von dir.« Ihre Stimme war kaum hörbar.

Ihr Verhalten gab mir Rätsel auf. Einerseits saß sie selbstverständlich in der großen Runde, andererseits hatte ich das Gefühl, sie wäre lieber unter weniger Menschen. Dazu passte auch, dass sie Jenny, Ahmed und Jacky zum Abschied umarmte, Martin und Dennis aber nur schüchtern zunickte und Ali förmlich die Hand schüttelte.

In diesem Moment fragte ich mich, wie sie sich von mir verabschiedet hätte, wäre sie vor mir gegangen. Wir hatten den ganzen Tag miteinander verbracht. Sie hatte mit mir geredet, in normaler Lautstärke und ohne nervöse Zuckungen.

Und als wir zum zweiten Mal den Heimweg gemeinsam antraten, langte sie nach meiner Hand, um unsere Finger zu verschränken. Wärme schoss in meinen Bauch und mein Herz stolperte ein paar Schläge lang. Fragend sah ich sie in der Dunkelheit an. Doch sie schüttelte lächelnd den Kopf.

»Mach dich los, wenn du das nicht magst«, sagte sie selbstbewusst. Heute Morgen hatte sie die verschämte Jungfrau gemimt, jetzt ging sie einen gewaltigen Schritt auf mich zu. Diese Frau war verwirrend. Und heiß.

»Deine Freunde mögen es nicht«, sagte ich, ehe ich es verhindern konnte. Jacky und Martin würden mir den Hals umdrehen.

Eve lachte leise.

»Sind wir am besten ehrlich zueinander: Ich weiß, dass du kein Langzeitbeziehungstyp bist und dass du alles vögelst, was nicht bei drei auf den Bäumen ist.«

Ich hustete, als ich ihre deutlichen Worte vernahm. Gerade entdeckte ich eine ganz neue Facette an ihr.

»Selbst wenn alle anderen das für etwas Schlechtes halten, mir ist das egal, okay?«, fuhr Eve fort. »Ich bin für alle nur die zurückhaltende, brave Eve, die gute Noten schreibt und niemals etwas Verbotenes tut. Dabei will ich gar nicht so wirken, viel lieber würde ich ganz anders sein.«

Ich grinste über ihren kleinen Ausbruch.

»Du willst also mal über die Stränge schlagen?«

»Außer dem Tanzen habe ich mich nie bewusst für etwas entschieden. Nicht einmal für Jacky, obwohl ich über sie sehr froh bin. Daher will ich mal was Blödes machen, mir nicht immer im Weg stehen.«

Sie redete mehr als den ganzen Abend über. Bedeutete das, sie vertraute mir? Machte ich dann nicht alles zunichte, wenn ich sie flachlegte und anschließend auf Nimmerwiedersehen nach Übersee verschwand?

»Was schwebt dir vor? Nachts ins Schwimmbad einbrechen und Nacktbaden? Bei Douglas ein Parfum klauen? Oder einen Joint rauchen?« Ich lachte leise.

»Ich hatte nicht vor, das Gesetz zu übertreten.« Der Druck ihrer Hand wurde fester. Vielleicht sollte ich besser das Weite suchen, denn ich konnte förmlich spüren, dass sie gerade all ihren Mut zusammennahm.

Auf der Brücke bei dem einzeln stehenden Hochhaus hielt sie an und guckte zu mir hoch. Sie zappelte ein wenig hin und her und biss sich auf die Unterlippe. In meiner Hose wurde es etwas enger. Shit.

»Spuck's schon aus«, ermutigte ich sie. Was sie auch sagte, es konnte mich nicht wahnsinniger machen als ihre weißen Zähne in ihrer Unterlippe. Was für ein Irrtum.

Ihre Stimme war nur noch ein Flüstern.

»Wehe, du lachst mich aus!« Sie senkte den Blick und nickte, ehe sie fortfuhr: »Ich will einfach mal Spaß haben, ohne an die Konsequenzen zu denken, verstehst du?« Zwischen den Fingern rollte sie einen Zipfel ihres T-Shirts.

Ermunternd nickte ich ihr zu. Tatsächlich sprach sie weiter.

»Irgendwie habe ich das Gefühl, meine halbe Jugend verpasst zu haben. Ich habe die meiste Zeit gelernt und alles getan, damit meine Eltern mich weiter tanzen und meine Freundinnen treffen ließen. Sie wussten nicht mal was von meinem Freund, denn sie hätten mir das nie erlaubt. Aber jetzt wohne ich nicht mehr bei ihnen. Ich will unvernünftig sein, Henry!«

Ich lächelte über ihren Ausbruch. So wie ich sie bislang kennengelernt hatte, ließ sie nur selten ihre Gefühle an die Oberfläche kommen. Noch immer nestelte sie an dem Shirt herum, als brauchte sie etwas, um sich daran festzuhalten.

»Was willst du noch, Eve?«

»Ich will, nein, ich muss üben, normal mit Männern umzugehen. Du hast sicher bemerkt, dass ich mich damit schwertue.« Selbst in der Dunkelheit erkannte ich die glühende Röte, die ihr Gesicht überzog. Ich widerstand dem plötzlichen Drang, sie in den Arm zu nehmen. Solche Anwandlungen kannte ich gar nicht von mir.

Eves Augen wirkten riesig und mein Beschützerinstinkt wurde schier übermächtig. Doch ich langte lediglich nach ihren Fingern, um das Gefummel an ihrem Shirt zu unterbinden. Größtenteils jedenfalls. Da sie mir ihre kühle, zarte Hand nicht entzog, umschloss ich sie mit meiner. Das gefiel mir viel zu sehr.

Ich hörte Eve tief Luft holen, doch sie sagte nichts.

»Warum erzählst du das alles ausgerechnet mir? Du hast doch einen Haufen nette Freunde.« Sie schluckte hörbar. Das leise Geräusch sollte mich nicht so anmachen.

Sie räusperte sich. »Du könntest mit mir üben.«

Bitte was? »Wie genau stellst du dir das vor?« Das wurde ja immer besser. Ich streichelte ihre Hand mit dem Daumen.

»Ich weiß nicht, vielleicht könntest du so tun, als hättest du Interesse an mir. Damit ich das in Zukunft erkenne und richtig darauf reagiere oder so.« Sie war wirklich naiv, wenn sie die offensichtlichen Zeichen nicht gedeutet hatte.

»Ich muss nicht erst so tun, Eve. Aber ich halte es für keine gute Idee. Warum übst du nicht mit Ahmed?«

»Die Situation sollte so realistisch wie möglich sein, doch Ahmed ist schwul und das kann ich nicht verdrängen.« Sie zögerte einen Moment. »Da bist du besser geeignet. Du bist nett und ich fühle mich sicher bei dir.«

O Mann. Nur Martins mahnende Stimme in meinem Hinterkopf und mein kaum vorhandenes Anstandsgefühl sorgten dafür, dass ich Eve nicht längst über die Schulter geworfen und nach Hause geschleppt hatte. Ich schüttelte den Kopf.

»Ich denke drüber nach, okay? Ich würde dir gerne helfen. Aber ich muss mir das gut überlegen. Vor allem, weil ich es mir mit keinem von euch verderben will, wenn ich mit dir etwas falsch mache.«

Sie schnaubte. »Die anderen führen sich auf wie übervorsichtige große Brüder und Schwestern, vor allem Martin und Jacky. Ich sage ihnen immer, dass sie mich nicht zu bemuttern brauchen, aber vor allem Jacky kann nicht aus ihrer Haut.«

»Hab ich auch schon gemerkt.« Eve ließ meine Hand los.

Wir setzten uns in Bewegung. Bis zuhause hing jeder seinen eigenen Gedanken nach. Meine drehten sich vor allem darum, was meinen Freund und seine Frau dazu bewog, eine erwachsene Frau bemuttern zu wollen. Was war an Eve, dass sie dieses beschützende Verhalten an den Tag legten?

8

Eve

Vielleicht hätte ich es für mich behalten sollen, dass ich Henrys Hilfe wollte. Zumindest hätte ich ihn nicht so damit überfallen sollen. Meine blöde Klappe machte sich selbstständig, wenn ich mit Henry alleine war. Es war, als verkehrte er meine Störung ins Gegenteil.

Ich glaubte ihm, dass er mich attraktiv fand. Jacky und Jenny hatten mir das sofort gesteckt und selbst ich hatte seine Blicke bemerkt und mich seltsamerweise kein Stück unbehaglich gefühlt.

Doch dass Henry drauf und dran war, ein solches Angebot auszuschlagen, erstaunte mich. Nach Martins Schilderungen hätte ich schon letzte Nacht meine Jungfräulichkeit verlieren müssen, Anmachsprüche im Minutentakt hören. Aber wahrscheinlich hatte sich in seinem Kopf die artige, schüchterne Studentin festgesetzt, die sich höchstens bei einer Wette trauen würde, einen Mann anzubaggern. Trotzdem kam die Scham nicht. Ich verstummte nicht. Das fühlte sich großartig an.

Vor meiner Zimmertür verabschiedeten wir uns. Mutig wagte ich einen weiteren Vorstoß in Henrys Intimsphäre.

Ich schlang meine Arme um ihn, lehnte mich gegen seinen muskulösen Oberkörper und bettete meinen Kopf an seiner breiten Brust. Eine Sekunde später wickelten sich seine Arme um mich und sein herber Duft hüllte mich ein. Ich unterdrückte ein wohliges Seufzen. Wärme und Stärke umgaben mich. Am liebsten hätte ich ihn nie wieder losgelassen.

Unter meiner Wange zuckte ein Muskel. Es kribbelte mir in den Fingern, darüber zu streichen, unter Henrys T-Shirt zu fahren und seine Haut zu berühren. Mein Herz schlug schneller. Aufregung und Vorfreude stiegen in mir empor. Ich tat etwas Unvernünftiges und spürte nicht mal den Anflug eines schlechten Gewissens. Langsam glaubte ich, dass der ungebetene Gast in meiner Wohnung das Beste war, was mir passieren konnte. Ein wunderschöner, ungebetener Gast. Behutsam streichelte ich seinen festen Rücken.

Ich war vielleicht eine Jungfrau, aber keineswegs völlig unerfahren. Und selbst wenn: Irgendwo in mir drin fühlte ich die Gewissheit, dass ich Henry vertrauen konnte. So ein guter Schauspieler konnte er gar nicht sein, dass er mich mit seiner Rücksichtnahme und seinem erstaunlichen Einfühlungsvermögen einwickelte, nur um mich dann auszunutzen. Das traute ich ihm nicht zu.

Es konnte gut sein, dass Henry sich verändert hatte, seit er mit Martin zur Schule gegangen war. Oder dass er selbst seinem besten Freund nie alle Seiten von sich gezeigt hatte.

»Gute Nacht«, raunte er mir ins Ohr. Sämtliche Härchen an meinem Körper stellten sich auf.

Ich stellte mir auf einmal vor, wie Henry mir mit dieser Stimme ganz leise etwas erzählte, bevor er mich küsste.

O Gott. Abrupt befreite ich mich aus seiner Umarmung. Mein Herz raste.

»Gute Nacht«, wisperte ich und schlüpfte in mein Zimmer.

Hinter der geschlossenen Tür stand ich still da, versuchte, meinen Atem unter Kontrolle zu bekommen und lauschte auf Henrys Schritte, die sich entfernten.

Es irritierte mich, dass ich mir wünschte, er würde anklopfen und mein Zimmer betreten wollen. Ich hatte sie doch nicht mehr alle.

Tagsüber spielte ich die verschämte Jungfrau, nachts warf ich mich ihm an den Hals. Aber es war genau dieses zweite, in mir schlummernde Wesen, das ich herauskitzeln und besser kennenlernen musste. Denn im Moment kam ich mir vor wie ein Mädchen im Körper einer Frau, wie ein wandelnder Widerspruch.

Erst als ich sicher war, dass Henry in Ahmeds Zimmer verschwunden war, traute ich mich ins Bad.

Nachdenklich putzte ich mir die Zähne, betrachtete mein rotwangiges Gesicht mit den größer wirkenden Augen im Spiegel und fragte mich zum wiederholten Mal, was mit mir los war.

Auf dem Rückweg prallte ich im Dunkeln gegen eine warme, harte Mauer. Mein erschrockenes Keuchen wurde an dem Stoff der Mauer gedämpft.

»Hoppla!«, brummte Henry und umfasste meine Hüften. »Einer von uns hätte wohl das Licht einschalten sollen.«

Zum Glück sah er so nicht mein tiefrot glühendes Gesicht. Er ließ mich los, blieb aber viel zu nahe vor mir stehen.

Bei aller Peinlichkeit fand ich es schön, ihm nahe zu sein. Vielleicht war es dieses seltsame Gefühl, das meinen Mund dazu verleitete, die folgenden Worte auszusprechen: »Ich will keine Jungfrau mehr sein.«

9

Henry

Meine Augen weiteten sich. Mir fehlten die Worte. *Was?*

Eve schaute mir mutig ins Gesicht. Ihre Augen schimmerten in der Dunkelheit.

»Ich will keine Jungfrau mehr sein«, wiederholte sie voller Ernst. »Das ist so ziemlich das Wildeste, was mir einfällt. Deine Vorschläge waren nicht so berauschend.«

Heilige Mutter Gottes. War ich gestorben?

Anders konnte ich mir nicht erklären, warum dieser heiße Feger mit mir über seine Jungfräulichkeit redete. Ich hatte einige Fragen an sie, zum Beispiel, ob sie implizierte, dass ich derjenige sein sollte, der sie entjungferte. Oder ob sie einen Wingman brauchte, um einen Typen klarzumachen. Vielleicht hatte sie auch einen Freund und wollte sich nur ein paar Tipps bei mir holen. Verdammt!

Sie wartete meine Erwiderung nicht ab, sondern griff mit ihrer freien Hand in mein Genick, um mein Gesicht zu ihrem heranzuziehen. Das tut sie jetzt nicht ... Ungestüm trafen ihre Lippen auf meine.

Ein Blitzschlag.

Der Donner kam als leises Grollen aus meiner Kehle, als ich sie mit einem Arm umschlang und näher zog. Ihre weicher werdenden Lippen schmiegten sich perfekt an meinen Mund. Sie schmeckte nach Minze und Eve.

Ich ließ ihre Hand los, um sie mit beiden Armen zu umfassen.

Gut, sie schien solo zu sein. Ich schätzte sie nicht so ein, dass sie einen anderen Kerl küsste, wenn sie vergeben war. Falls doch, wollte ich auf keinen Fall der Depp sein, mit dem sie ihren Freund betrog. Selbst jemand wie ich hatte seinen Stolz. Mein unstetes Leben im Internat hatte ich längst hinter mir gelassen.

Sie seufzte, als ich sie bestimmter küsste und meine Lippen sanft auf ihren bewegte, an ihrer Unterlippe knabberte und die Oberlippe zwischen meine eigenen Lippen nahm. Mit einem Mal waren meine diffusen Fantasien Wirklichkeit geworden. Und die Wirklichkeit war hundertmal besser als jeder Tagtraum. Die niedlichen Geräusche, die ich Eve entlockte, ließen mich schmerzhaft hart werden. Sie könnte mich gleich hier und jetzt haben.

Ganz und gar nicht schüchtern neckte sie meine Lippe mit ihrer Zunge; ihr warmer, feuchter Mund war fast zu viel.

Ihre Brüste drückten sich gegen meine Rippen. Reine Selbstbeherrschung hielt meine Hände in ihrem seidigen Haar und an ihrer Wange. Ich wünschte mir nichts sehnlicher, als jeden Zentimeter Haut freizulegen. Scheiße, sie servierte sich mir auf dem Silbertablett.

Noch mehr Blitze zuckten durch meinen Körper, als ich ihre vorwitzige Zunge an meiner spürte. Ich trat einen Schritt zurück, damit ich mich mit meinen zunehmend weichen Knien gegen die Wand lehnen konnte.

Irgendwann ging uns der Sauerstoff aus und wir gaben einander frei. Eves Hände lagen an meinen Schulterblättern und gaben mir kaum die Möglichkeit, mich von ihrem Gesicht zu entfernen.

»Martin wird mich umbringen«, brachte ich schwer atmend heraus.

Eve schüttelte den Kopf. Eine ihrer Haarsträhnen traf mich an der Wange.

»Das ist allein meine Sache. Jacky und Martin müssen endlich aufhören, sich für alle verantwortlich zu fühlen. Ich bin bald einundzwanzig. Das ist zu alt, um noch Jungfrau zu sein, habe ich beschlossen. Und ich wollte dich küssen, seit ich dich das erste Mal gesehen habe.«

Ich unterdrückte ein Seufzen. Diese nächtliche Ausgabe von Eve machte mich fertig. Doch ihr Blick wich meinem plötzlich wieder aus und ich atmete tief durch. Meinem harten Schwanz war es egal, ob Eve noch Jungfrau war, aber meinem letzten Rest klarem Verstand war es das nicht. Wir würden das jetzt besprechen.

»Willst du dich wirklich von jemandem entjungfern lassen, den du kaum kennst?« Wenn ich nur in ihr Gehirn gucken könnte!

Trotzig schob sie das Kinn vor. »Ich hätte dich nicht für einen Feigling gehalten.«

Oh, raffiniert! Sie wollte mich bei meiner Ehre packen. Ich legte meine Hände sanft um ihre nackten Oberarme.

»Ich will nur nicht, dass du es später bereust.«

Auch in meinen Ohren klang diese Ausrede erbärmlich. Tatsächlich hatte ich einen Heidenrespekt, um nicht zu sagen, Angst vor der Aufgabe, einem Mädchen die Unschuld zu nehmen. Dabei spielte es keine Rolle, ob das Mädchen eine erwachsene Frau war. Wie kam ich nur aus dieser Situation heraus? Zumal ich nichts lieber tun würde, als die nächsten Stunden hier zu stehen und Eve zu küssen.

Eve sah mich abwartend an. Sie verzog keine Miene, während ich verzweifelt versuchte, das Chaos in meinem Kopf zu beseitigen und ihr meine Beweggründe so darzulegen, dass sie mich nicht hasste.

Und überhaupt: Ich verstand Eve kein Stück. Wie konnte sie jetzt so draufgängerisch sein, während sie vorhin das brave Mäuschen gemimt hatte?

»Hör mal, ich helfe dir mit dieser Flirtsache. Im Küssen brauchst du keine Nachhilfe. Aber was du jetzt von mir verlangst, ist zu viel. Das kann ich nicht machen, Eve.«

»Tut mir leid.« Sie versuchte, sich aus meinem Griff zu

winden, und ich gab sie sofort frei. Sie trat einen großen Schritt zurück. »Ich weiß wirklich nicht, was ich mir dabei gedacht habe.« Verschämt schlug sie die Hände vors Gesicht. »Du musst glauben, ich schaue irgendwie auf dich herab, richtig? Dass ich dich für eine männliche Schlampe halte, die kein Gewissen hat. O Gott, vergiss alles, was ich heute Abend von mir gegeben habe.«

Himmel, ist sie süß! Ich kämpfte gegen das breite Grinsen an, das an meinen Mundwinkeln zerrte. Ich griff nach ihrem Handgelenk und sie wollte sich erneut befreien, aber diesmal ließ ich nicht locker.

»Dein Angebot hat mich überrumpelt, aber ich bin dir nicht böse. Ich finde es süß, dass du so rational an die Sache rangehst und so mutig warst, mich zu fragen.« Ich zog sanft die Hände von ihrem Gesicht und küsste sie auf die Stirn. »Lass uns einfach schlafen gehen und nicht mehr darüber sprechen, okay?«

»Okay. Wirst du mir trotzdem noch helfen?«

»Klar. Wir sehen uns zum Frühstück.« Ich ließ sie los. »Gute Nacht, Eve.«

»Gute Nacht, Henry.«

10

Eve

Schneller als gedacht fiel ich nach dem Zusammenstoß mit Henry in einen tiefen Schlaf. Doch am nächsten Morgen schämte ich mich immer noch dafür, Henry so unverblümt vorgeschlagen zu haben, mich zu entjungfern. Wie konnte ich ihm nur so eine Frage stellen?

In meinem Bett drehte ich mich auf den Rücken und strich mir über die Stirn. Und dann hatte ich ihn auch noch geküsst.

Für andere Frauen war das keine große Sache, für mich schon. Noch nie hatte ich jemanden nach so kurzer Zeit des Kennenlernens geküsst. Oder ihn für persönliche Lebenshilfe eingeplant. Ich verstand nicht, was Henry an sich hatte, was ihn von anderen Männern unterschied. Warum ich ihm gegenüber so offen war, warum er mein Blut kochen ließ, wenn er mich nur ansah. Dieser Kuss ... Er war gigantisch. Ich würde mir selbst in die Tasche lügen, wenn ich behauptete, das nicht wiederholen zu wollen.

Wie ich Henry im hellen Licht der Morgensonne begegnen sollte, wusste ich allerdings nicht. In der Finsternis des Wohnungsflurs war ich wesentlich mutiger gewesen.

Da ich erst heute Nachmittag in die Uni musste, hatte ich länger geschlafen. Meine feige Seite überlegte, noch länger eingekuschelt im Bett liegenzubleiben, aber der Rest von mir hatte Hunger und musste aufs Klo.

Schweren Herzens schälte ich mich aus meiner leichten

Sommerdecke, kurbelte den Rollladen hoch und öffnete das Fenster. Schon jetzt war die Luft sommerlich warm, Mauersegler zischten lärmend an meinem Fenster vorbei. Der Sound des Sommers. Ich gönnte mir noch einen tiefen Atemzug der frischen Waldluft, dann verließ ich mein Zimmer.

Nach einem Zwischenstopp im Bad ging ich in die Küche. Die Wohnung war ganz still. Henry schlief entweder noch oder er war nicht da. Ich hätte nichts dagegen, ihm noch ein bisschen aus dem Weg zu gehen.

Auf dem Esstisch fand ich eine Tüte vom Bäcker, darauf lag ein Zettel.

Guten Morgen, Schlafmütze!
Konnte nicht mehr schlafen und bin unterwegs. Sehen uns
heute Abend. Als kleine Entschädigung, weil du alleine
frühstücken musst, habe ich dir ein Croissant und
Brötchen mitgebracht.
Bis später, Henry

Anscheinend hatte ich ihn mit meiner erschreckenden Offenheit nicht vergrault. Gut zu wissen.

Kurzerhand deckte ich den Tisch auf dem Balkon mit Tee, Himbeermarmelade und Butter. Mit Gesellschaft wäre es zwar noch netter, aber so konnte ich meinen Mittelalterroman weiterlesen, ohne jemanden vor den Kopf zu stoßen. Die Sonne wärmte meine Beine und Füße, der Rest von mir befand sich im Schatten. Bald würde die Sommersonne voll auf die Loggia knallen, weshalb ich nach dem letzten Schluck Tee den altersschwachen Schirm aufspannte.

Erst am Abend sah ich Henry wieder. Er kam gerade rechtzeitig zum Kartoffel-Brokkoli-Auflauf von seinem Stadttrip mit Martin und Michelle wieder.

»Hey, Eve. Du hättest wegen mir nicht kochen müssen.«

Sein Lächeln stellte etwas mit meinem Magen an. Automatisch erwiderte ich es.

»Du hast mir Frühstück gebracht. Alles gut.«

Wie selbstverständlich trat er auf mich zu und umarmte mich von der Seite. Ich legte den Ofenhandschuh beiseite, um die Geste zu erwidern. Es gefiel mir zu gut, um es nicht zu tun.

»Ich muss duschen. Wartest du auf mich mit dem Essen?«

»Dauert sowieso noch ein bisschen.«

Als er die Küche verließ, zog er ein bisschen zu früh sein T-Shirt über den Kopf und präsentierte mir erneut seinen nackten Rücken. Mein Mund wurde trocken und die Röte stieg mir ins Gesicht, weil ich ihn schamlos angaffte. Die Muskeln, die ich gestern gespürt hatte, sahen genauso toll aus, wie sie sich anfühlten. Oh oh, ganz falsche Richtung. Hastig wandte ich mich wieder dem Ofen zu, bevor der Auflauf zu dunkel wurde.

Das Gespräch beim Essen verlief überraschend entspannt. Er erzählte mir von seinem Tag und ich ihm von meinem, als wären wir ein altes Ehepaar. Da er den Kuss und mein unmoralisches Angebot nicht erwähnte, fühlte ich mich wirklich wohl.

»Ich bin sehr froh, dass ich nicht ins Hotel gegangen bin«, sagte Henry nach einer kurzen Pause, in der ich die letzten Kartoffeln aufgespießt hatte.

»Ich auch«, gab ich zu und lächelte. Gestern früh hatte mich der halb nackte Kerl in meiner Küche total überrumpelt. Aber nachdem ich den ganzen Tag mit ihm verbracht hatte, war ich unerwartet risikofreudig geworden. Meistens brachten mich Männer aus dem Konzept und nicht umgekehrt. Das war ungewohnt und aufregend.

»Ehrlich gesagt hatte ich gedacht, dass du nach meiner Aktion gestern lieber woanders wohnen würdest.« So, jetzt hatte ich es angesprochen. Es bedrückte mich irgendwie.

»Mach dir deswegen keine Sorgen.« Henry schüttelte den

Kopf und deutete auf seinen leergekratzten Teller. »Das Thema ›Abendessen mit einem Kerl‹ haben wir hiermit auch abgehakt. Du bist eine tolle Gastgeberin und man kann sich richtig gut mit dir unterhalten.«

Korrektur: Er konnte sich richtig gut mit mir unterhalten. Würde ich mit Dennis am Tisch sitzen, wäre es ziemlich still geblieben.

»Was steht noch auf deiner Liste?«, fragte ich amüsiert. Henry nahm seinen Lehrauftrag echt ernst.

»Wir sind bisher nur zu zweit gewesen. Aber wenn noch andere dabei sind, bist du nicht so locker drauf. Willst du daran auch arbeiten?« Mist. Ich legte die Gabel auf den leeren Teller und senkte den Blick.

»Das ist nicht deine Baustelle, Henry. Außerdem war ich gestern ein bisschen müde.« Ich wich seinem Blick aus und er kommentierte meine offensichtliche Ausrede nicht, sondern meinte nur: »Dann könnten wir zusammen einen Film anschauen oder etwas lesen.« Da hob ich den Kopf und lächelte strahlend. Wusste er, dass ich eine Schwäche für lesende Männer hatte?

»Auf dem Balkon zu lesen, fände ich toll!«

Und das taten wir dann. Henry zog sich irgendeinen Thriller rein, bei dem ich schon vom Vorwort Albträume bekäme, und ich reiste zurück nach Kingsbridge.

Als es zu dunkel wurde, gingen wir hinein und standen einen Augenblick unschlüssig voreinander. Die Hälfte des Abends hatte ich nicht selbst gelesen, sondern Henry dabei zugesehen. Nun meinte ich, jeden Winkel seines Gesichts zu kennen. Aber ich wollte es immer noch ansehen. Verrückt, oder?

In mir reifte ein weiterer, sehr mutiger Entschluss. Ich wollte heute Nacht zum ersten Mal in meinem Leben mit einem Mann zusammen schlafen. Nicht meine Jungfräulichkeit verlieren, nur gemeinsam einschlafen und aufwachen. Das hier war mein Sommer. Henry konnte immer noch ablehnen, wenn ihm das zu intim war, aber wenn ich ihn nicht fragte, würde ich das nie erfahren. Ich schluckte gegen die aufkommende Nervosität an.

»Willst du heute Nacht vielleicht bei mir bleiben?« Ja! Meine Frage war ohne ein Stottern herausgekommen. »Keine Angst, ich werde nicht im Schlaf über dich herfallen.«

Henry lächelte und nickte. Er machte es mir so leicht, mutig und ein bisschen frech zu sein. Vor ihm konnte ich mich theoretisch komplett zum Affen machen, schließlich ging er wieder fort. Er legte unsere Bücher auf den Tisch und umschlang mich mit seinen Armen.

Sein Herz pochte rasch in meinem Ohr. Ich spürte ihn an meiner Wange. Mein eigenes schlug genauso fest gegen meinen Brustkorb, doch ich zog eine gewisse Befriedigung daraus, zu wissen, dass meine Nähe ihn nicht kaltließ. Das tat mir gut.

Ich schloss unwillkürlich die Augen, als Henry meine Stirn und meine Haare küsste. Das fühlte sich so liebevoll an, dass mein Magen sich zusammenzog.

»Du lässt mich in dein Bett? Bist du dir sicher?«

»Wenn du schnarchst, fliegst du raus«, antwortete ich leise.

Da lachte er befreit auf. »Okay, das wird nicht passieren.«

Ein vorfreudiges Kribbeln erfüllte meinen Bauch. Hand in Hand liefen wir weiter. Ich widerstand dem Drang, zu hüpfen wie ein kleines Kind, weil ich mich so darauf freute. Es elektrisierte mich, mit dem Mann zusammen zu sein, der mich zum Sprechen brachte, der die unerschrockene, wilde Eve hervorlockte.

Nach dem Zähneputzen kroch ich in mein etwas enges, einen Meter vierzig breites Bett, obwohl es erst kurz nach zehn war. Halb hatte ich gehofft, Henry würde nur in Boxershorts schlafen, aber er kam zusätzlich mit einem dunkelblauen Unterhemd bekleidet in mein Zimmer geschlüpft.

Unterhemden waren für mich immer der Inbegriff des Proletentums gewesen, doch Henry sah darin zum Anbeißen aus. Unschlüssig, ob ich die Nachttischlampe anlassen sollte, beugte sich Henry über mich hinweg und knipste sie aus. Tatsächlich entspannte ich mich im Dunkeln augenblicklich. Wie am vergangenen Abend, als der Schutz der Nacht mir die Kühnheit verliehen hatte, Henry zu küssen.

Da nahm er mich in den Arm und barg mich an seiner Brust. Eine Geste, die sich absolut angemessen anfühlte. Nur wo sollte ich meine Hand ablegen. Auf seinem Bauch? Auf seiner Brust? Er nahm sie und zog meinen Arm über seinen Hals.

Dann verstummten meine Zweifel, weil Henry einen Finger unter mein Kinn legte, es anhob und mich küsste.

Hmm. Ich liebte diese Lippen. Sie waren weich und schmeckten wie gestern ein wenig nach Minze. Nach ein paar Minuten pausierten wir eng umschlungen. In meinem Innern stieg Wärme auf, als ich Henrys raue Wange streichelte. Mein Bett war gerade zum schönsten Ort des Universums geworden. Es tat mir fast leid, dass mir Henrys Küsse viel besser gefielen als die meines Ex-Freundes. Dabei hatten wir einiges ausprobiert. Außer richtig Sex zu haben.

Ich spürte, dass ich mir nicht nur aus einer Laune heraus wünschte, mein erstes Mal mit Henry zu erleben. Ich vertraute ihm und wusste, dass er mich respektvoll behandeln würde. Wie er es schon die ganze Zeit tat. Aber durch meine Dämlichkeit hatte ich mir diese Chance verbaut.

Verdammt sei meine vorlaute Klappe! Sie tat selten, was ich von ihr wollte. Die meiste Zeit brachte mich meine unfreiwillige Schweigsamkeit in Bredouille. Damit konnte ich mittlerweile umgehen, mit unbedachten Äußerungen hingegen kaum.

Doch dann war wirklich Schluss mit Denken. Henrys Zunge an meiner Unterlippe versetzte sämtliche Nervenenden in Alarmbereitschaft. Halb erschrocken registrierte ich das leise Stöhnen, das aus meinem Mund entwich.

Ich fuhr mit den Fingern in Henrys weiche Haare und zog

ihn näher an mich heran. Den nächsten Kuss spürte ich bis hinunter in die Zehenspitzen. O mein Gott.

Aus den anfangs zarten Küssen wurden verschlingende, nervenaufreibende. Tief in meinem Bauch kribbelten tausend feine Nadelstiche. Ich beugte mich halb über Henry, der sich ohne Gegenwehr auf den Rücken drehte. Es war dunkel und ich hatte keinen Orientierungspunkt mehr außer dem wunderbar duftenden Mann unter mir. Ich kniete mich über ihn und schob sein Unterhemd hoch. Als ich seine Bauchmuskeln berührte, hätte ich beinahe gestöhnt. Dieser Kerl war die pure Sünde.

Seine Hände fuhren meine Arme hinab und ich rechnete damit, dass er gleich meine Handgelenke nehmen und meine Versuche, ihn auszuziehen, unterbinden würde. Er ergriff wirklich meine Handgelenke, doch nur, um meine Hände unter seinem Unterhemd hervorzuholen und es sich im nächsten Augenblick selbst auszuziehen.

Dabei richtete er sich auf, sodass ich auf seinem Schoß saß. Hitze rollte mein Rückgrat hinab, als ich kapierte, was die Beule war, an die ich mich drückte. Ich überlegte mir, in eine weniger verfängliche Position zu rutschen, als Henrys Arme mich umschlossen und dort hielten, wo ich war. Sein Mund fand erneut meinen.

Mein Höschen fühlte sich feucht an, was mir ein wenig peinlich war. Ich musste total notgeil rüberkommen. Gleich darauf schüttelte ich leicht den Kopf. So brauchte ich gar nicht zu denken!

Henry stupste mich an, damit ich mich hinlegte. Nichts lieber als das.

Seine Küsse verwandelten mich in weiche Butter. Ich konnte nicht genug bekommen.

Vermutlich stundenlang küssten wir uns, bis ich kaum noch Gefühl in meinen Lippen hatte und mir vor Glück der Kopf schwamm. Irgendwann löste sich Henry von mir und stellte mir eine unheimlich süße Frage: »Darf ich dich im Arm halten, bis du eingeschlafen bist?«

»Ja«, flüsterte ich. Zu mehr war ich nicht in der Lage.

»Dann dreh dich um.« Von hinten umfing er mich, schmiegte seinen großen, starken Körper an meinen. Wann hatte ich mich zuletzt so geborgen gefühlt? So geschätzt? Ich vermochte es nicht zu sagen.

Mit einem grenzdebilen Lächeln auf dem Gesicht döste ich langsam weg.

11

Henry

Ich erwachte allein in Eves Bett. Die Sonne schien durch die Ritzen des Rollladens und stach mir in den Augen.

Ich kniff die Lider fest zu und streckte mich erst mal ausgiebig. Ich hatte geschlafen wie ein Stein – und das lag nicht an den letzten Nachwirkungen des Jetlags, sondern vor allem an Eve. Meine Morgenlatte war nur ein schwacher Nachhall von dem Ständer, den Eve mir gestern Abend beschert hatte. Ich musste sofort aufhören, daran zu denken, wie Eve ihren süßen Hintern an mich gedrückt hatte.

Als hätten meine unzüchtigen Gedanken sie hergerufen, erschien sie in der Tür und lächelte mich an.

»Morgen«, sagte sie.

»Hey.«

Ich gähnte, hielt mir aber höflich die Hand vor den Mund. Für Martin hätte ich mir nicht die Mühe gemacht.

Eve ließ sich nicht abschrecken und ließ sich neben mir auf der Bettkante nieder.

Ich holte sie zu mir ins Bett und fing an, sie zu kitzeln. Sie quiekte, lachte und strampelte, um von mir wegzukommen. Ich musste selbst lachen.

Endlich mal ein Mädchen, das ein bisschen Blödsinn mitmachte. Meine letzte Freundin war eine humorlose, aber schöne wie erfolgreiche Amerikanerin gewesen, die mir im Frühsommer den Laufpass gegeben hatte, weil meine Abschlussnoten nicht ihren Anforderungen entsprachen.

Das war mal etwas Neues gewesen. Meistens servierte ich die Mädchen ab oder wurde gehasst, weil ich mich nicht richtig binden wollte. Jedenfalls war es früher so gewesen, vor Lindsay, meiner Ex aus Boston. Vielleicht war nie die Richtige dabei gewesen. Martin musste ein entsetzliches Bild von mir haben, dabei hatte ich weder etwas gegen Monogamie noch gegen Beziehungen im Allgemeinen.

Eve kam in meinem Arm wieder zu Atem und drehte ihren Kopf zu mir. Ihre Wangen schimmerten rot und ihre Haare hatte ich auch verwüstet. Ihre Lippen waren leicht geöffnet. Sie sah hinreißend aus. Nach dem Frühstück würde ich sie am liebsten zurück ins Bett tragen.

Eve musste etwas Entsprechendes in meinem Blick gelesen haben, denn sie grinste mich auf einmal an. »Deine Gedanken sind ziemlich schmutzig, hab ich recht?«

»Sorry. Wenn du mir unmoralische Angebote machst, kannst du mir nicht vorwerfen, dass ich intensiv darüber nachdenke.« Ich wackelte grinsend mit den Augenbrauen.

»Dabei wollte ich dir wirklich etwas zu essen anbieten.« Sie wand sich aus meinem Arm, strich mir aber über die Haare und küsste mich auf die Wange. Wärme flutete meine Brust. Wie in der letzten Nacht, als Eve sich so vertrauensvoll an mich gekuschelt hatte. Sie hielt mich nicht für einen schlechten Menschen, obwohl ich es ihr nicht verübeln würde.

Als Eve aufstand, griff ich nach ihrer Hand. Wie gerne würde ich sie einfach hierbehalten!

»Alles okay zwischen uns?«

»Ist es das nicht?« Ihre Augen wurden etwas größer.

Wie süß sie war!

»Doch, von meiner Seite aus schon. Ich weiß nur nicht, wie es dir damit geht, mich gleich so nah an dich ranzulassen.«

Sie schaute kurz an die Zimmerdecke zu der langen Girlande aus Papierblumen, die sich von einer Ecke des Raumes zur anderen spannte.

»Henry. Wenn es mir zu schnell gegangen wäre, hätte ich dir weder anvertraut, dass ich Jungfrau bin, noch dich in mein Schlafzimmer gelassen. Wir haben einen Pakt, schon vergessen?«

»Okay. Ich wollte nur sichergehen.« Lächelnd schüttelte sie den Kopf und betrachtete die Decke.

Sie zog an meiner Hand, um mich zum Aufstehen zu bewegen. »Komm schon, genug geredet. Ich will gleich in den Wald. Joggst du oder sollen wir spazieren gehen?«

»Ich jogge. Aber da es hier die meiste Zeit bergauf geht, brauche ich sicher eine Pause.«

Nach der Schule hatte ich Handball aufgeben müssen und war in meiner Collegezeit nur laufen gegangen. Ins Fitnessstudio ging ich vor allem aus Eitelkeit und weil sich dort vortrefflich Mädels abschleppen ließen. Asche auf mein Haupt. Allerdings hatte nicht nur die Arbeitsbelastung nach den ersten beiden Semestern stark zugenommen, ich hatte ein Jahr vor meinem Abschluss auch Lindsay kennengelernt und gedacht, dass sie eine passende Partnerin wäre.

Wenn ich die letzten anderthalb Tage mit Eve Revue passieren ließ, stellte ich jedoch fest, dass ich bei meiner Ex-Freundin auf eher unwichtige Dinge wie Aussehen und Status geachtet hatte und nicht darauf, ob ich bei ihr ich selbst sein konnte.

Der Sommerwald war einfach wunderschön. Einen richtigen Wald hatte ich schon länger nicht mehr gesehen und so genoss ich die warme, leicht feuchte, aber saubere Luft, den Gesang der Vögel und das Brummen der Insekten.

Fast im Gleichschritt joggten wir einen steileren Abschnitt hinauf, nachdem wir zuvor nur eine mäßige Steigung hatten.

Zum Sprechen fehlte mir nicht die Luft, aber das Geräusch unserer monotonen Schritte hatte etwas Beruhigendes, das ich nicht durch Worte stören wollte.

Ich fasste es nicht, wie angenehm Eves Gesellschaft war. Ich wollte den ganzen Tag mit ihr unterwegs sein.

Der Pakt tat zudem seine Wirkung. Ich überdachte wahrscheinlich zum zwanzigsten Mal meinen Plan, in die USA zurückzugehen. Eves schwingender, geflochtener Zopf und diese langen Beine in unanständig kurzen Shorts taten ihr Übriges.

Du kannst hier Paläontologie studieren, hallten Eves Worte in meinen Gedanken. Ihre Stimme erschien mir wie die einer lockenden Sirene. Shit.

Irgendwo machte Eve einen Schlenker hinauf auf einen schmaleren Waldweg, auf dem ich stärker auf meine Füße achten musste. Hier gab es jede Menge Wurzeln und Stöcke.

Bald wurde der Pfad so eng, dass wir nicht mehr nebeneinander joggen konnten. Schon in der nächsten Sekunde bedauerte ich es, dass ich Eve den Vortritt gelassen hatte.

Jetzt klebten meine Augen an ihrem wohlgeformten Hinterteil. Beim Joggen einen Steifen zu kriegen, ist kein Vergnügen. Immerhin bekam Eve nicht mit, wie ich ein paar Anpassungen vornahm.

Dann kam die nächste Kehre und wir liefen nun auf einem breiteren Weg. Ein Glück.

Eve lächelte mir zu. Und ich freute mich darüber, sie bisher nicht in die Flucht geschlagen zu haben.

Es kam mir vor, als hätten wir den halben Wald durchquert, als wir auf einer weiten Lichtung eine Bank ansteuerten und uns niederließen. Hier trafen sich mehrere Pfade aus unterschiedlichen Richtungen. Sozusagen eine Waldkreuzung.

Eve hatte in einer speziellen Halterung auf dem Rücken eine Flasche Wasser hier hoch transportiert, die sie großzügig mit mir teilte.

Ich hatte mir das Ding umschnallen wollen, aber es war zu kurz für meinen Körperumfang gewesen. Jetzt trank ich eben Wasser, das eine Frau für mich geschleppt hatte. Der Gentleman in mir musste das verkraften.

Lange würden wir es nicht in der Vormittagssonne aushalten, aber für den Moment streckten wir ihr unsere verschwitzten Gesichter entgegen.

Wieder grübelte ich darüber nach, warum Eve vorgestern beim Abendessen halb verschüchtert auf ihrem Platz gesessen hatte. Und mich auf dem Heimweg küsste und dann bat, sie zu entjungfern. Letzteres würde ich nicht ansprechen. In der Helligkeit des Tages war es ihr sicher noch unangenehmer als mir.

»Darf ich dich was fragen?«, setzte ich an.

»Hm?« Sie hatte die Augen geschlossen. Eves lange Wimpern warfen Schatten auf ihre Wangen. Ihr Gesicht war symmetrisch, aber ihre Augen standen ein klein wenig weiter auseinander als bei den meisten anderen Mädchen, die ich kannte. Nicht, dass das ihre Attraktivität schmälern würde.

»Was willst du mich fragen?«

Mist. Ich hatte sie so lange angestarrt, dass ich den Faden verloren hatte. Ach ja, das Abendessen.

»Ähm, ich hatte den Eindruck, dass du dich beim Essen bei Martin und Jacky nicht sehr wohlgefühlt hast. Was war los?«

Da öffnete sie ihre Augen und schaute mich für den Bruchteil einer Sekunde ernst an, bevor sie sich abwandte und den Busch neben der Bank studierte.

Der war also interessanter als ich. Oder stellte keine gemeinen Fragen. Ihre Reaktion verriet mir, dass ich ins Schwarze getroffen hatte.

»Ich hätte nicht gedacht, dass du das bemerken würdest«, sagte sie mehr zu sich selbst. Ihre Hände hielten die Kante der Sitzfläche umklammert. Ich strich über ihren Handrücken. Besser, ich hätte den Mund gehalten.

»Vielleicht übertreibe ich auch ein bisschen«, räumte ich

ein, doch dabei lief sie tiefrot an. Dass sie sich scheiße fühlte, war das Letzte, was ich wollte. Super gemacht!

Ich legte ihr einen Arm um die Schultern und drückte leicht ihren Oberarm.

»Vergiss es einfach«, sagte ich. Ich war ihr zu nahe getreten. Körperliche Intimität war oft leichter herzustellen als seelische. Jedenfalls für mich. Vielleicht erging es Eve ähnlich.

Endlich schaute sie mich wieder an. Ihre Lippen hatten einen harten Zug bekommen, weil sie die Zähne zusammenbiss.

Bevor ich mich davon abhalten konnte, strich ich ihr ein paar feuchte Haarsträhnen aus der Stirn und ließ meine Hand an ihrer Schläfe liegen. Es erleichterte mich, dass sie mich nicht von sich stieß.

»Große Gruppen überfordern mich manchmal«, gab sie schließlich zu. Ganz zufrieden war ich nicht mit ihrer Erklärung, aber ich würde den Teufel tun, und nachbohren. Das stand mir nicht zu. Sie würde reden, wenn sie bereit dazu war.

»Ach so«, entgegnete ich leichthin und streichelte ihre Wange, einfach, weil mir danach war.

Wenn sie etwas dagegen hätte, würde sie mir das schon mitteilen. Doch daran dachte Eve nicht im Geringsten. Sie stand auf, um sich rittlings auf meinen Schoß zu setzen und ihre Hände in meinen Haaren zu vergraben.

Sie fuhr mit den Lippen über meinen Mund, spielte mit ihm und küsste mich schließlich. Auf diese Weise ließ ich mich gerne von ihr zum Schweigen bringen.

Wir kannten uns kaum achtundvierzig Stunden und ich wusste nicht, wie ich noch die Finger von ihr lassen sollte. Noch nie hatte mich eine Frau so angezogen wie Eve.

Ohne besondere Absprache setzten Eve und ich unseren neuen Kuschelkurs im Freibad nicht fort. Obwohl ich sie gerne im Wasser abgeknutscht hätte, anstatt mit Michelle im Nichtschwimmerbecken Ball zu spielen und ihr beim Rutschen zuzusehen.

Eves türkiser Triangel-Bikini ließ wenig Raum für Fantasie und ich musste mich mehrmals zur Ordnung rufen, weil ich ihren Hintern und den Schwung ihrer Taille anglotzte. Außerdem brachte der Farbton des Bikinis ihre Augen zum Leuchten. Was Frauen anging, war ich ein hoffnungsloser Fall.

Aber Jacky beäugte mich argwöhnisch, weshalb ich tunlichst die Finger von ihrer Freundin ließ. Noch nie waren mir zwei Stunden ohne Martin so lange vorgekommen wie heute. Zeichnen lenkte mich kaum ab, besonders nicht, weil ich heimlich Eves Gesicht zeichnete, nachdem ich einen Elefanten mit Luftballon für Michelle auf den Block gezaubert und ihr geschenkt hatte.

Um mich abzukühlen, schwamm ich trotz der morgendlichen Joggingtour unzählige Bahnen im Schwimmerbecken. Die Mühe war für die Katz, weil Eve sich bei meiner Rückkehr auf dem Bauch liegend sonnte und ihr Oberteil ausgezogen hatte, um keine Bräunungsstreifen zu bekommen. Damit sie mich nicht nötigte, ihr den Rücken einzucremen, löste ich Jacky am Kinderbecken ab, wo Michelle ihre neue Taucherbrille mit Schnorchel ausprobierte, die Ahmed und Ali ihr zum Geburtstag geschenkt hatten.

Seitdem ich neben der Kleinen auf dem Rücksitz zum Schwimmbad gefahren war, kannte ich sämtliche Namen ihrer Spielponys (Miri, Siri, Annabell, Leila), Michelles Lieblingsfächer in der Schule (alle) sowie die Zusammenfassung der letzten Folge von »Spirit« (spannend).

Weil ich Michelle ziemlich niedlich fand und Jacky neben mir die Augen verdrehte, als es um »Spirit« ging, stellte ich Fragen, bis wir auf dem Parkplatz des Schwimmbads herumkurvten und eine freie Lücke suchten.

Jetzt saß ich mit den Füßen im Wasser am Rand des

Planschbeckens und verfolgte gewissenhaft Michelles Bewegungen. Gelegentlich tauchte sie auf, richtete ihre Brille und verschwand wieder.

Ich konnte allerdings noch so aufmerksam nach dem Kind schauen, ich bemerkte trotzdem die Blicke einiger junger Mütter, die mich unverhohlen musterten. Eine lächelte mich sogar keck an. Ich lächelte vage zurück.

Manche Muttis sahen gut aus, besser als ich mir Mütter im Allgemeinen vorstellte. Zum Beispiel leicht aus dem Leim gegangen und unzufrieden mit sich selbst wie meine eigene. Bisher war ich nicht in die Verlegenheit gekommen, eine deutlich ältere Frau zu daten. Musste auch wirklich nicht sein.

Und der Gedanke an Kinder lag fern wie eine Mondlandung, auch wenn ich glaubte, eines Tages eine eigene Familie haben zu wollen. Doch zurzeit war schon die Vorstellung beängstigend. Im Gegensatz zu Martin hatte ich nicht die Eier in der Hose, für ein kleines Wesen Verantwortung zu übernehmen.

Erbärmlich, aber wahr.

Michelle tauchte prustend vor mir auf und bespritzte mich mit Wasser. Jedenfalls hoffte ich, dass es mehr Wasser als Kinderspeichel war.

»Guck mal!«, rief sie, »Ich kann Handstand!«

Sie konnte ihren Hintern in die Luft strecken, doch ihre Beine platschten ins Wasser, sodass ich einen Schwall davon abbekam. Hoffentlich hatte sie sich dabei nicht wehgetan.

Wie gesagt: Für Kinder fehlte mir der Mut.

»Alles klar da unten?«

Ein zahnlückiges Grinsen löste alle Sorgen in meiner Brust in Wohlgefallen auf. »Ich muss noch üben.«

»Wollen wir zurückgehen? Wir können ein Eis essen.«

Michelle sprang sofort aus dem Wasser und lief los.

Ich freute mich wie ein Schneekönig, als ich Martin auf der Picknickdecke ausmachte. Endlich männlicher Beistand.

Michelle rannte triefend nass auf ihn zu und umarmte ihn stürmisch.

Ihre ehrliche, kindliche Freude war süß. Ich lächelte unwillkürlich. Eve hatte mich beobachtet und grinste mich an. Irgendwie fühlte ich mich ertappt.

12

Eve

Ich hatte einen richtigen Sommerflirt am Start – verstohlene Blicke und Heimlichkeit inklusive. Jedes Mal, wenn Henrys Blick mich traf, bekam ich Schmetterlinge im Bauch. Der Reiz des Verbotenen war wahnsinnig aufregend.

Ein Teil von mir wünschte sich, die letzten achtundvierzig Stunden mit meinen Freundinnen zu teilen. Der größere Teil hielt mich davon ab.

Wenn Jacky von meiner Unvernunft erfuhr, würde sie mir eine Gardinenpredigt halten und mir davon abraten. Jenny würde dann mit Jacky darüber streiten, weil ihr Motto lautete: Erst Spaß haben, später nachdenken.

Martin wiederum wäre sauer auf seinen Freund, den er seit Ewigkeiten nicht gesehen hatte, und ich wäre mit schuld daran. Darauf hatte ich keine Lust und Henry sicher auch nicht. Seit wir bei Jacky geklingelt hatten, verhielten wir uns so unauffällig wie möglich.

Auch ohne explizit darüber gesprochen zu haben, wussten wir beide, dass es sich nicht lohnte, für eine Urlaubsbeziehung oder was auch immer wir hatten, einen Riesenkrach mit unseren Freunden zu provozieren.

Trotz der guten Vorsätze tat ich mich schwer, Henry nicht ständig anzustarren.

Henry in Badeshorts war ein Anblick, den ich in mein Gedächtnis einbrannte. Je nachdem, wie er sich bewegte, spannten sich andere Muskeln an und weckten in mir den

Wunsch, ihn zu berühren. Immer wieder wanderte mein Blick zu seiner ausgestreckt daliegenden Gestalt, die sich im Schatten der mächtigen Trauerweide mit Martin unterhielt. Michelle tollte auf dem Spielplatz nebenan umher, natürlich vorbildlich eingecremt und mit Sonnenhut. Jacky war da sehr streng und ich wäre es bei einem derart hellhäutigen Kind auch gewesen.

Meine beste Freundin und ich sonnten uns ein wenig entfernt von den Männern.

»Jenny und Dennis müssten bald kommen«, merkte ich mit einem Blick auf mein Handy an.

»Die wollten schon vor einer halben Stunde da sein. Wenn sie irgendwann mal pünktlich sind, spendiere ich ihnen eine Portion Pommes.«

Ich grinste über ihre Antwort, denn ich kannte niemanden, der Pommes so gerne aß wie Dennis.

Jacky legte das Handtuch über ihrem Kopf zurecht und seufzte wohlig. Auch sie durfte nicht lange in der Sonne bleiben, da hatte ich es schon besser. Sie genoss es auch sicher, ein paar Wochen Pause vom Lernen zu haben, bevor der Abistress anfing.

»Wie läuft es mit Henry? Benimmt er sich anständig?«

Ich versteifte mich und war dankbar, dass Jacky es wegen ihres Handtuchs nicht sah. Ich hatte meine beste Freundin noch nie wegen eines Jungen anlügen müssen.

Was für eine Premiere.

»Er ist ein angenehmer Mitbewohner. Lässt seine Klamotten nicht im Bad rumliegen, pinkelt nicht im Stehen und geht sogar mit mir joggen.«

»Wir können auch zusammen joggen.«

Es hörte sich beinahe eifersüchtig an. Jacky verbarg ihre Emotionen meistens sehr gut, aber mir machte sie nie etwas vor. Sie traute Henry nicht über den Weg und machte sich anscheinend Sorgen, ich würde lieber etwas mit ihm unternehmen. Allerdings galt auch unter uns Frauen »Bruder vor

Luder«, wie Dennis es immer so schön sagte, nur dass sich »Besti vor heißem Mitbewohner« leider nicht reimte.

»Bist du etwa eifersüchtig, Jacky?«, neckte ich sie. Ich traute mich kaum, jemanden bewusst zu ärgern. Das hatte allerdings weniger mit meiner Störung als mit meiner strengen Erziehung zu tun. Eigentlich machte ich so etwas nur bei Jacky und Jenny. Wobei Henry sich auch anbot. Ich lächelte die Sommersonne an.

»Du bist blöd, Eve.« Unter dem Handtuch streckte sie mir die Zunge heraus, sodass ich nur die Spitze sah. »Du kannst joggen gehen, mit wem du willst, sei nur vorsichtig. Henry ist nett, aber du bist zu gut für jemanden wie ihn. Er wird dir das Herz brechen, wenn er im September wieder abreist. Wenn nicht schon früher.«

Ich rollte mit den Augen.

»Ja, danke, Mami. Hör mal, ich kann auf mich selbst aufpassen. Es ist wirklich lieb von dir, dass du dir Sorgen um mich machst, aber das musst du nicht. Henry ist gerade nicht das, was mich beschäftigt.« Das war nicht gelogen. Mein möglicher Fachwechsel oder sogar Abbruch des Studiums stand weiterhin im Raum. Also erzählte ich Jacky davon und bat sie um ihre Einschätzung. Ich war froh, dass sie den abrupten Themenwechsel schluckte.

»Und du denkst wirklich daran, das Studium abzubrechen? Was sagen deine Eltern dazu?«

»Noch gar nichts, weil sie nichts davon wissen.«

»Du traust dich nicht, mit ihnen darüber zu reden?«

Ich lachte humorlos auf. »Machst du Witze? Sie werden total enttäuscht sein und mich daran erinnern, dass ich mit harter Arbeit bisher alles geschafft habe. Vermutlich werden sie mir erklären, dass ich mit dem Tanzen aufhören muss und dass sie mir andernfalls den Geldhahn zudrehen.«

Jacky kam endlich unter dem Handtuch hervor und schaute mich mit gerunzelter Stirn an.

»Die können dir nicht das Tanzen wegnehmen! Dann beantragst du eben BAföG oder du fängst eine Ausbildung an.«

»Ein Fachwechsel würde vielleicht genügen. Weißt du, es fühlt sich nicht falsch an, Lehrerin zu werden. Ich arbeite gerne mit Kindern und Jugendlichen. Aber ich will nicht mein Leben lang Deutschaufsätze korrigieren. Und in Französisch bin ich so mies, dass ich sowieso wechseln sollte.«

»Was ist mit Sport?«, fragte Jacky, während sie aufstand und ihr Badelaken in den Schatten zog. Ich folgte ihr.

»Das wäre super. Meine Eltern wollten das aber nicht. Außerdem weiß ich nicht, ob ich die Leistungsprüfung schaffe.«

»Natürlich schaffst du die. Du kannst dich gut verbiegen und Bodenturnen, den Ausdauertest packst du mit links, so viel, wie du läufst. Bleibt noch eine Ballsportart.«

»Und Schwimmen, aber das ist auch kein Problem. In Ballsportarten bin ich nicht gut.«

»Wir haben den Sommer über Zeit, dich entweder in Fußball oder Handball fit zu machen. Martin und Henry haben jahrelang Handball gespielt, Dennis ist nicht schlecht im Fußball.«

Beim Gedanken daran, mit Dennis oder Martin stundenlang zu trainieren, brach mir der Schweiß aus. Ich hatte die beiden gern, aber ich schaffte es kaum, in zusammenhängenden Sätzen und angemessener Lautstärke mit ihnen zu sprechen. Ich fühlte mich in die Enge getrieben, als Jacky mir auffordernd ins Gesicht blickte.

Ich könnte ihr hier und jetzt meine Störung offenbaren. In meinem Kopf ratterte es, als ich die möglichen Szenarien vorwegnahm, die eine solche Beichte auslösen könnten. Vermutlich noch mehr Muttergefühle. Oder sie hielt mich sogar für verrückt. Wobei ... eher nicht. Sie war ihren Freunden gegenüber sehr tolerant. Davor musste ich keine Angst haben. Dennoch rang ich mit mir.

Doch da kam Henry zu uns herüber geschlendert und

pflanzte sich neben mich auf mein Handtuch. Und zum ersten Mal war ich dankbar für das Auftauchen eines Kerls. Ich musste nichts erzählen.

»Hab ich gerade das Wort ›Handball‹ gehört?«

»Ja, hast du. Willst du dich etwa nützlich machen?«, fragte Jacky. Es klang eine Spur aggressiv und ich stupste sie unauffällig mit dem Fuß an. Was hatte sie für ein Problem?

»Immer doch«, erwiderte er nicht sonderlich beeindruckt. Das beruhigte mich. Es missfiel mir, dass Jacky einen Gast so behandelte. Ganz egal, wie edel ihre Ziele waren. Manchmal hatte sie keinen Funken gutes Benehmen im Leib.

»Wir haben über die Leistungsprüfung für ein Sportstudium gesprochen. Ich kann keine einzige Ballsportart. Tanzen zählt wahrscheinlich nicht. Aber ich informiere mich genauer, bevor ich euch alle aufscheuche«, sagte ich zu Henry, um die Wogen zu glätten.

»Wenn du Nachhilfe in Handball brauchst, machen Martin und ich das gerne mit dir. Sag einfach Bescheid.« Sein offenes Lächeln ließ einen Schwall Wärme in meinem Magen aufsteigen.

»Danke«, antwortete ich atemlos und zwang mich, Henry nicht hinterher zu gucken, als er aufstand und zu Martin zurückging, um mit ihm den Inhalt der Kühltasche zu inspizieren.

»So, genug geglotzt?«, fragte Jacky spitz, grinste aber schief. Mist, erwischt. »Nimm dich in Acht! Die schönsten sind auch meistens die gefährlichsten Typen«, dozierte sie.

»Sagt die, die ein Männermodel geheiratet hat.«

»Martin ist eine Ausnahme. Er ist der Schönste und weiß es nicht. Henry ist schön und weiß es sehr wohl.«

Erneut verdrehte ich die Augen. »Deine Analyse ist bestechend, aber auch Typen, die über ihre Schönheit im Bilde sind, müssen keine Mistkerle sein.«

»Zeig mir einen.«

Ich glaubte zu über neunzig Prozent daran, dass Henry ein solcher Mann war. Aber das sagte ich nicht. Hätte keinen

Sinn. Vielleicht musste auch Jacky diesen Sommer eine neue Lektion fürs Leben lernen. Ich war ihr gerne dabei behilflich. Daher lächelte ich nur und schüttelte den Kopf.

»Zurück zum Fachwechsel. Ich könnte Deutsch als zweites Fach behalten, aber schon bei der ersten Grammatikvorlesung hatte ich die Hälfte der Zeit das Gefühl, der Prof spricht Chinesisch.«

Jacky legte die Stirn in Falten und dachte nach, ehe sie sagte: »Du warst in jedem Fach spitze, aber welches Fach außer Sport hast du richtig gerne gemacht?«

Ich nahm mir die Zeit, mir das durch den Kopf gehen zu lassen. Was hatte mich wirklich gefesselt? Naturwissenschaften, klar. Aber Martins Chemiestudium schreckte mich ab. Erdkunde gefiel mir auch, genauso wie Geschichte. Für Kunst war ich nicht gut genug und für Musik musste man ein Instrument spielen. Das schied beides aus. Aber Geschichte war eine Möglichkeit, die ich noch nicht in Betracht gezogen hatte.

Was vermutlich daran lag, dass mein Vater Historiker als unnütze Wissenschaftler ansah und meine Mutter nur ein Sprachenstudium akzeptierte. Dabei fiel mir auf, dass sie mich nicht einmal meine Studienfächer hatten selbst auswählen lassen. Und dass ich wie immer die brave Tochter gemimt und alles abgenickt hatte, um keinen Ärger heraufzubeschwören.

Ich legte mich auf den Rücken und bedeckte meine Augen mit meinem Unterarm. Ich war so ein Loser.

Aber damit musste endlich Schluss sein.

Das kleine Aufbegehren gegen meine Freunde mit Henry verlieh mir verrückterweise den nötigen Mut, es auch mit meinen Eltern aufzunehmen. Aber erst, wenn ich einen richtigen Plan hatte.

»Ich nehme Geschichte«, teilte ich Jacky mit. »Lass mich kurz was mit meinem Handy nachgucken.«

Wieder in der WG rief ich die Seite der Universität Heidelberg auf und informierte mich gründlicher, als ich es letztes Jahr vor der Immatrikulation getan hatte. Natürlich hatte ich die Bewerbungsfrist für Sport verpasst, denn die ging nur bis Mitte Mai. Aber ein paar Monate mehr, mich vorzubereiten, war vielleicht nicht schlecht.

Mehr spaßeshalber recherchierte ich danach Paläontologie. Das gab es leider nicht mehr, jedoch konnte man seinen Bachelor in Geowissenschaften machen.

Gesprächsstoff für das Abendessen würden Henry und ich nach diesem Nachmittag genügend haben.

Über letzte Nacht würde ich allerdings keinen Ton sagen. Dazu gab es keinen Grund, denn ich würde mich garantiert nicht darüber beschweren, dass meine sexuelle Flaute urplötzlich ein Ende gefunden hatte. Und ich war niemandem Rechenschaft schuldig, was wir miteinander trieben, nicht einmal Henry, solange er damit einverstanden war.

Als meine Gedanken sich verselbstständigten, wurde ich so rot, als hätte ich eine Pornoseite im Webbrowser geöffnet und nicht die Seite der Uni.

Die Vorfreude darauf, heute Abend mit Henry alleine zu sein, sollte ein Warnsignal sein, doch ich redete mir selbst gut zu, dass ich entgegen der Meinung meiner Freunde Liebe und Sex durchaus trennen konnte. Henry sollte ein wahrer Meister darin sein. Es reichte auch wahrlich aus, auf mich selber Acht zu geben.

Pakt hin oder her, ich spielte mit dem Feuer und ich wusste es. Noch nie hatte sich etwas so gut angefühlt.

Wie von selbst drehte ich meinen Kopf Henry zu, der mich beobachtete. Seine dunklen Augen funkelten auf eine Weise, die meinen Magen wohlig krampfen ließ.

Hallo, Sommer!

13

Henry

Eine gute Woche später aßen Eve und ich alleine zu Abend. Wir machten uns keine Umstände und schoben ein paar fertige Flammkuchen in den Ofen. Später wollten wir mit Jacky und Martin ins Kino gehen. Dennis und Jenny waren so nett, auf Michelle aufzupassen. Wahrscheinlich freuten sie sich darauf, auf dem Sofa rumzumachen, denn Jacky hatte ihnen vor versammelter Mannschaft eingeschärft, das Bett nicht mal schief anzugucken. Und die wenigen Male, die ich die beiden zusammen erlebt hatte, ließen wenig Zweifel daran aufkommen, dass sie kaum die Finger voneinander lassen konnten.

Das Tischgespräch mit Eve überraschte mich wie fast alles, was sie heute zu mir gesagt oder mit mir getan hatte.

Sie wollte mit mir über die Uni reden.

Bitte, dann redeten wir über die Uni. Hinterher war ich so weit, dass ich mir ihren Laptop ausborgte und auf der Seite des Instituts für Geowissenschaften stöberte. Meine Eltern würden ausrasten und es war mir egal. Im Gegensatz zu Eve war ich nicht auf ihre Finanzierung angewiesen, wenn ich meinen Treuhandfonds benutzte. Dank diesem Teil müsste ich nicht mal arbeiten, wenn ich nicht wollte.

Aber ich wollte es. Der Wunsch, endlich unabhängig von meiner Familie zu sein, nicht diese blöde Firma übernehmen zu müssen, wuchs seit Tagen immer stärker in mir.

Als hätte das Klima hier oder die Tatsache, dass ich mich

hier mehr zuhause fühlte als die letzten drei Jahre in Boston, meinen Träumen Substanz gegeben.

Eve ermutigte mich mehr noch als Martin, das zu machen, was mich glücklich machte. Technik war es nicht, Steine hingegen schon. Das durfte ich auch keinem erzählen. Außer Eve.

Sie duschte gerade. Ich musste mich mehrmals ermahnen, auf die verschwimmende Schrift auf dem Bildschirm zu achten und nicht auf die Geräusche aus dem Badezimmer.

Das Wasser rauschte jetzt nicht mehr. Mein fieses Hirn malte sich aus, wie Eve nackt und kurvenreich aus der Dusche stieg und sich beim Abtrocknen bückte. Vielleicht ließ sie mich ihren Rücken mit Bodylotion eincremen.

Unwillig schüttelte ich den Kopf. So brauchte ich gar nicht anzufangen!

Als sie mit einem Badelaken um Brust und Hüften das Bad verließ, hielt ich mich an der Stuhlkante fest, damit ich nicht aufsprang und ihr ins Zimmer folgte.

Doch Eve hatte augenscheinlich andere Pläne. Diese Frau mit den zwei Gesichtern raubte mir den Verstand.

Bei mir war sie eine ganz andere als draußen in der Gesellschaft. Ich sollte es genießen, statt es ständig zu hinterfragen. Zumindest lautete so der Rat des Schürzenjäger-Henrys. Vertragspartner-Henry ging dagegen umsichtiger zu Werke.

Ich will keine Jungfrau mehr sein.

Eve hatte mir den verlockendsten und lästigsten Ohrwurm ever ins Gehirn gepflanzt.

Und jetzt stand sie in Sichtweite vor ihrem Kleiderschrank und war im Begriff, das Handtuch wegzulegen.

Ich musste mich nur auf dem Stuhl ein bisschen nach hinten lehnen ... Nein! Wenn sie mich nicht dazu aufforderte, betrachtete ich brav weiter den Bildschirm. Es funktionierte. Ich durchdachte die Sache mit Geowissenschaften. Es wäre schön, aber das konnte ich meinen Eltern einfach nicht antun.

Mein Bruder war ihrer Meinung nach nicht in der Lage, ein Unternehmen zu leiten. Er kriegte ja kaum sich selbst organisiert und ging immer noch zu den Anonymen Suchtkranken. Natürlich musste er das tun, es gehörte zu seinen gerichtlichen Auflagen nach der Haftentlassung, doch selbst wenn er wieder auf die Beine kam, war das Kind schon in den Brunnen gefallen. Nicht falsch verstehen, ich liebte meinen Bruder und war sehr dankbar, dass er hart an sich arbeitete. Leider war ich der Einzige in der Familie, der ihn nicht für einen kompletten Versager hielt. Ich sollte ihn demnächst mal wieder anrufen. Gerade war er in München und machte ein unbezahltes Praktikum in der Hauptgeschäftsstelle des Familienunternehmens. Vermutlich machte Vater ihm dort das Leben zur Hölle. Ihm ging es nämlich mehr darum, den verbliebenen Schein der guten Familie zu wahren, als Richard wirklich eine Perspektive zu geben.

Es hing jedenfalls ganz allein an mir. Spätestens in zehn Jahren würde ich meinen Vater als Vorstandsvorsitzenden ablösen. Ob ich wollte oder nicht. Wenn ich ein anderes Studium anfing, würde es nur meine Eltern provozieren und ständig einen bitteren Beigeschmack haben. Denn ich würde niemals auf geologische Exkursionen gehen oder ernsthafte Forschung betreiben.

Nichts als Gedankenspiele.

Eve hatte die Chance auf Veränderung. Sie musste ich unterstützen. Ich konnte lediglich den Teil unseres Paktes erfüllen, dass ich nachdachte und mich schlaumachte. Meine Überlegungen in die Tat umsetzen durfte ich nicht.

Im Nachhinein kam mir meine Anwandlung von vor einer Stunde bescheuert vor. Ich hatte mich hinreißen lassen, mehr nicht.

»Henry?«, rief Eve aus ihrem Zimmer.

»Ja?« *Brauchst du etwa Hilfe beim Anziehen? Darin bin ich nicht sehr gut*, dachte ich.

»Ich will dir was zeigen«, sagte sie leiser.

Ich stand auf, um zu ihr rüber zu gehen. Sie saß in knappen Shorts und T-Shirt auf dem Bett.

Als ich auf sie zukam, erhob sie sich und stellte sich vor das weit geöffnete Fenster. Ich trat neben sie und schaute hinaus auf die weite Ebene. Die sinkende Sonne tauchte alles in unwirkliches, goldenes Licht; die Felder, die winzigen Häuser und Straßen, den Wald neben uns und die Berge ganz im Westen. Die warme Luft streichelte unsere Gesichter und trug den Duft des Sommerwaldes herein.

»Siehst du das?«, flüsterte Eve.

Ich nickte. Sie legte mir einen Arm um die Taille, ich legte ihr einen Arm um die Schultern.

Spürst du das? Ich dachte es nur. *Spürst du es in dir drin? Dieses Gefühl, hier ausruhen zu dürfen?*

Eve war meine Oase. Sie erwartete nichts von mir, ließ mich zu ihr kommen, wie ich war. Ich drückte leicht meine Wange an ihr feuchtes Haar. Ich hielt sie gerne im Arm.

Nach einer Weile wandte Eve sich mir zu, stellte sich, ohne mich loszulassen, auf die Zehenspitzen und legte noch den anderen Arm um meinen Rücken. Mit einem kleinen Lächeln blickte ich auf sie herab.

»Ich möchte den Pakt offiziell erweitern«, fing sie wispernd an. Mit einem Nicken bedeutete ich ihr, weiter zu sprechen. »Der Pakt beinhaltet, sich darüber klar zu werden, was man mit seinem Leben anfangen will. Und da gibt es noch mehr für mich als ein berufliches Ziel zu haben.« Auf ihren Wangen erschien ein roter Schimmer. Mein Lächeln vertiefte sich.

Wenn sie jetzt wieder von der Jungfrauensache redete, würde ich sie zum Schweigen bringen. Aber sie ging nicht so direkt vor wie das letzte Mal.

»Du hast vielleicht mitbekommen, dass ich mich mit Männern manchmal schwertue. Aber mit dir nicht. Mit dir ist alles leicht; mit dir zu reden, mit dir zu schweigen, dich zu küssen und andere Dinge ...« Das Rot ihrer Wangen breitete sich auf dem Gesicht und ihrem Dekolleté aus. Ich könnte Eves Qualen ein Ende machen, aber ich amüsierte mich einfach zu prächtig.

Sie schluckte, ehe sie fortfuhr: »Lass uns diesen Sommer alles tun, was Freunde miteinander tun. Du weißt schon, Freunde wie Jenny und Dennis. Oder wie Ahmed und Ali.«

Sie brachte das todernst heraus, doch als sie ihren Mitbewohner erwähnte, fing ich an zu lachen.

»Sorry, Eve. Heißt das, du willst, dass dein Hintern auch seine Jungfräulichkeit verliert?«

Da haute sie mir gegen die Brust und funkelte mich an.

Wo war dieses harte Mädchen, wenn wir rausgingen?

»Ich glaube, Martin hat gnadenlos übertrieben. Du hast Schiss davor, den Pakt zu erweitern, stimmt's?«

Unter ihrem wachen Blick schrumpfte ich etwas in mir zusammen. Das Lachen verging mir endgültig.

»Ganz ehrlich? Ich hab wirklich Schiss davor. Ich bin nach diesem Sommer weg, entweder in Boston oder in München. Sehr wahrscheinlich in Boston. Ich will dir nicht wehtun, Eve.«

Sie schüttelte den Kopf, in ihren Augen erschien ein harter Ausdruck. Stur war sie! Das würde keiner hinter ihrem angepassten Verhalten vermuten.

»Und was willst du deinen Freunden sagen? Willst du deshalb den ganzen Knatsch auf dich nehmen? Du bleibst hier bei ihnen«, gab ich zu bedenken.

»Ich hatte nicht vor, es ihnen zu sagen.« Sie machte einen Schritt rückwärts und streckte ihre Hand aus. »Bitte.«

Scheiße. Sie und mein verräterischer Schwanz hatten gewonnen. Ich konnte es ihr nicht abschlagen.

»Weißt du, was du tust?«, unternahm ich den letzten halbherzigen Versuch, an ihre Vernunft zu appellieren.

»Ich weiß, was ich tue, Henry. Und jetzt sei kein Weichei.«

Biest.

Ich schlug ein und hielt kurz ihre Hand. »Fangen wir

gleich an mit dem neuen Freunde-Ding oder willst du vor dem Film noch irgendwo anders hin?«

Ein freches Grinsen huschte über ihr makelloses Gesicht.

»Wenn ich den ganzen Abend die Finger von dir lassen muss, sollten wir die Zeit nutzen. Wir haben noch über eine Stunde.« Jetzt war es an mir, zu schlucken. Fuck.

Raus mit euch, ihr guten Vorsätze, raus aus dem Fenster! Es steht weit genug offen, dass ihr alle gleichzeitig hinausfliegen könnt!

Eve brachte meine dämlichen Gedanken zum Verstummen, indem sie erst den Rollladen herunterließ, bis es stockfinster im Zimmer wurde, mich anschließend aufs Bett schubste und auf mich kletterte.

Ich kam nicht über diese etwas dominante, absolut selbstbewusste Version von Eve hinweg, die ihren zarten Mund mit meinem verschmolz und ein ungeahntes Feuer in mir entfachte. In meinen Eingeweiden pochte und kribbelte es. Mit festem Griff packte ich Eves Hintern und zog sie unterdrückt stöhnend näher an mich heran.

Als sie mir eine Atempause gönnte und mich mit verschleierten Augen und geschwollenen Lippen anschaute, setzte etwas in mir aus.

»Wildes Mädchen«, brummte ich nur und nahm erneut ihren süßen Mund mit meinem gefangen.

Wegen mir brauchten wir nicht ins Kino zu gehen. Das hier war besser als jeder Hollywood-Blockbuster.

Ob die anderen überhaupt eine Ahnung davon hatten, was Eve in ihren Tiefen verbarg? Irgendwie gefiel es mir, diese Seite aus ihr heraus zu kitzeln.

14

Eve

Und dann schlug mein Herz so heftig, dass ich Schwierigkeiten bekam, regelmäßig zu atmen. Erschauernd krallte ich meine Finger in Henrys festen Rücken, als er erst meinen Hals, dann meinen Brustkorb mit Küssen übersäte. Ich trug ein weit ausgeschnittenes Tanktop.

Los, zieh es mir aus!

Unwillkürlich wölbte ich ihm meine Brüste entgegen, so sehr wünschte ich mir, er würde sie berühren. So lange hatte mich niemand mehr auf diese Weise berührt.

Er tat mir den Gefallen. Beinahe ehrfürchtig strich er mit den Fingerspitzen über den gespannten Stoff und brachte mich zum Zittern. Meine Brustwarzen waren längst steinhart.

Bitte fass sie an!

Ich schämte mich, es laut auszusprechen. Irgendwo war sie doch noch hergekommen, die unsichere Jungfrau. Doch meine Körpersprache ließ keine Zweifel aufkommen. Ich nahm Henrys Hand und legte sie in den Ausschnitt meines Tops. Seufzend glitt er hinein und umfasste meine Brust. Er küsste mich und streichelte gleichzeitig zart meine hochgereckte Brustwarze.

O ja! Mehr davon. Viel mehr!

Ich rutschte zur Seite und zog mein Top aus, ehe ich Henry wieder umarmte. Ungeduldig dirigierte ich seinen Kopf zu meinen Brüsten. Wir stöhnten zur selben Zeit auf, als sich seine Lippen um meine Brustwarze schlossen.

In meinem Bauch zog sich etwas zusammen und ich wimmerte kaum hörbar. Verdammt, war das gut!

Henry schien ebenfalls nicht genug davon zu bekommen, meine Brüste zu liebkosen, doch nach einer Weile gab er sie frei und bedeckte meinen Bauch mit Küssen.

Niemals würde ich ihn darum bitten, zu Ende zu bringen, was er angefangen hatte. Zur Not würde ich das Feuer selbst löschen. Single zu sein, bedeutete nicht, auch keine Orgasmen zu haben. Nur waren sie nie so gut wie das, was ich hier bekam. Ich war noch nicht gekommen und doch meinte ich, zu schweben. Das hier war das Beste, was ich in diesem Bett jemals erlebt hatte.

Und Henry setzte noch einen drauf. Seine Finger hakten sich in den Bund meines Slips und verharrten einen Moment, als würden sie auf meinen Protest warten.

Er küsste meine Beckenknochen, als er mich auszog. Ich war nackt und es war wundervoll.

Ein Kichern entfuhr mir, weil Henry die empfindlichen Innenseiten meiner Oberschenkel küsste und vorsichtig hineinbiss. Ich war ziemlich kitzlig und zudem überreizt.

Brummend senkte er seinen Mund in meinen Schoß und küsste nun auch diesen Teil von mir.

Meine Beine verwandelten sich in Wachs.

»O Gott«, stöhnte ich, als Henrys Zunge gemächlich um meinen Kitzler kreiste. Nur kurz machte ich mir Sorgen, ob Henry sich auch wohlfühlte, denn gleich darauf umfasste er meine Oberschenkel und schob sie ein Stück weiter auseinander, bevor seine Zunge in mich eintauchte.

Ich konnte mich nur an meinem Bettlaken festhalten und daran denken, nicht zu laut zu werden, wenn ich meinen Nachbarn noch einmal in die Augen sehen wollte.

Das gestaltete sich zunehmend schwieriger. Mein ganzes Fühlen lag zwischen meinen Beinen, wo Henry mich noch wilder machte, indem er mit den Fingern meine Schamlippen streichelte, mich vorsichtig spreizte und richtiggehend verschlang. Die Spannung baute sich schneller auf, als ich es für möglich gehalten hatte. Hitze breitete sich in meinem Unterleib aus, bis meine Beine schier taub wurden.

Urplötzlich bäumte ich mich auf und kam mit einem Keuchen.

Und Henry saugte an mir und verlängerte meinen Höhepunkt auf die beste Art. Ich zuckte an seinem Mund, bis die Wellen abebbten. Endlich zog er sich zurück und ließ sich neben mich auf den Rücken fallen.

Dämlich grinsend und schlaff lag ich auf der Matratze und wollte mich nicht mehr rühren.

»Dafür kannst du auch schnarchen. Ich habe zur Not Ohropax im Nachttisch«, sagte ich träge.

Er lachte. »Warst du in der Hinsicht etwa auch Jungfrau?« *Ja.*

Ich gab ihm einen Klaps auf die Brust. Oh, diese Brust. Wenn ich mich wieder bewegen konnte, würde ich sie ablecken.

Ich kicherte blöde. Anscheinend brauchte es keine Vögelei, um mein Hirn in Matsch zu verwandeln.

»Du bist süß, wenn du gekommen bist.« Er strich mir über die Haare und legte seinen Kopf in meine Halsbeuge.

Auf einmal gerührt von seiner Geste schlang ich die Arme um ihn und küsste ihn auf die Stirn.

»Das war sehr nett von dir. Dankeschön.«

»Ich würde es nicht machen, wenn ich keinen Spaß dabei hätte. Du weißt meine Bemühungen zu schätzen. Das merke ich mir.«

Ich wollte lieber nicht wissen, wie viele Mädchen schon in den Genuss seines Könnens gekommen waren. Eigentlich spielte es auch keine Rolle. Anders als für Martin und Jacky gab es keine Zukunft für uns.

Trotzdem fühlte ich mich wohl in Henrys Gegenwart. Ihn

im Arm zu halten wie einen Geliebten, war schön, vertraut. Ich streichelte seine Haare und drückte ihn an mich wie einen überdimensionierten Teddybären.

»Willst du schlafen?«, fragte er mich. Ich würde gerne noch ein bisschen herumexperimentieren, aber vielleicht wollte er das nicht.

Einen Versuch war es wert. Ich befreite mich aus seinen Armen und tat das, was er zuvor mit mir getan hatte. Ich küsste seinen Hals, knabberte zart daran und genoss seinen männlichen Geruch.

Meine Hände fuhren die Konturen dieser trainierten Brust nach, drückten sanft die Muskelstränge seiner Arme und zeichneten die Erhebungen des herrlichen Sixpacks nach.

Henrys Hand lag an meiner Wange und sein Daumen strich ab und zu über die Haut meines Gesichts. Auch das fühlte sich vertraut an und gab mir den Mut, weiter nach Süden zu wandern. Ich hörte, dass Henry die Luft anhielt, als ich an seinen Boxershorts ankam und über die deutliche Wölbung fuhr. Ich hatte noch nicht viele Penisse in meinem Leben gesehen oder gar in der Hand gehabt, aber diesen hier wollte ich sogar in meinem Mund haben. Abgefahren, dass ich einem Mann eher einen blasen konnte, als mit ihm zu reden. Ausgenommen Henry.

Ich wollte ihm etwas davon zurückgeben, was er mir geschenkt hatte. Also zupfte ich an seiner Unterwäsche, damit er die Hüften hob und ich sie ihm abstreifen konnte.

Im Dunkeln erkannte ich so gut wie nichts, doch meine Hände ertasteten die dicke Länge mit dem leicht feuchten Kopf.

Henrys Stöhnen geriet zu einem Knurren, als ich mich vorbeugte und ihn mit meinen Lippen umschloss.

Er schmeckte mindestens so gut wie sein Mund. Ich machte mich in aller Ruhe mit dem Unbekannten vertraut; leckte am Schaft auf und ab, während meine Hand langsam auf und ab pumpte, nahm ihn so weit in mich auf, wie ich konnte, saugte an ihm, bis er nass von meinem Speichel war und meine Hand spielend leicht daran entlanggleiten konnte.

Es machte mich ganz kribbelig, Henrys Stöhnen zu hören, seine Hände fester in meinen Haaren zu fühlen. Ich hatte das erst ein paarmal gemacht und nie war es so befriedigend gewesen wie in diesem Augenblick.

Er entzog sich mir erst, als er kurz vor dem Orgasmus stand, doch ich war gewillt, auch das auszutesten. Erneut nahm ich seinen Schwanz tief in meinen Mund, als er sich in mehreren Zuckungen entlud. Ich erschrak über die heiße Flüssigkeit, die sich gegen meinen Gaumen ergoss, aber ich hörte nicht auf zu saugen, bis keine Spritzer mehr kamen.

Henry keuchte: »Hast du etwa alles geschluckt?«

»Es war zu spät, um es sich anders zu überlegen.«

Er fiel zurück in die Kissen. »Du machst mich fertig.«

»Es war nicht schlimm. Ich wollte wissen, wie das ist. Wenn ich es eklig finden würde, hätte ich es nicht gemacht.«

So ähnlich hatte er sich vorhin auch ausgedrückt.

Ich legte mich neben ihn in seinen Arm. All das hätte ich schon viel früher haben können. Diese Gedanken kamen mir viel zu oft, seit ich mit Henry zu tun hatte. Aber pfiff ich tatsächlich darauf, was andere von mir dachten? Solange unser Pakt geheim blieb, tat ich das eben nicht. Würde ich jemals so weit sein? Zum Glück machte Henry meinen Grübeleien ein Ende, indem er mich auf die Stirn küsste und schlicht sagte: »Danke, Eve.«

Ich fand es nett, dass Henry darauf bestand, Jacky und mich ins Kino einzuladen, weil wir ihn bekochten. Martin wiederum lud er ein, weil der ihn vom Flughafen abgeholt hatte.

Selbstverständlich war das nur ein Vorwand. Keiner von uns konnte sich mehr als einen Kinobesuch im Monat leisten. Doch nur Martin hatte kein Problem damit, das auszusprechen und zu bedauern, dass er manchmal gerne so großzügig wäre wie früher. Henry sah daraufhin peinlich berührt aus dem Fenster der Schrottkarre. Ahmed nannte den Mazda selber so, also hatte keiner ein schlechtes Gewissen.

Jacky saß mit mir auf der engen Rückbank und hing ihren eigenen Gedanken nach. Hier hinten wäre ich durchaus in der Lage gewesen, normal mit meiner Freundin zu sprechen, denn ich konnte Martins Anwesenheit gut ausblenden.

Henrys kein Stück.

Alle paar Sekunden betrachtete ich sein halb sichtbares Profil, wenn er sich zum Fenster drehte oder seine breiten Schultern, wenn er nach vorne gerichtet dasaß. In meinen Gedanken drückte ich seine Muskeln und strich über seine schönen Oberarme, soweit mein Sicherheitsgurt es zuließ. Ich kitzelte ihn im Nacken und dann wandte er sich mir zu, um mich anzulächeln.

Völlig versunken musste ich auch lächeln, so sehr, dass Jacky mich aufs Knie klopfte und darauf ansprach.

»An was denkst du? Muss ja was ziemlich Schönes sein.«

Etwas Wunderschönes.

»Ich habe an unseren letzten Auftritt gedacht. Unsere Chancen bei der Meisterschaft stehen sehr gut.«

Sie nickte, aber ich sah ihr deutlich an, dass sie den Wahrheitsgehalt meiner Antwort anzweifelte. Nett von ihr, nicht weiter zu bohren, sondern das Thema zu wechseln.

»Wann überbringst du deinen Eltern die frohe Botschaft, dass du dein Studium hinschmeißt?«

»Ich schmeiße nicht hin! Ich strebe nur einen Fachwechsel an.« Uh. Das hörte sich nach dem an, was ich meinen Eltern morgen beim Sonntagsessen sagen würde.

Jacky grinste über meine Formulierung, ehe sie entgegnete: »Ich weiß, wir haben im Schwimmbad schon darüber geredet, aber ich denke trotzdem dauernd daran. Bist du dir wirklich sicher, dass du noch mal ganz von vorne anfangen willst? Gibt es keine Ausbildung, die dir Spaß machen würde?«

»Meine Eltern wollen unbedingt, dass ich studiere. Mit

einem Fachwechsel könnten sie sich arrangieren, mit einem Abbruch nicht. Ich muss das durchziehen.«

Jacky machte ein verständnisloses Gesicht.

»Du musst gar nichts!«, erklärte sie so heftig, dass Henry sich zu uns umdrehte und mich ein fragender Blick traf.

Ich schüttelte den Kopf und er drehte sich wieder weg.

»Ich soll mich also hinstellen und meinen Eltern erklären, dass sie umsonst zwei Semester bezahlt haben?« Ich redete leiser als Jacky, aber laut genug, dass ich Martins und Henrys gespitzte Ohren erkannte.

Sei's drum. Ich konzentrierte mich allein auf meine aufgebrachte Freundin, als ich fortfuhr: »Das kann ich ihnen nicht antun. Sie unterstützen mich schon mein ganzes Leben lang und sie haben nur eine Tochter! Ich fühl' mich ja schon mies, weil ich keinen Bock mehr auf Romanistik habe.«

Jacky schüttelte den Kopf. »Es ist dein Leben, Eve! Wie lange willst du dir noch von ihnen reinreden lassen?«

Ich ließ mir von jedem reinreden, weil ich es nie anders gekannt hatte. Ich liebte Jacky und ich hatte Jenny sehr gern, aber auch sie bevormundeten mich häufiger, als ihnen bewusst war. Wie gerade jetzt.

»Jacky? Lass es einfach, okay? Es sind meine Eltern und ich muss mich allein mit ihnen auseinandersetzen. Ich kenne sie am besten, also lass mich das selbst regeln.«

Jacky presste ihre Lippen zusammen und verbat sich den Mund. Ich wusste, dass sie nur still war, um uns allen nicht den Abend zu versauen. Ein Verhalten, das sie sich mühsam angeeignet hatte. Da sollte noch einer behaupten, Männer hätten nicht auch einen positiven Einfluss auf Frauen. Die meisten Leute sahen das eher andersherum.

Ruhiger sagte meine Freundin: »Trotzdem ist es nicht deine Lebensaufgabe, die Tochter zu spielen, die deine Eltern sich wünschen. Denk auch mal an dich.«

»Keine Angst, das vergesse ich nicht. Du siehst doch, ich tanze noch, obwohl meine Eltern es nicht wollen.«

Martin schaltete das Radio an und begann eine Unterhaltung über Handball mit seinem Kumpel. Und schon fühlte ich mich weniger beobachtet. Leute ignorieren war eine der Strategien, die ich für solche Situationen parat hatte. Vor zehn Jahren hätte ich, mit Martin eingesperrt in einem Auto, auch mit Jacky nicht reden können. Ich hätte geschwiegen und aus dem Fenster gestarrt.

Jacky ließ nicht locker. »Das ist aber auch das Einzige, dass du dir durchgehen lässt. Du hast dich für die Schule krummgelegt und ein Mega-Abi gemacht, du bist immer pünktlich und nüchtern zuhause, du rauchst nicht, du kiffst nicht. Du hast nicht mal einen Freund. Was wollen sie also von dir?«

Ich seufzte. Immerhin redete Jacky normal mit mir und motzte mich nicht mehr an. Gegen das bevorstehende Gespräch mit meiner Mutter war das hier ein Spaziergang.

»Ich bin nicht perfekt. Vor allem für meine Eltern nicht. Das war schon immer so und das wird sich auch nie ändern, ob ich jetzt mein Studium mit Bestnoten abschließe oder nicht. Aber wenn ich alles hinwerfe und irgendeine Ausbildung anfange, werden sie ausrasten. Und ich brauche keinen Freund, das habe ich dir schon oft gesagt.«

»Langsam glaube ich, dass dir ein Freund ganz gut tun würde. Nur damit du mal auf andere Gedanken kommst, du Arbeitstier.« Ihre Mundwinkel hoben sich.

Was das anging, konnte ich ihr sogar entgegenkommen, aber mit der Wahl meines Freundes wäre sie noch weniger einverstanden als meine Eltern. Und deshalb hielt ich die Klappe. Henry und Martin bekamen von unserem Wortwechsel nichts mehr mit.

»Du weißt ganz genau, dass ich zu schüchtern bin, um einen Typen zu angeln. Außerdem habe ich gerade ganz andere Probleme. Kannst du jetzt aufhören, mich zu bemuttern? Ich weiß, das ist wie ein Reflex bei dir, aber ich komme auch allein zurecht.«

Versöhnlich lächelte ich sie an. Jacky meinte es gut mit mir. Niemals hatte sie meine guten Noten neidvoll beäugt oder mir vorgeworfen, aus einem bessergestellten Elternhaus zu kommen. Sie hatte mir damals anvertraut, wie schrecklich es wirklich bei ihr daheim aussah, und stand immer zu mir. So wie ich zu ihr.

Ich wandte meinen Blick ab, als mir aufging, dass Henry einen Keil zwischen meine Freundin und mich treiben könnte. Es fing schon an, weil ich sie anlog. Wenn ich meinte, dass es sich lohnte, würde ich ihr von Henry und mir erzählen.

Jacky tätschelte meinen Oberschenkel und nickte.

»Genug gemeckert«, meinte sie.

Dankbar schaute ich sie wieder an und hoffte, dass ich das Richtige tat. In diesem Moment vibrierte mein Handy in meiner Handtasche.

Henry schrieb:

Alles okay da hinten? Laut Martin suchen wir schon einen Parkplatz. Es ist ätzend, dich nicht anschauen zu können. :)

Ich grinste meinen Bildschirm an, biss mir aber sofort von innen auf die Wange, um damit aufzuhören.

Auffälliger ging es ja kaum.

Den Comichelden-Film kapierte ich nur dank Henrys geraunten Ausführungen, der im Gegensatz zu mir sämtliche Filme in der richtigen Reihenfolge gesehen hatte, um über alle Figuren und deren Geschichten sowie Nebenhandlungen im Bilde war.

Anscheinend teilten Henry und Martin diese seltsame Vorliebe für Superhelden.

Noch mehr als die vielen Namen und Storys verwirrte mich Henrys warmer Pfefferminzatem an meinem Ohr und an meinem Hals. Einen Schauer nach dem anderen sandte er mein Rückgrat hinab und bescherte mir eine Gänsehaut, die im dunklen Kinosaal zum Glück niemand sehen konnte.

Wir teilten uns Cola und Popcorn und hielten klammheimlich Händchen. Martin saß wie ein Bollwerk zwischen Henry und Jackys allsehenden Augen und war völlig gebannt von dem Film. Irgendwann legte ich meinen Kopf an Henrys Schulter.

Er streichelte meine Finger und lehnte seinen Kopf an meinen. Noch lieber hätte ich ihn geküsst, aber das sparten wir uns besser für zuhause auf. Auf keinen Fall wollte ich schlafende Hunde wecken.

Zudem brauchte ich heute Nacht dringend etwas, das mir die Kraft gab, es morgen mit meinen Eltern aufzunehmen.

Niemand außer Henry war in der Lage, mich so gründlich aufzumuntern.

Zur Mittagszeit schlug ich bei meinen Eltern in Rohrbach auf. Sie wohnten in einer gepflegten Doppelhaushälfte mit uralten Nachbarn, roten Geranien in Hängetöpfen vor den Fenstern, einem Jägerzaun und perfekt getrimmtem Rasen. Verantwortlich dafür war mein Vater. Auf den Emmertsgrund zu ziehen, über den meine Eltern die Nase rümpften, war ebenfalls ein kleiner Akt der Rebellion gewesen. Das Umfeld dort war unkonventioneller, viel freier und ehrlicher.

Heimweh nach dem Haus meiner Kindheit hatte ich nie verspürt, eher Erleichterung, als ich endlich ausgezogen war. Doch wenn ich zurückkam, stellte sich augenblicklich das Gefühl ein, wachsam sein zu müssen. Letzte Woche waren meine Eltern bei Bekannten zum Kaffee eingeladen gewesen, sodass ich um das Sonntagsessen herumgekommen war. Diese Woche gab es kein Entrinnen.

Ich holte tief Luft, dann steckte ich meinen Hausschlüssel ins Schloss und betrat den nach Bohnerwachs und Spießigkeit riechenden Hausflur. Als Erstes empfing mich der Duft von Braten, Rotkohl und Semmelknödeln. Ein klassisches Sonntagsessen. Auch bei hochsommerlichen Temperaturen.

Meine Mutter, die ihre ersten grauen Strähnen mit dunkelbrauner Haartönung bekämpfte, erschien in Schürze und Sommerkleid in der Diele, um mich zu begrüßen.

Wir umarmten uns kurz und ich wappnete mich für die Fragerei nach meiner Klausur.

»Hallo, Mama.«

»Hallo, Eveline! Es gibt gleich Essen.« Sie wuselte in die Küche zurück und ich schlich ins Wohn- und Esszimmer, wo mein Vater mit der Zeitung in der Hand auf dem Sofa saß.

Trotz meines Appetits rumorte mein Magen leicht.

»Hallo«, sagte ich leiser als gewollt und räusperte mich.

Mein Vater ließ die Zeitung sinken und schaute mich lächelnd an. Seine haselnussbraunen Augen hatte er mir vererbt, die leicht knollige Nase und die Neigung zu Halbglatze und Bierbauch glücklicherweise nicht. Ob Wochenende oder nicht, er trug ein ordentliches, kariertes Hemd und eine Bundfaltenhose zu seinen Hauspantoffeln. Mein Vater sah mehr nach einem Opa aus als einem Mittvierziger. Sein Schnauzbart bauschte sich ein wenig, als er breit lächelte.

Mal sehen, wie lange er das noch tut, dachte ich zynisch.

»Eveline, schön, dass du da bist.« Umarmen tat er mich nie. Wenn er besonders zufrieden war, klopfte er mir auf die Schulter oder drückte meine Hand. Mehr Körperkontakt war nichts für ihn. Wie gut, dass er als Verwaltungsfachwirt in einer großen Firma in Mannheim arbeitete. Dort hatte er nicht viel mit anderen Menschen zu tun, wenn er nicht wollte.

Ich kannte meinen Vater zumeist wortkarg. Mit ein Grund, warum er meine krankhafte Schweigsamkeit lange Zeit nicht als ernst zu nehmende Störung anerkannt hatte.

Meine Mutter, Verwaltungsfachangestellte im selben Unternehmen wie mein Vater, war um einiges herzlicher. Vor Tigermutter-Anwandlungen hatte sie dieser gute Charakterzug leider nicht bewahrt.

Ich bekam noch etwas Galgenfrist, bis zum Verhör. Das Essen schmeckte wie immer köstlich, doch zwischen all den netten Erzählungen über den letzten Ausflug meiner Eltern nach Speyer und ihrem geplanten Urlaub in Ibiza wartete ich mit zunehmender Anspannung auf die entscheidende Frage.

Als sie kam, musste ich meine Mutter bitten, sie zu wiederholen. Das tat sie.

»Wie war denn deine Klausur, Schatz? Hast du ein gutes Gefühl?«

Rasch legte ich die Gabel in den halb leeren Teller und faltete meine zitternden Hände unter dem Tisch zusammen.

Ich könnte lügen und das Unvermeidliche in die Länge ziehen.

Oder ich sprengte mit meiner Tapferkeit das Familienessen.

15

Henry

Nachdem ich heute erst gegen halb zwölf aufgestanden und direkt duschen gegangen war, hatte ich Eve nicht zu Gesicht bekommen. Das war einerseits schade, andererseits tat es gut, eine Weile alleine zu sein. Seit meiner Ankunft hatte ich kaum eine Minute mit mir selbst verbracht, von meiner senilen Bettflucht am ersten Morgen mal abgesehen.

Die Nachricht von Martin, ob ich mit ihm und Jacky mit in den Luisenpark nach Mannheim fahren wolle, hatte ich zu spät gelesen. Sie waren bereits um halb zehn aufgebrochen.

Aber wie gesagt, zur Abwechslung alleine zu sein, hatte auch Vorteile. Mit einer Tasse Kaffee und zwei Marmeladentoasts setzte ich mich an den wackeligen Holztisch auf der Loggia und genoss die Sonne.

Jedenfalls ein paar Minuten lang, dann spannte ich den krummen Sonnenschirm auf, um nicht wegzuschmelzen. Ich liebte den Sommer, aber gegrillt werden musste ich nicht. Dank des Schwimmbadbesuchs hatte ich Farbe bekommen, doch der gefürchtete Sonnenbrand war ausgeblieben.

Gerade als meine Gedanken wieder zu Eve abdriften wollten, hörte ich, dass die Eingangstür aufgeschlossen wurde.

Mein Herz machte einen Hüpfer, weil es auf Eve hoffte, das blöde Ding. Doch es war Ahmed, der hereinkam und sich ohne Umstände auf den freien Klappstuhl gegenüber von mir setzte.

»Hi«, begrüßte er mich. Ich nickte mit vollem Mund.

»Hi. Eve ist nicht da, falls du zu ihr wolltest.«

»Ich hole nur frische Klamotten und bring die alten zurück. Wenn ich bei Ali Wäsche wasche, kann ich auch gleich bei ihm einziehen.«

Er ließ ein grollendes Lachen hören. Ich grinste vorsichtig mit. Ahmed war ein Berg von einem Mann, aber trotz seines Respekt einflößenden Äußeren ziemlich in Ordnung.

»Erschreck dich nicht, wenn du dein Zimmer siehst. Ich hab nicht aufgeräumt.«

»Eve interessiert es nicht, ob in deinem Zimmer Chaos herrscht. Im Rest der Wohnung solltest du aber Ordnung halten. Sonst wird sie ungemütlich.«

Er schien die ungemütliche Eve bereits kennengelernt zu haben. Ahmed strich sich über den schwarzen Bart und nahm den Sonnenschirm in Augenschein.

»Wir sollten uns echt mal eine Markise zulegen.«

»Wenn dir die Farbe egal ist, kann ich mit Eve eine besorgen gehen und sie anbringen«, bot ich an. Ich war deutlich weniger ungeschickt als Martin.

»Kannst du so was?« Er hatte dasselbe gedacht wie ich.

»Nur weil mein Kumpel zwei linke Hände hat, gilt das nicht für mich. Allerdings hab ich ein bisschen Schiss, abzustürzen.«

»Seil dich halt an. Eve hat drei Springseile zum Trainieren.« Er meinte das wohl ernst. Klasse.

Ich schnaubte nur.

»Wann willst du eigentlich wieder in dein Zimmer?«

Ahmed überlegte einen Moment. »Keine Ahnung. Eves Eltern zahlen die Miete und sie knöpft mir nur Haushaltsgeld ab. Von daher ist es keine Geldfrage für mich.« Ahmed arbeitete laut Eve in einem Heidelberger Fitnesscenter.

»Also würdest du noch eine Weile bei deinem Freund wohnen?«

»Am liebsten würde ich für immer dort bleiben, aber das

ist mir zu viel Stress. Ich müsste hier aus dem Mietvertrag verschwinden, was Eve bestimmt in Schwierigkeiten bringt, und dann ist da noch Alis Familie. Sie tun immer noch so, als wäre Ali hetero und ich sein Kumpel. Aber wenigstens laden sie mich zu Familienfesten ein. Das hätte ich niemals für möglich gehalten.«

Nach seiner eigenen Familie fragte ich Ahmed nicht. Von Martin und Jacky wusste ich, dass er nur Kontakt zu seiner älteren Schwester hielt.

Und dann gab er mir einen Grund, auf dem Stuhl hin und her zu rutschen.

»Was läuft eigentlich mit dir und Eve? Beim Essen letztens hat sie dich dauernd so angeschaut.«

»Vielleicht gefalle ich ihr?«, entgegnete ich unverbindlich.

»Klingt plausibel. Dich würde ich auch nicht von der Bettkante stoßen. Aber ernsthaft: Martin und Dennis sind blöd genug, nichts zu merken, aber Jacky und ich wittern heimliche Affären im Freundeskreis hundert Meter gegen den Wind. Außer bei der Sache mit Ali und mir, das habe ich meisterhaft vertuscht.«

»Ich finde es lächerlich, dass Martin und Jacky so tun, als wären sie Eves Ersatzeltern. Sie trauen ihr nicht zu, selbst mit einem Mann fertig zu werden.« Ich rollte mit den Augen. »Und es hat mich schon geärgert, dass Martin glaubt, dass ich wie früher nur mit meinem Schwanz denke, wenn es um Frauen geht.«

Ahmed grinste mich an. »Ich mag es, wenn du über Schwänze redest.« Er lachte auf. »Aber du hast recht. Wir wurden alle vor dem Schürzenjäger aus Amerika gewarnt. Dabei würde ich mich freuen, wenn Eve einen netten Freund abkriegen würde.«

Sein forschender Blick ließ mich erröten. Verdammt!

»Ich bin nicht dafür geeignet, Eves Freund zu sein. Ich bleibe nicht hier. Mein Leben gönnt mir nur diese eine kurze Pause.« Meine Worte troffen vor Bitterkeit.

In diesem Augenblick eilte mein Geist voraus und zeigte mir, was ich alles zurückließ. Ein gemeinsames Leben mit dem schönsten, nettesten und klügsten Mädchen der Welt. Weit weg von meiner fordernden Familie und von all der Verantwortung, um die ich nie gebeten hatte. Ein Seufzen entschlüpfte mir.

Ahmed nickte. »Ich habe noch nie gesehen, wie Eve jemanden auf diese Weise ansieht. Sie mag dich. Allein schon, dass sie gleich mit dir geredet hat. Eve redet nie mit fremden Männern. Mit Martin und Dennis kann sie kaum allein in einem Raum sein.«

»Und mit dir hat sie keine Probleme? Du wirkst auf Außenstehende nicht gerade vertrauenserweckend.«

»Du hast doch keine Angst vor mir?«

»Nein. Aber gesunden Respekt. Gegen dich hätte ich nur eine Chance, wenn ich wegrenne.«

»Das stimmt. Ich bin echt langsam.« Er lachte erneut und ich grinste, erfreut darüber, dass er nicht gekommen war, um mich daran zu erinnern, dass Eve tabu war.

»Wenn Eve und ich wirklich etwas miteinander anfangen würden, könnte ich direkt abreisen«, fuhr ich fort und wurde wieder ernst. »Jacky und Martin wären sauer auf mich, weil ich mich nicht an mein Versprechen gehalten habe, und du wärst spätestens sauer, wenn ich Eve mit gebrochenem Herzen zurücklasse.«

Wie es meinem Herz damit ginge, wollte ich mir nicht vorstellen. Eve hatte sich ihren gebührenden Platz bereits erobert und irgendwie befürchtete ich, dass ich sie von diesem nicht mehr vertreiben konnte. Wärme flutete mich, die nichts mit der Sonne auf dem Balkon zu tun hatte. *Oh, scheiße.*

Mein Herz schlug so hart in meiner Brust, dass ich das Gefühl hatte, zu beben.

Ahmed lächelte wissend.

»Du magst sie. Dass du sie flachlegen willst, brauchst du

gar nicht abzustreiten. Jeder Heteromann, der Augen im Kopf hat, würde sie gerne flachlegen.«

Mühsam löste ich mich aus meiner Schockstarre. »Ich will sie nicht einfach flachlegen. Scheiße, Mann, sie bedeutet mir wirklich was. Und deshalb bin ich kein guter Freund für sie. Wenn ich gehen muss, wird sie sich wegen mir die Augen ausheulen und erst recht keinen anderen Typen an sich ranlassen.« Mich schüttelte es innerlich, als ich das aussprach. Ich würde nicht einmal mit Eve freundschaftlich in Kontakt bleiben können und es machte mich jetzt schon fertig, sie mir mit einem anderen vorzustellen.

»Shit, Henry! Du kennst sie seit zwölf Tagen. Weiß Eve, was sie mit dir angestellt hat?«

Ich schüttelte den Kopf. »Das darf sie nicht erfahren. Es reicht, wenn einer von uns beiden nicht heil aus dieser Sache rauskommt.«

Ich hatte mich in Eve verliebt.

Ich verliebte mich nicht oft und schon gar nicht so schnell. Aber Eve war auch anders als alle Mädchen, die ich jemals gekannt hatte.

Ich stützte die Ellbogen auf die Knie und betrachtete die rotbraunen Fliesen des Balkons. Ich saß so was von in der Tinte. Da verbrachte ich ein paar Tage mit einem umwerfenden Mädchen und ich verknallte mich wie ein Schuljunge. Kein Wunder, dass ich mit Sex ohne Verpflichtungen besser gefahren war. Das war erbärmlich!

Inmitten meiner Selbstmitleidstour spürte ich Ahmeds Pranke auf meiner Schulter.

»Ich dachte, Eve wäre die Jungfrau«, sagte er mit einem süffisanten Unterton. »Aber du bist auf eine andere Art jungfräulich. Jetzt lass den Kopf nicht hängen.«

Ich nickte halbherzig. Er hatte leicht reden.

»Du bist doch so gut darin, Geheimnisse zu bewahren.«

Er lehnte sich auf seinem Stuhl zurück und nickte. Seine schwarzen Augen blickten mich ernst an. »Schieß los.«

»Eve will keine Jungfrau mehr sein. Es war verdammt schwer, ihre Bitte abzulehnen. Stattdessen haben wir einen Pakt geschlossen. Eigentlich ging es zunächst nur um unsere weitere berufliche Zukunft, aber gestern habe ich mehr zugestimmt.«

Ahmed riss vor Überraschung die Augen auf. »Eve schließt mit dir einen Pakt? Ihr kennt euch doch kaum! Aber okay, okay. Was beinhaltet der Pakt genau?«

Ich erklärte es ihm. Ahmed klappte buchstäblich der Mund auf. »Ist nicht wahr! Unsere unschuldige, süße Eve hat eine dunkle Seite.«

Ich trank meinen inzwischen lauwarmen Kaffee aus.

»Sie ist wie zwei Personen in einer. Kommt dir das manchmal auch so vor?«

»Es gibt die angepasste, schüchterne Eve und es gibt die selbstbewusste Tänzerin. Ich sehe es als Privileg an, dass sie bei mir mehr die Tänzerin ist«, erwiderte Ahmed.

Also war ich nicht alleine mit meiner Einschätzung.

»Hast du eine Ahnung, warum sie mal so und mal so ist?«

»Ja. Aber das soll sie dir selbst erzählen, wenn sie so weit ist«, wiegelte Ahmed ab. »Kann natürlich sein, dass dies nicht passiert, bevor du abreist.«

»Ihr ist aber nichts Schlimmes passiert, oder?« Mein Magen krampfte sich leicht zusammen.

»Nein. Keine Angst, du rührst kein unverarbeitetes Trauma an. Sie ist einfach nicht wie andere und das akzeptierst du oder du lässt es. Sie wird nie deine Freundin, wenn du versuchst, sie umzupolen.«

»So wie ihre Eltern?« Es war eine reine Mutmaßung, doch Ahmeds Nicken bestätigte sie.

»Dass Eve ausgezogen ist, war ein Riesenschritt für sie. Ihre Eltern haben sie immer stark behütet. Eve muss die Vorzeigetochter sein und selbst dann sind sie nicht zufrieden. Hat sie dir von ihrer Abifeier erzählt?«

»Nein. War das was Besonderes?«

»Für normale Leute? Auf jeden Fall. Eve war Schulbeste mit einem Schnitt von eins Komma null. Jacky und ich waren so stolz auf sie. Wahrscheinlich haben wir am lautesten geklatscht, als sie ihr Zeugnis entgegengenommen hat. Aber ihr Vater hat das Ding mit spitzen Fingern begutachtet und gesagt, dass sie nicht die volle Punktzahl erreicht hätte. Ich musste mich beherrschen, ihm nicht eine runterzuhauen.«

»Ohne Scheiß?«

»Ohne Scheiß. Andere Eltern wären vor Stolz geplatzt, aber die beiden saßen mit sauertöpfischer Miene da, als wären sie mit weniger noch unzufriedener gewesen.«

Und die arme Eve musste heute mit diesen Gestalten Mittag essen und ihnen von ihrem erfolglosen Studium erzählen. Vielleicht konnte ich sie ein bisschen aufbauen, wenn sie heimkam. Sie hatte gestern schon angedeutet, dass sie auf diesen Sonntagstermin nie Lust hatte.

»Ihre Eltern haben nur eine Tochter und versauen sich ihr gutes Verhältnis?«

»Die hatten nie ein gutes Verhältnis. Sicher, Eve wird geliebt, aber nur, wenn sie funktioniert. Was glaubst du, warum sie keine Beziehung hat? Sie denkt sogar von uns, also ihren Freunden, dass wir immer etwas von ihr erwarten.«

»Das ist beschissen. Vielleicht hat sie deshalb mit mir den Pakt geschlossen.«

»Sie geht bei dir kein Risiko ein.« Nun war es an ihm zu seufzen. »Wenn du bald wieder weg bist, kannst du nichts von ihr erwarten.«

»Sie ist eine gute Freundin für dich«, stellte ich fest.

»Die beste Freundin, die ich jemals hatte. Versteh mich nicht falsch, Jacky ist eine treue Seele und verteidigt jeden von uns, aber manchmal ist sie zu hart gegen sich und andere. Ohne Martin hätte sie nicht das Leben, das sie jetzt führt. Er zwingt sie, manchmal nur an sich selbst zu denken.«

»Ich kapier immer noch nicht, wie die beiden zueinandergefunden haben, aber sie passen irgendwie zusammen.«

Nachdenklich schaute ich für einen Moment auf den sommergrünen Wald, ehe ich fortfuhr: »Ich glaube auch nicht, dass Jacky mich nicht leiden kann, sie macht sich nur Sorgen um ihre Freundin.«

Ahmed nickte. »Das tut sie gern. Sie kümmert sich immer. Ob man will oder nicht. Aber wenn Eve sich dafür entscheidet, mit dir eine Beziehung auf Zeit zu führen, dann hat Jacky nichts mitzureden. Wenn ihr euch nicht länger verstecken wollt, rede ich gerne mit ihr. Ich laufe nicht die Gefahr, auf dem Sofa schlafen zu müssen, so wie Martin.«

»Ja, ich hab gleich mitgekriegt, dass sie die Hosen anhat. Martin kann damit umgehen, er war schon früher sehr geduldig. Ich hätte mit einer Frau wie Jacky von morgens bis abends Krach.«

»Oh, die beiden haben auch Krach. Aber danach vögeln sie einfach und schon ist alles wieder gut.«

»Der gute alte Versöhnungssex. Kenne ich gar nicht.«

»Ist nicht übel, aber Ali und ich streiten so gut wie nie.«

Ich lächelte. Schwule Paare unterschieden sich anscheinend kaum von Heteropaaren. Darüber hatte ich mir noch nie Gedanken gemacht. Ich kannte offen schwul lebende Menschen nur aus Clubs, aber in meinem Freundeskreis hatte es niemanden gegeben. Es war schön zu sehen, wie herrlich normal sie waren, ganz entgegen der Vorurteile, die auch meine Eltern ihnen gegenüber pflegten.

Wir unterhielten uns noch eine Weile, bis Ahmed seine Kleidung austauschte und ich die Küche aufräumte, ehe wir uns verabschiedeten.

Da auch auf meinem Handy kein Lebenszeichen von Eve auf mich wartete, zog ich meine Turnschuhe an und ging in den Wald joggen. Beim Laufen konnte ich gut nachdenken.

Und genau das hatte ich bitter nötig.

16

Eve

Ich entschied mich für die kontrollierte Sprengung.

»Meine Französischklausur ist nicht gut gelaufen. Ich weiß, dass ich durchgefallen bin oder zumindest eine so schlechte Note erreicht habe, dass ich sie ausgleichen muss.«

Mein Vater sah mich missbilligend an. »Ich habe die ganze Zeit gesagt, dass du besser hier bei uns geblieben wärst. Hier könntest du frei von Ablenkungen lernen. So habe ich mir das nicht vorgestellt, als du ausgezogen bist.«

»Andere Studenten wohnen auch nicht zuhause und schaffen es, zu lernen«, erwiderte ich längst nicht so tough, wie ich gehofft hatte.

Meine Mutter schaltete sich ein, nachdem sie ihre Serviette neben den Teller gelegt hatte: »Du wirst dich ab jetzt auf die Wiederholungsklausur vorbereiten«, befahl sie mir regelrecht. »Wie weit bist du mittlerweile mit deiner Hausarbeit?«

Ich hasste es auf einmal, dass ich keine Geheimnisse vor meinen Eltern haben konnte. Immer beichtete ich ihnen alles.

Bis auf eine Sache, meldete sich eine zarte Stimme in meinem Kopf. *Von Henry wirst du ihnen nichts erzählen.*

»Für die Hausarbeit habe ich noch keine gute Idee. Es geht um Landeskunde und um das Thema ›Zentralismus in Frankreich‹. Die Dozentin stellt es mir frei, das Thema rein geschichtlich oder an einem Beispiel aus der Gegenwart anzugehen.«

»Bleib lieber in der Gegenwart«, mischte sich mein Vater ein. Ich runzelte die Stirn.

»Ehrlich gesagt, fällt es mir leichter, die Geschichte des Zentralismus zu beschreiben. Aber ich habe noch nicht angefangen. Bis Freitag hatte ich noch Kurse.«

»Wenn du mit der Tanzerei aufhörst, hast du mehr Zeit für die Uni«, brachte meine Mutter das ewige Reizthema auf.

Ich wollte sie anschreien, aber das hatte ich noch nie richtig gekonnt. Stattdessen zog ich mich in mein schützendes Schneckenhaus zurück und nickte alles ab, was sie sagte.

»Ich überlege mir, nach der Meisterschaft aufzuhören.« Lüge. Aber ich hatte stets das Gefühl, meinen Eltern entgegenkommen zu müssen.

»Ein Titelgewinn würde dich vielleicht motivieren«, meinte mein Vater.

Ja klar, weil das Tanzen und mein dämliches Studium so viel gemeinsam hatten.

Meinen inneren Ärger merkte man mir nicht an. Meine Eltern hatten es nie toleriert, wenn ich meine Wut offen zeigte. Immerhin taten sie dies auch nie. Früher hatten sie mich mit Missachtung und Schweigen gestraft, wenn ich zornig wurde, also hatte ich es mir abgewöhnt, in ihrer Gegenwart zu zeigen, was wirklich in mir vorging.

Meine Therapeutin fand das sehr bedenklich, aber an meinen Eltern konnte ich nichts ändern, nur an mir selbst.

Zorn oder zumindest Unwillen zeigte ich nur gegenüber meinen engsten Freunden. Jacky reizte mich oft zu Trainingszwecken und lobte mich hinterher, wenn ich gekontert und ihr die Meinung gegeigt hatte. Ich liebte sie dafür.

Erst nach vielen Jahren und mit einem gewissen Abstand von meinem Elternhaus hatte ich erkannt, dass es meine Eltern waren, die aus mir das Mädchen mit den zwei Persönlichkeiten geformt hatten. Damit ja der schöne Schein gewahrt bliebe.

Ich hasste das. Und dennoch saß ich jeden Sonntag hier und ließ mich von ihnen durch die Mangel drehen.

Weil sie meine Eltern waren und ich sie gern hatte. Kinder liebten ihre Eltern, egal, wie mies sie ihre Rolle ausfüllten. Jacky hatte ihre trinkende, depressive Mutter auch geliebt, obwohl sie beinahe ihr Leben zerstört hätte.

Ahmed liebte die Familie, die ihn wegen seiner sexuellen Orientierung verstoßen hatte. Ali liebte die Familie, die seine Homosexualität und seine Beziehung zu einem Mann leugneten.

Und weil ich meine Eltern liebte, knickte ich ein. Meiner Umbruchstimmung und meinen neuen Plänen zum Trotz brauchten sie nur ein paar Stunden, um mich wieder in die Spur zu bringen, aus der ich in ihrer Abwesenheit ausgeschert war.

»Ich gehe gleich morgen in die Bibliothek und hole mir die Bücher für die Hausarbeit«, hörte ich mich sagen und verachtete mich dafür. Diesen zwei Menschen gegenüber besaß ich kein Rückgrat. Mein ganzes Leben war darauf ausgerichtet, sie zufriedenzustellen. Wie hatte ich nur darauf kommen können, dass sich das änderte, nur weil ich ausgezogen war und einen heimlichen Freund hatte?

Gallenbitter dachte ich an Henry. Was war der Pakt mit ihm noch wert, wenn ich am Ende doch keine Wahl hatte?

Auf dem Heimweg fühlte ich mich trotz meines vollen Bauchs wie ausgehöhlt. Unablässig drehte sich das Gedankenkarussell in meinem Kopf. Meine Eltern glaubten, nur das Beste für mich im Sinn zu haben. Das konnte ich ihnen nicht zum Vorwurf machen. Dank viel Fleiß und meiner Intelligenz war ich selbst mit meiner Störung weit gekommen, weiter als meine Mutter, die nie studiert hatte.

Aber der Preis war hoch. Obwohl ich meinen selektiven Mutismus größtenteils überwunden hatte, das Verhältnis zu meinen Eltern, meine Beziehungsunfähigkeit und die Verschwiegenheit, die man mir mit allen Mitteln eingebläut hatte, kosteten mich viel von meiner Freiheit.

Ich war nicht frei, das zu studieren, was ich wollte oder überhaupt nicht zu studieren; ich war nicht frei, eine echte, langfristige Beziehung zu einem Mann einzugehen. Um Henrys Willen sollte ich auch den Pakt mit ihm auflösen.

Aber das Schlimmste war, dass ich nicht frei war, ein unabhängiges Leben zu führen.

Meine Eltern hatten mich über die Jahre fest an sich gebunden und hielten mich mit einem Netz aus Verpflichtungen und Versprechungen eng bei sich. Ich strampelte und ruckte an dem Netz, aber dadurch zog es sich nur noch fester zusammen.

Ich stoppte das Fahrrad und holte keuchend Luft. Meine Brust schien sich zusammenzuziehen. Mein Atem ging zu flach, es kam nicht genug Luft in meine Lungen.

Nicht in Panik geraten, ruhig und tief atmen, wies ich mich selbst an. Aber es ging nicht. Hektisch rang ich nach Luft wie ein Fisch auf dem Trockenen. Schwarze Punkte tanzten vor meinen Augen, als ich mein Fahrrad losließ und es scheppernd auf die Straße fiel. Ich sank auf den Gehweg zwischen zwei geparkten Autos, während der Schwindel mich zu überwältigen drohte. Mist, ich war so gut wie daheim, am Waldrand bei der Schranke zum Innenhof.

Übelkeit stieg in mir auf und noch immer bekam ich zu wenig Luft. Das musste eine Panikattacke sein. Früher hatte ich häufiger darunter gelitten, vor allem in der Schule.

Ich legte meine Beine an der grasbewachsenen Böschung neben dem Bürgersteig hoch, doch es half kaum. Meine Arme waren zu schwach, um mein Handy rauszuholen und halb blind jemanden anzurufen.

Ich hechelte wie ein Hund und hoffte, dass es von selbst besser wurde.

Alles ist in Ordnung, du bist nicht in Gefahr, redete ich mir selbst gut zu. Übelkeit stieg in mir auf.

Die Punkte tanzten noch immer und mein Magen schlingerte.

Und dann war ich nicht mehr allein.

»Eve! Bist du hingefallen?« Henry. Er sollte mich nicht so sehen, diesen Teil der wahren Eve, den ich immer versteckte.

Kaum merklich schüttelte ich den Kopf.

»Kreislauf«, murmelte ich. Die Umgebung wurde wieder etwas klarer. Der Schwindel war noch da, doch die Übelkeit verzog sich langsam. Henry schaute mit verschwitztem Gesicht auf mich herab. Er war so verdammt schön.

»Vielleicht hättest du bei der Hitze nicht mit dem Rad fahren sollen. Soll ich dir aufhelfen?«

»Kann nicht laufen.«

»Wo ist dein Fahrradschlüssel?«

Ich streckte einen Finger in Richtung meiner Hosentasche.

Henry schloss mein Rad an dem Verkehrsschild neben der Schranke an und kam zu mir zurück.

Vorsichtig hob er mich auf seine Arme und trug mich den Berg hoch bis nach Hause. Selbst im Aufzug ließ er mich nicht herunter. Mir war es recht. Ich grub meine Nase in sein durchfeuchtetes Shirt und dachte nur noch daran, wie männlich und anziehend er roch.

Ich war wirklich nicht mehr ganz bei mir.

Auf meinem Bett liegend musste ich weiter die Füße hochlegen und etwas Wasser trinken. In der kühlen, abgedunkelten Wohnung ließen Übelkeit und Schwindel allmählich nach.

»Danke«, brachte ich heraus.

»Nichts zu danken. Geht es dir besser?«

»Bisschen. Mir ist nicht mehr so schlecht. Es hört gleich auf.« Doch Henrys Sorgenfalten verschwanden nicht. Er nahm meine Hand und streichelte sie.

Mein ohnehin hämmernder Puls beschleunigte sich. Ich war versucht, ihm den wahren Grund zu erklären, aus dem ich hier lag, aber dann hielt ich mich davon ab. Henry sollte sich nicht damit belasten, wenn er ohnehin bald fort war.

Ich konnte seinen Gesichtsausdruck nicht deuten. Mitleid, Sorge, aber noch etwas anderes. Er beugte sich herunter und küsste mich auf die Stirn.

»Bist du sicher, dass du nicht ins Krankenhaus willst?«

»Das wird schon wieder. Ist nicht mein erster Ohnmachtsanfall.«

»Soll ich Jacky Bescheid sagen? Willst du lieber, dass sie sich um dich kümmert?«

Warum stellte er eine solche Frage?

»Du kümmerst dich super um mich. Jacky hätte mich nicht nach Hause tragen können und wenn Martin mich getragen hätte, wäre mir das sehr viel unangenehmer gewesen.«

»Okay. Wie war's bei deinen Eltern?«

Beschissen. »Ganz nett. So wie immer.«

Er sah mich einen Moment durchdringend an, als könnte er mir dadurch die Wahrheit entlocken. Aber keine Chance. Ich war zu einem Meister der Verschwiegenheit erzogen worden.

Henry hakte nicht nach, sondern berichtete mir von seinem Tag. Dass er Besuch von Ahmed hatte und auf der Strecke Joggen war, die ich ihm gezeigt hatte. Mir ging es unterdessen immer besser. Ich trank das Wasserglas aus und setzte mich hin. Der Schwindel kam nicht zurück. Das war sehr gut.

Henry war wohl auch der Meinung, dass er mich nicht mehr schonen musste, denn er wagte einen neuen Vorstoß: »Hast du mit deinen Eltern über die Klausur geredet? Waren sie sauer?«

Mein Ärger kam aus dem Nichts.

»Ich wusste nicht, dass wir solche Freunde sind, Henry! Es geht dich nichts an, klar?«

»Also haben sie dir die Hölle heißgemacht. Und wie hast

du reagiert? Hast du die fügsame Tochter gespielt?« Seine gefurchte Stirn spielgelte Besorgnis, doch sein Tonfall reizte mich.

»Ich werde nicht mit dir darüber sprechen!« Unerklärliche Wut durchströmte mich. Alles, was sich seit Stunden in mir angestaut hatte, entlud sich wie ein Sommergewitter.

Ich sprang auf und musste mich am Bettrahmen abstützen, weil die schwarzen Punkte zurückkehrten. Doch gleich darauf floh ich aus dem Zimmer, das dank Henry nicht länger mein Rückzugsort war. Ich steuerte das Bad an, aber Henry schnappte sich mein Handgelenk, bevor ich die rettende Tür erreicht hatte. Scheiße!

»Du bist nicht mein Freund, ich bin dir keine Antworten schuldig!«, zischte ich mühsam beherrscht. Tränen brannten in meinen Augen, die ich niemals zulassen würde.

Entsetzt ließ er mich los und trat einen Schritt zurück. In seinen dunkelbraunen Augen toste ein Sturm, an seiner Wange zuckte ein Muskel. Ich verspürte plötzlich den Drang, ihn in Grund und Boden zu brüllen.

Noch nie in meinem Leben hatte ich die Stimme gegen einen Mann erhoben.

»Ich bin also nicht dein Freund? Was ist dann mit unserem Pakt?«

Ich funkelte ihn an.

Und dann schrie ich: »Unser Pakt ist so was von hinfällig! Ich brauche keinen Mann in meinem Leben, der mich ständig ausquetscht und mir kluge Ratschläge erteilt! Diese Rolle ist bereits vergeben!« Er erwiderte nichts. Das Mitleid in seinem Gesicht brachte mich an den Rand des Siedepunkts. »Du siehst mich auch nur als das arme Mädchen, das vor allem beschützt werden muss!«

»Das stimmt doch gar nicht.« Henry verzog das Gesicht. »Jetzt reg dich mal ab!«

Ich baute mich vor ihm auf und achtete nicht auf seine Worte. Da war so viel in mir, das endlich rausmusste. Der ganze Mist, den ich meinen Eltern ins Gesicht brüllen sollte und nicht Henry. Aber in mir war eine Sicherung durchgebrannt.

»Ich habe dich nur benutzt, um mein scheiß Leben zu verbessern, aber weißt du was? Es funktioniert nicht! Ich werde also weiterhin brav und nett sein und tun, was meine Eltern von mir verlangen! So bin ich nun mal und niemand wird daran jemals etwas ändern!«

Jetzt platzte auch Henry der Kragen. Er war nicht so laut wie ich, aber deutlich genug für die Nachbarschaft.

»Niemand außer dir kann etwas daran ändern. Aber du bist zu feige! Sei endlich mal mutig!«

Arschloch. »Du bist doch selber feige! Versteckst dich hier bei uns, anstatt deinen Eltern zu sagen, dass du keinen Bock auf ihre Firma hast!«

»Du bist nur für dich selbst verantwortlich! Bei dir hängen kein beschissenes Millionenerbe und ein Haufen Arbeitsplätze an deiner Entscheidung.«

»Rede dich nicht raus! Jemand anders kann die Firma führen. Du traust dich nur nicht, deine Eltern zu enttäuschen.«

»Genau wie du, Eve! Aber dir geht es viel schlechter damit als mir, verdammt noch mal! Mach endlich was dagegen!«

Hiermit war die Unterhaltung für mich beendet. Langsam wich der Zorn aus mir. Ich atmete tief durch und tat etwas Mutiges.

»Geh.«

»Was?«

Wie deutlich musste ich noch werden?

»Pack deinen Krempel und geh!« Und tu es schnell, bevor ich dich bitte, hierzubleiben!

»Du willst, dass ich verschwinde?«

»Der Pakt ist nichtig und wir streiten uns. Ein guter Zeitpunkt, um einen Schlussstrich zu ziehen. Ist doch super. Niemand wurde verletzt.«

Mein Herz zog sich bei diesen Worten vor Empörung zusammen.

Ruhe, Herz. Du fällst mir ständig in den Rücken. Mach mich nicht von Henry genauso abhängig wie von meinen Eltern. Zwei Menschen, die mich in der Hand haben, reichen für ein verkorkstes Leben.

»Wir sprechen noch darüber«, drohte Henry, wandte sich jedoch von mir ab und schritt in Richtung von Ahmeds Zimmer.

Die mühevoll zurückgedrängten Tränen brachen aus mir heraus wie aus einem Springbrunnen.

Ich rannte in mein Zimmer und schlug die Tür hinter mir zu. Auf keinen Fall würde ich mitansehen, wie Henry die Wohnung verließ. Wie er mich verließ, weil ich ihn von mir gestoßen hatte. Ich rollte mich auf meinem Bett zusammen und weinte in mein Kissen, damit Henry mein Schluchzen nicht hörte.

Ich hatte gelogen. Jemand war zutiefst verletzt worden.
Ich.

17

Henry

Wie ein geprügelter Hund zog ich von dannen, meine Tasche über der Schulter, meinen Koffer unter dem Arm und mit hängendem Kopf. Ich bot ein so trauriges Bild, wie ich mich fühlte. Mir ging es beschissen. Wegen einer Frau.

Wie war es überhaupt zu diesem bescheuerten Streit gekommen?

Warum war Eve so dermaßen ausgetickt? Sie war ausgebrochen wie ein Vulkan, ohne Vorwarnung und total heftig.

Niemals hätte ich ein solches Verhalten von ihr erwartet. Was zum Henker war bloß in sie gefahren?

Vielleicht hatte ich einen wunden Punkt getroffen. Das Ganze mit ihren Eltern schien sie mehr zu belasten, als sie nach außen hin zeigte. Generell zeigte sie längst nicht alles, was in ihr vorging.

Noch nie hatte ich ein Mädchen getroffen, das ich so schwer einschätzen konnte wie Eve.

Als der Aufzug im Erdgeschoss seine klappernden Türen öffnete, war ich drauf und dran, wieder nach oben zu fahren und bei Eve zu klingeln.

Musste ich mich entschuldigen? Dafür, dass ich indiskrete Fragen gestellt hatte? Nein. Eigentlich sollte Eve sich bei mir entschuldigen, weil sie mich in Grund und Boden gebrüllt und dann rausgeschmissen hatte. Aber das würde ich nie von ihr verlangen. Nicht einmal, wenn sie wie durch ein Wunder noch mit mir reden würde.

Zögernd stieg ich aus und durchmaß langsam den Eingangsbereich des Hochhauses.

Draußen empfing mich herrlicher Sonnenschein, genau wie heute Mittag, als ich Joggen gegangen war und ...

Ich blieb stehen.

Es konnte doch sein, dass Eve wegen der Hitze und ihrer Kreislaufprobleme so durch den Wind war. Womöglich hatte sie es nicht ernst gemeint, als sie mich weggeschickt hatte.

Sofort rief ich mich zur Ordnung. Es hatte verdammt ernst geklungen. Ich sollte ihre Entscheidung respektieren. Es war ihre Wohnung und ich nur ein Gast, der nicht rechtzeitig die Klappe gehalten hatte.

Ich setzte den schweren Koffer ab und holte mein Handy aus der Hosentasche. Ich sollte Martin vorwarnen, dass ich gleich bei ihm aufschlug.

Er ging nach dem ersten Klingeln ans Telefon.

»Henry, alles klar?« Im Hintergrund hörte ich Kindergeschrei.

»Hey, seid ihr schon wieder von eurem Ausflug zurück?«

»Vor fünf Minuten. Willst du vorbeikommen?«

Genau genommen wollte ich das nicht, weil mir Martins Verdruss schon ausreichte, wenn ich gleich beichtete, dass ich obdachlos war. Außerdem würde er die Wahrheit wissen wollen und dann würde unser Versteckspiel ein Ende haben. Zumindest standen die Chancen sehr schlecht, dass ich mich rausreden konnte.

Außerdem würde Jacky mit dabei sein und ihr würde die Wahrheit noch viel weniger gefallen. Doch wie es aussah, blieb mir nichts anderes übrig.

»Gerne. Bin in zehn Minuten da.«

Als ich an der Haltestelle vorbeilief, fuhr gerade ein Bus ein. Ich nutzte die Gelegenheit, stieg ein und kaufte mir für die paar Haltestellen ein Ticket. Morgen sollte ich mir wirklich einen neuen Koffer besorgen.

Am Mombertplatz verließ ich den Bus. Jetzt lagen nur

noch knapp fünf Minuten Fußmarsch mit Gepäck vor mir. Ein Lichtblick.

Am liebsten hätte ich Eve angerufen, um zu fragen, ob es ihr gut ging und ob sie vielleicht mit mir reden wollte, doch dann ließ ich es sein und schickte ihr nur eine Nachricht.

Geht es dir gut?
Es tut mir leid, dass du mich rauswerfen musstest.
Wenn du reden willst, ruf mich an oder schreib mir.
Ich will nicht, dass es so endet, Eve.

Dann packte ich das Handy wieder ein und marschierte ohne weiteren Zwischenhalt zu meinem Freund.

Mein Magen rumorte, weil ich auf einmal das Gefühl hatte, von Anfang an alles falsch gemacht zu haben. Ich hätte Eve höflich auf Abstand halten und einfach ein Sommergast sein sollen. Jetzt hatte ich es mir mit ihr verscherzt, mit Ahmed sowieso und gleich auch mit Martins Frau. Und wenn ich Pech hatte, auch mit Martin. Dennoch erschien mir dies alles zweitrangig, die Schuldgefühle und die Sorge um Eve erdrückten mich fast.

Hoffentlich brach sie nicht erneut zusammen. Und hoffentlich beruhigte sie sich wieder. Das alles bewies mir aufs Neue, dass ich für ernsthafte Freundschaften oder gar Beziehungen nicht gemacht war. Martin tolerierte meine soziale Dysfunktion, aber heute würde auch er genug haben. Am besten, ich brachte das Gespräch hinter mich und suchte für heute Abend nach einer Zugverbindung nach München.

Als Michelle mir breit lächelnd die Tür öffnete, begrüßte ich sie und stellte mein Gepäck im Flur ab.

Martin und Jacky fand ich auf dem Balkon, wo sie Kaffee tranken und unter dem Sonnenschirm saßen. Jacky war in ihr Smartphone vertieft, blickte aber auf und sagte höflich »Hallo, Henry«, ehe sie den Blick wieder auf den Bildschirm senkte. Martin stand auf und umarmte mich kumpelhaft, bevor er einen Klappstuhl hervorzog und aufstellte. Mit drei Stühlen, einem Schirmständer und einem halbrunden Balkontisch war die Loggia ziemlich voll.

Ich wusste nicht, wie ich anfangen sollte, und verknotete die Finger ineinander.

»Wie geht's?«, fragte Martin.

»Geht.« Dann holte ich tief Luft. »Ich muss nach München. Kann ich bis morgen früh bei euch bleiben? Falls nicht, gehe ich für eine Nacht ins Hotel.«

Martin stellte die Kaffeetasse ab und sah mich hellwach an.

»Warum schläfst du nicht noch eine Nacht bei Eve? Braucht Ahmed sein Zimmer?«, fragte er und klang dabei völlig unbekümmert.

Doch ich merkte ihm an, dass er mir nur die Möglichkeit geben wollte, mit einer Notlüge mein Gesicht zu wahren. Umsonst.

Jacky sah von ihrem Telefon auf und erklärte: »Eve hat ihn rausgeschmissen.« Sie erhob sich und zwängte sich hinter meinem Stuhl durch. »Ich geh zu ihr. Soll ich was ausrichten?«

Sie schaute so böse auf mich herunter, dass ich Angst bekam, gleich in eine Kröte verwandelt zu werden.

»Du kannst ihr ausrichten, dass ich ihr nie wieder eine persönliche Frage stellen werde und mir auch nie mehr herausnehmen werde, ihr seltsames Verhalten zu analysieren. Sie hat mir auf die harte Tour beigebracht, dass das absolut verboten ist. Startest du von hier aus oder gehst du erst nach unten?« Ich zeigte auf den Besen in der Ecke des Balkons.

Martin gluckste.

»Von der Loggia aus fliege ich nur nachts«, entgegnete Jacky. Ihre Mundwinkel zuckten und strafften ihren ansonsten finsteren Gesichtsausdruck Lügen.

Doch statt zu Eve zu fahren, setzte sie sich mir zugewandt auf Martins Schoß.

»Was ist passiert? Ich würde gerne deine Version hören«, forderte sie mich auf.

»Ehrlich? Und du schneidest mir nicht meine Eier ab?«

»Jetzt erzähl schon!«, drängte sie. »Eve wird mir nicht die ganze Wahrheit sagen, das ist so sicher wie das Amen in der Kirche.«

»Vielleicht hat sie gute Gründe dafür.«

»Die hat sie tatsächlich. Aber dass sie es nicht geschafft hat, zuzugeben, dass sie in dich verknallt ist, hätte ich nicht von ihr gedacht.« Martin streichelte ihren Rücken.

Irgendwie verstand ich ihren Ärger, hatte aber nicht die Kapazität, mich auch noch darum zu kümmern.

»Du hättest deinen Standpunkt, was mich betrifft, vielleicht nicht so radikal vertreten sollen. Bis heute Nachmittag hatten Eve und ich uns ziemlich gern.« Ich schwitzte ohnehin, deshalb dürfte niemand meine erröteten Wangen bemerken.

Jacky und Martin nickten gleichzeitig.

»Tut mir leid«, kam es plötzlich von Martin. »Eve ist nicht wie andere Mädchen und ich wusste nicht, ob du immer noch so drauf bist wie in der Schule. Sie sollte auf keinen Fall eine Kerbe in deinem Bettpfosten werden, okay?«

»Ich hatte einen gewissen Ruf in der Schule, aber nicht alle Gerüchte sind wahr. Ich habe es damals nicht korrigiert, weil es mir Bewunderung und jede Menge nette Dates eingebracht hat. So viele Kerben gibt es nicht, Martin.«

Martin zuckte mit den Schultern. »Manchmal habe ich das vermutet. Aber mit dir darüber reden wollte ich nicht, schon gar nicht mit meiner ständigen Dating-Flaute. Eve drohte also keine Herzschmerz-Gefahr?«

»Allein schon, weil ich mir mit ihr eine Wohnung geteilt habe, hätte ich sie nicht angebaggert oder an meinem Bettpfosten verewigt.« Ein völlig untypisches Seufzen entwich mir. »Wahrscheinlich hasst sie mich jetzt, trotzdem ist sie mir nicht egal. Ich würde wirklich gerne wissen, warum sie so ausgerastet ist.«

Auf Jackys Nicken hin berichtete ich von dem Zeitpunkt an, als ich Eve auf dem Gehweg gefunden hatte bis hin zu unserem verheerenden Streit. Den Pakt und alles andere ließ ich vorsorglich weg. Vermutlich würde Eve darüber Stillschweigen bewahren. Ich würde nichts ausplaudern, was sie geheim halten wollte.

Jacky nickte ein paar Mal während meiner Erzählung, unterbrach mich jedoch nicht. Dann stieß sie ein tiefes Seufzen aus.

»Ich sollte dir dafür die Hand schütteln, dass du es geschafft hast, Eve aus der Reserve zu locken. Du bist mit hoher Wahrscheinlichkeit der erste Mann außer ihrem Vater, den Eve jemals angebrüllt hat. Wobei, nicht mal gegenüber ihrem Vater wird sie laut ...«

»Manchmal ist sie schüchtern und manchmal ist sie es überhaupt nicht. Ich steige einfach nicht dahinter. Mit dir und Jenny redet sie normal, auch mit Ahmed, Ali und mir. Mit Dennis und Martin wechselt sie kaum ein Wort und hält sich total zurück, wenn einer von den beiden anwesend ist.«

»Da hat aber jemand ganz genau aufgepasst«, meldete sich Martin grinsend zu Wort.

Jacky knuffte ihn leicht gegen die Schulter. »Das ist nicht lustig.« Als sie ihre Aufmerksamkeit wieder auf mich richtete, durchleuchteten ihre grünen Katzenaugen mich bis auf die Knochen.

Jedenfalls war aufstehen und gehen auf einmal nicht die schlechteste Option.

»Eve weiß nicht, dass ich es weiß.«

»Dass du was weißt?«

Sie biss sich auf die Unterlippe. Bei jedem anderen Mädchen hätte ich das sexy gefunden, aber nicht bei Jacky. Sie wirkte entschlossen und das jagte mir durchaus Angst ein.

»Wenn sie offen damit umgegangen wäre, hättet ihr euch heute nicht gezofft. Aber sie schämt sich, weil sie unter selektivem Mutismus leidet.«

Es war mir egal, welche Störung Eve hatte, doch es traf mich bis ins Innerste, dass sie sich nicht traute, darüber zu reden. Meine süße Eve. Das Mitleid, das in mir aufwallte, ließ mich das Gesicht verziehen.

Mein Bruder ging mir gegenüber offen mit seiner Drogensucht um, die er immer besser im Griff hatte. Er stand für seine Fehler gerade. Doch Eve war mit dieser Störung auf die Welt gekommen. Wie konnte sie sich für etwas schämen, über das sie keine Entscheidungsgewalt gehabt hatte?

»So wie bei Raj aus ›The Big Bang Theory‹?«

»So ähnlich. Früher konnte sie mit keinem fremden Mann sprechen, nur mit ihrem Vater. Heute hat sie es fast überwunden. Mit Dennis, Wladimir und Martin tut sie sich allerdings schwer. Niemand weiß, warum, sie am allerwenigsten. Sie ist immer noch in Therapie deswegen, aber man merkt es ihr eigentlich nicht mehr an.« Kurz verfinsterte sich Jackys Gesichtsausdruck. »Ihre Mutter hat es mir erzählt, damit ich auf Eve aufpasse. Natürlich hat sie mir eingeschärft, niemals jemanden einzuweihen. Ihren Eltern ist verdammt wichtig, dass nichts auf etwas Unnormales in ihrer Familienidylle hindeutet.«

Ich schnaubte. »Haben ihre Eltern so ein Problem mit ihrer Tochter?«

»Die Mutter hat so getan, als würde sie einen Mord gestehen, als sie mir von Eves Störung erzählt hat. Da ist doch nichts dabei! Meine Mutter hatte viele Fehler, aber sie hat Michelle und mich so geliebt, wie wir waren.«

Diese Einstellung war sicher etwas, das Martin an Jacky mochte. Ich tat es auf jeden Fall.

»Danke, dass du mir das gesagt hast«, erklärte ich. »Jetzt ergibt so manches Sinn. Willst du Eve beichten, dass du Bescheid weißt? Und dass Martin und ich ebenfalls Bescheid wissen? Wird sie nicht auch auf dich sauer werden?«

Jacky zuckte die Achseln. »Das Risiko muss ich eingehen. Eve beweist endlich ein bisschen Mut zur Veränderung. Wir müssen sie dabei unterstützen. Wenn du sie magst, reist du nicht ab, sondern wirst ihr helfen. Ich habe keine Ahnung, woher, aber du hast einen Draht zu ihr.«

»Du gibst mir deinen Segen?« Ich grinste auf einmal.

Sie holte tief Luft und die steile Falte auf ihrer Stirn glättete sich wieder. »Eve hat vom ersten Moment an normal mit dir gesprochen. Ab da musste ich dir eine Chance geben.«

Und plötzlich lächelte Jacky mich an. Wie jedes Mal schien sich dabei ihr ganzes Gesicht zu verwandeln. Ein schönes Lächeln. Doch es reichte nicht an Eves heran. Scheiße, sie fehlte mir schon jetzt und es machte mich fertig, dass wir auf eine so hässliche Weise auseinandergegangen waren. Ich musste sie zurückgewinnen.

Oder wenigstens nicht gleich aufgeben. Ich musste ihr beweisen, dass es keine Rolle für mich spielte, welche Macken sie hatte. Auf einmal wollte ich Eve unbedingt zeigen, welche tollen Eigenschaften sie besaß, solange sie sie selbst nicht sehen konnte.

Vielleicht konnte ich das auf andere Weise als ihre Freunde.

18

Eve

Es klingelte ausdauernd an der Haustür unten. Mühsam hievte ich mich aus dem Bett und wankte mit schweren Gliedern zur Gegensprechanlage im Flur.

Ich drückte direkt auf den Türöffner, ohne zu fragen, wer mich terrorisierte. Mein verräterisches Herz hoffte darauf, dass es Henry war. Doch hätte ich seine Stimme gehört, ich hätte nicht den Mut gehabt, die Tür zu öffnen.

Ich machte die Wohnungstür auf und lehnte mich gegen den Rahmen. Als feuerrotes Haar am Ende des schummrigen Hausflurs in Sicht kam, machte sich Enttäuschung in mir breit. Natürlich war Henry nicht zurückgekommen, ich hatte ihm unmissverständlich aus der Wohnung geschmissen. Was hatte ich blöde Kuh eigentlich erwartet?

Jacky nahm mich wortlos in den Arm und schon wieder brachen alle Dämme. Sie schob mich über die Schwelle und schloss einhändig die Tür, dann bugsierte sie mich zum Esstisch und dort auf einen Stuhl. Sie hielt mich weiter fest und streichelte meinen Rücken. Zittrig atmete ich ein.

Jackys begütigende Stimmlage wäre auch geeignet gewesen, ein erschrockenes Pferd zu besänftigen.

»Sch, Süße, ganz ruhig. Muss ich Henry das Fell über die Ohren ziehen?«

Ich schüttelte den Kopf. Dann schniefte ich geräuschvoll und befreite mich aus ihrer Umarmung. Mein Gesicht musste rot und verquollen sein, aber im Moment war mir alles egal.

»Musst du nicht. Er wusste nicht, was er tut.«

Jackys Miene wurde wachsam. »Was hat er denn getan?«

»Hör auf, so mordlustig zu gucken, er hat mich nicht vergewaltigt oder was auch immer Grausiges du dir gerade ausdenkst. Er hat nur die Wahrheit gesagt.« Ich band meine unordentlichen Haare zu einem Zopf zusammen. Sofort fühlte ich mich etwas aufgeräumter.

Jacky setzte sich auf den nächsten freien Stuhl. »Erzählst du mir, was passiert ist?«

Selbstverständlich verlor ich kein Wort über den Pakt oder was ich wirklich mit Henry machte, wenn wir alleine waren, aber sonst weihte ich sie in die letzten Tage ein.

Jacky wirkte immer nachdenklicher. Dann nickte sie einmal und sprach in unser Schweigen hinein: »Ich muss dir auch etwas gestehen. Und es wird dir nicht gefallen.«

Ich zuckte schnaubend die Achseln. Schlimmer konnte es nicht mehr werden.

Jacky nickte noch einmal und schien sich zu wappnen.

»Ich weiß von deinem selektiven Mutismus. Deine Mutter hat es mir vor sieben Jahren erzählt, als ich das erste Mal bei dir zuhause war. Sie wollte, dass ich auf dich Acht gebe. Und dank mir weiß Henry es jetzt auch. Du kannst mir gerne die Freundschaft kündigen. Na los.« Trotzig reckte sie das Kinn.

Ich schaute sie nur sprachlos an. Es dauerte eine Weile, bis die Rädchen in meinem Kopf einrasteten und diese unerwartete Information bei mir ankam.

Jacky wusste Bescheid. Ich schluckte ein paar Mal. »Weiß ... weiß Jenny es auch? Und die anderen?«

»Nur Martin. Aber der behält es genauso für sich wie ich.«

Ich hatte noch mehr Fragen, doch die drängendste war nur diese eine: »Warum hast du es Henry erzählt?« Meine Stimme glich einem Flüstern im Wind. Mein Hals schnürte sich zu und ich war wieder kurz davor, zu weinen. Sie schwieg und wich meinem Blick aus. »Verdammt, Jacky! Warum ausgerechnet ihm?«, rief ich.

Tränen sammelten sich in meinen Augen. Meine beste Freundin hatte mir die Chance verbaut, dass es mit Henry wieder so wurde wie vorher. Bevor alles eskaliert war. O Gott. Ich konnte ihm nie mehr unter die Augen treten!

Trotz meiner Wut beugte ich mich vor und verbarg mein Gesicht in den Händen. Ich fühlte mich von aller Welt verraten. Von meiner Mutter und meiner besten Freundin. Selbst von Martin.

»Es geht nicht mehr so weiter, Eve. Ich konnte das Drama nicht länger mitansehen. Komm endlich raus aus deinem Exil und zeig der Welt, wer du wirklich bist!«

Ich tauchte hinter meinen Händen auf. Sie waren nass von meinen Tränen. »Wen soll ich der Welt zeigen?«, fragte ich höhnisch. »Die Verrückte, die verstummt, sobald fremde Männer den Raum betreten? Die Frau, die wie ein kleines Kind alles tut, was ihre Eltern von ihr verlangen?« Ich wusste selbst, dass meine Worte ableistisch waren. Die Worte, die ich so oft von meinen Eltern gehört hatte und gegen die meine Therapeutin so lange schon mit mir ankämpfte. »Die Frau, die sich nicht mal traut, ihren Freunden zu sagen, dass sie verliebt ...«

Die letzten Worte gingen in einem Schluchzer unter. Scheiße. Ich war wirklich verliebt in Henry.

Jacky widersetzte sich meiner Stacheligkeit und nahm mich in den Arm. Weinend klammerte ich mich an ihr fest.

»Ich bin so sauer auf dich, Jacky!«, schluchzte ich an ihrem Schlüsselbein. »Auf euch alle!« Und am meisten auf mich selbst. Auf meine elende Feigheit. Henry hatte mit jedem Wort recht gehabt.

Jacky tröstete mich und langsam versiegten die Tränen. Einige Minuten blieb ich stumm in ihrer warmen Umarmung, so lange, bis mein Zorn verrauchte.

Jacky war mir immer eine gute Freundin gewesen. Sie hatte mich nie spüren lassen, dass sie mich für unnormal hielt oder dass ich schutzbedürftig wäre. Erst als Henry in meine WG ziehen sollte, hatte sie sich aufgeführt wie meine Ersatzmutter. Hatte alles nichts genutzt. Ich hatte mein Herz verschenkt, ohne es zu merken.

»Du bist verliebt?«, fragte Jacky ruhig.

»Ich hab ihn schon fortgeschickt. Und jetzt will er mich sowieso nicht mehr zurückhaben. Wer will schon eine Bekloppte?« Schon wieder eines dieser Worte, die Narben auf meiner Seele hinterlassen hatten.

Jacky nahm mein Gesicht in ihre Hände und zwang mich sanft, sie anzusehen.

»Du bist nicht bekloppt. Du hast deine Störung gut im Griff. Irgendwann wird sie vielleicht ganz verschwunden sein. Nur weil deine Eltern immer noch nicht akzeptieren, dass ihre Tochter besonders ist, muss das nicht für jeden gelten. Wir lieben dich so, wie du bist, nicht, wie du dich uns zu zeigen versuchst. Jenny und ich, Ahmed und Ali, Shelly und Martin, sogar Dennis. Und Henry auch.« Sie ließ mich los.

»Henry mag das Mädchen, das ich in seiner Gegenwart war, nicht die echte Eve.«

»Vielleicht warst du bei ihm ja die wirklich echte Eve?«

Ich dachte kurz darüber nach. Bei Henry hatte ich mich von Anfang an wohlgefühlt. Aber er stellte auch kein Risiko dar.

»Ich hab ihn nur ein Stück weit an mich rangelassen, weil er wieder aus meinem Leben verschwinden wird. Mit ihm kann ich für den Ernstfall üben. Wenn doch mal ein Junge kommt, den ich mag.«

»Echt jetzt? So denkst du?«

»Mir hat es Sicherheit gegeben, zu wissen, dass es keine Konsequenzen hat, wenn ich es verbocke. Und du siehst ja, dass ich es verbockt habe. Früher als gedacht.«

Seufzend streckte ich meine steifen Glieder. Was für eine saublöde Situation!

»Willst du mich aufklären? Henry ist ziemlich fertig bei uns aufgetaucht und hat nicht mal die Hälfte von dem preisgegeben, was ich wissen wollte.«

»Du hast ihn nicht ins Kreuzverhör genommen?«

»Nein. Aus Rücksicht auf dich war er noch schweigsamer, als er mir gegenüber ohnehin gewesen wäre.«

»Henry war von Anfang an total nett zu mir. Dabei habt ihr ihn dargestellt, als würde er mir sofort an die Wäsche gehen, wenn ich die Wohnungstür schließe. Das war fies von euch!«

»Sorry. Stille Wasser sind tief. Martin ist das beste Beispiel. Ich hatte einfach Angst, dass du in unangenehme Situationen kommst.«

»Was für unangenehme Situationen? Dass er mir die Jungfräulichkeit raubt?«

Jacky machte große Augen. »Hat er etwa ...?«

Ich schaute genervt an die Decke. »Nein, leider nicht. Dieser Wunsch wird leider nicht mehr in Erfüllung gehen.« Mein Gesicht erhitzte sich augenblicklich.

Jacky machte große Augen.

»Wow. Und das lässt du dir von deinen Eltern und deinem geringen Selbstwertgefühl kaputt machen? Ehrlich?« Empört warf sie die Hände in die Luft. »Niemand hat das Recht, sich dermaßen in dein Leben einzumischen, dass du keine freien Entscheidungen treffen kannst.«

Sie saß nun nahe bei mir auf dem anderen Stuhl.

»Henry kann jede haben. Warum sollte er seine Zeit mit mir verschwenden? Selbst wenn ich nicht bei ihm unten durch wäre, wir haben keine Zukunft. Er wird in die Staaten zurückgehen oder zumindest nach München. Unsere Leben sind null kompatibel.«

»Das ist scheißegal, wenn du und Henry kompatibel seid. Und ich muss leider zugeben, dass ihr ein schönes Paar wärt.

Willst du gar nicht wissen, wie er auf meine Offenbarung reagiert hat?«

»Er ist unter einer fadenscheinigen Begründung abgereist?«

»Das hat er versucht, bevor ich ihm erzählt habe, was mit dir los ist.«

Ich schüttelte den Kopf. »Ist doch egal. Er sollte aus allen genannten Gründen das Weite suchen. Ich komm schon über ihn hinweg.« Irgendwann.

Jacky seufzte. »Ich hätte gute Lust, deinen Eltern einen Besuch abzustatten und ihnen zu erklären, wie sie ihrer einzigen Tochter das Leben schwer machen.«

Dabei wusste Jacky noch nicht einmal, was beim heutigen Familienessen vorgefallen war.

»Ich hatte vor, ihnen von meinem Fachwechsel zu erzählen.« Die Worte kamen mir über die Lippen, bevor ich sie aufhalten konnte. »Aber am Ende haben sie mir klargemacht, dass ich keine Entscheidungsgewalt habe.«

Jacky blies die Backen auf. Dann wurde sie laut.

»O mein Gott, Eve! Merkt ihr eigentlich nicht, was für eine gestörte Beziehung ihr zueinander habt? Scheiße, wann kapierst du endlich, dass du dich freischwimmen musst? Du alleine entscheidest, wie dein Leben aussehen soll und wen du darin haben willst! Du allein, Eve!«

Aufgebracht erhob sie sich von ihrem Stuhl und lief zur angelehnten Balkontür.

Mit dem Rücken zu mir sagte sie leiser: »Sei endlich mutig, Eve. Sei die Eve, die du auf der Bühne bist.«

Zitternd blieb ich sitzen und starrte das türkisblaue T-Shirt meiner Freundin an, über dem die langen, roten Haare lagen. Henry hatte sich ähnlich ausgedrückt. Zwei Menschen, die mir wichtig waren, nahmen die Gedanken, die ich mich nicht traute, auszusprechen, und schlugen sie mir um die Ohren. Aber es war schwer, endlich darauf zu hören.

Jacky drehte sich um, obwohl ich nichts gesagt hatte.

»Jeder verdient es, auf seine Weise glücklich zu werden, Süße. Auch du. Du bist nicht auf dieser Welt, um andere glücklich zu machen. Wenn du glücklich bist, werden die Menschen in deiner Umgebung es auch sein. Also, was willst du, Eve?«

Henry. Ich wollte Henry. Und dann wollte ich tanzen. Und vielleicht Sport und Geschichte studieren. Aber zuallererst wollte ich Henry.

»Ist Henry weggefahren?«

Jacky lächelte und schüttelte den Kopf. »Du willst ihn?«

Ich brachte nur ein Nicken zustande. Vor Aufregung flatterte ein Schmetterlingsschwarm in meinem Bauch auf. Hektisch sprang ich auf und hüpfte ins Bad, um mein Gesicht zu waschen und mir die Haare zu kämmen. Wenn Henry noch nicht abgereist war, gab er mir vielleicht die Chance, unseren Streit zu klären.

19

Henry

Während Jacky bei Eve war, führte Martin mir seine Hausmannqualitäten vor. Ich bemühte mich, ihm bei der Zubereitung von Fischstäbchen, Pellkartoffeln und Spinat nicht im Weg zu stehen und führte brav alle Hilfsarbeiten durch, wie Kartoffeln waschen und Backpapier auf zwei Bleche legen.

»Wenn du auch mitisst, machen wir lieber vier Packungen Fischstäbchen«, überlegte Martin laut und machte sich an dem Gefrierschrank unter dem Kühlschrank zu schaffen. Danach holte er ein Netz Kartoffeln aus einem Küchenschrank.

»Wie viele Kartoffeln isst du?«, wollte er von mir wissen.

»Keine Ahnung, zwei?«

»Was, nur zwei? Ich verputze mindestens vier, Jacky zwei, Michelle eine, aber nur, wenn wir sie mit dem Spinat zu einer Pampe verrühren. Weißt du, wie viele Kartoffeln Eve isst?« Was für eine absonderliche Unterhaltung!

»Nein, ich weiß nicht. Sie isst gerne Pfannkuchen mit Marmelade und begeistert sich für Geschichte. Aber über Kartoffeln haben wir noch nicht gesprochen.«

Martin hörte auf, die Knollen auf der Anrichte auszubreiten und schaute mich an. »Du bist ja wirklich in sie verknallt! Ich dachte erst, du wolltest bloß Jacky beruhigen.«

»Du Arsch! Ich behaupte doch nicht, ich würde es ernst mit einem Mädchen meinen, damit ihre Freundin zufrieden ist.«

»Tut mir leid. Es ist verdammt ungewohnt für mich, dich als ganz normalen Kerl zu sehen.«

»Ja, danke vielmals. Ich muss dich in der Schule echt traumatisiert haben.«

»Irgendwie schon. Ich hab dich wirklich gern, aber in deiner Gegenwart hatte ich immer das Gefühl, unsichtbar zu sein. Du betrittst einen Raum und jeder wird auf dich aufmerksam. Vor allem die Mädchen. Sie sind nur zu mir gekommen, nachdem du mit ihnen fertig warst. Es war beschissen, immer die zweite Wahl zu sein.«

Aha. Martin trug das immer noch mit sich herum. Süß.

Ich zog die Augenbrauen hoch. »Du glaubst aber nicht, dass ich hergekommen bin, um dir Jacky auszuspannen, nachdem ich bei ihrer Freundin nicht landen konnte, oder?«

»Was? Daran hab ich keine Sekunde gedacht, du Depp! Außerdem könntest du immer noch bei Eve landen. Wir flicken sie schon wieder zusammen, wenn du im September zurück nach Boston oder wohin auch immer abhaust.«

Autsch.

»Was hast du eigentlich für ein Problem, Mann? Du hast mich eingeladen und ich habe mich gefreut, dich wiederzusehen. Ich wollte keinen Stress mit Eve oder irgendjemand anderem von euch kriegen!« Wer flickte mich zusammen, wenn ich fortging? So eine Scheiße.

Martin füllte einen Topf mit Wasser und redete wegen des Brausens lauter: »Ich finde es schade, dass du bald wieder so weit weg bist. Du hast mir die letzten Jahre gefehlt. So jetzt ist es raus. Gut, dass Dennis nicht hier ist.«

Etwas versöhnt von seinem Geständnis lächelte ich. »Ich würde auch lieber hierbleiben, das kannst du mir glauben. Aber das werden meine Eltern nicht gutheißen. Es wartet eine Firma auf mich.«

»Es ist dein Leben, Henry.« Er taxierte mich einen Moment. Dann erhellte sich seine Miene. »Du und Eve, ihr passt wunderbar zusammen. Hast du ihr nicht vorgeworfen, bei den wirklich wichtigen Fragen nicht an sich selbst zu denken? Bei der Berufswahl und anderen Lebensentscheidungen? Du bist auch nicht besser. Du hast etwas studiert, was deine Eltern zufriedenstellt und dich auf etwas vorbereitet hat, was du gar nicht willst. Dann findest du endlich mal ein nettes Mädchen, dass es wert wäre, in deine Planungen miteinbezogen zu werden. Und du ziehst das nicht mal in Erwägung.«

Martin war immer ein guter Freund gewesen, auch wenn wir in den letzten Jahren viel zu wenig Kontakt zueinander gehabt hatten. Hier war er gerade der Einzige, dem ich genug vertraute, um auch die etwas intimeren Details vor ihm auszubreiten.

Also rückte ich mit dem Pakt heraus. Denn dass Eve und ich ein ähnlich gelagertes Problem hatten, war uns ebenfalls aufgefallen. Martin grinste, als ich geendet hatte.

»Jacky und ich hatten auch mal einen Pakt. Wenn Eve mit sich reden lässt, solltest du ihn wieder mit ihr abschließen. Ich kenne keine andere Person, die besser geeignet wäre, dir mit deiner Lebensplanung zu helfen.«

»Sie hat mich auch gebeten, sie zu entjungfern. Bisher konnte ich das gefährliche Terrain umschiffen.« Ich schaute auf meine nackten Füße. Das vor Martin zuzugeben, machte mich irgendwie befangen.

Martin lachte los. »Mann, du lernst Seiten an Eve kennen, die ich nie vermutet hätte!«

»Das steht alles nicht mehr zur Debatte. Sie hat mich rausgeschmissen, schon vergessen?«

Da hörte er auf zu lachen und legte eine Kartoffel nach der anderen ins kalte Wasser des Topfes.

»Das wird schon wieder«, meinte er lapidar. »Schütte mal den Spinat in die Schüssel da.«

Ich tat wie mir geheißen. Anschließend heizte ich den Ofen vor und legte die Fischstäbchen in Reih und Glied auf die Backbleche.

»Schön und gut, aber ganz egal, wie ich es gerne hätte, das interessiert in meiner Familie niemanden, Martin. Dir wäre es doch genauso ergangen, wenn dein Vater nicht alles ruiniert hätte.«

»Ob du es glaubst oder nicht: Heute bin ich ihm dankbar dafür. Ein bisschen mehr Geld für Mama und mich wäre zwar nett gewesen, aber im Großen und Ganzen hätte ich es nicht besser treffen können.« Er lächelte.

»Das freut mich für dich, ehrlich. Du hast eine richtige Familie, deine Mutter hat dich lieb und du hast nette Freunde.«

»Dich eingeschlossen. Überleg es dir noch mal. Alle mögen dich, obwohl du erst seit Kurzem hier bist.« Sein offener Blick tat mir gut.

Michelle kam in die Küche und beäugte die Fischstäbchen im Ofen und den Spinat in der Schüssel, die ich abdeckte und in die Mikrowelle verfrachtete.

»Fischstäbchen! Lecker!«, rief sie. Das waren noch Zeiten, als eine gute Mahlzeit das Highlight des Tages sein konnte.

»Die brauchen noch eine Weile. Wir rufen dich dann«, sagte Martin und hob den Deckel auf dem Kartoffeltopf leicht an, damit es nicht überkochte.

»Sollen wir ›Fang den Hut‹ spielen?«, schlug Michelle mir vor. Das war ihr neues Lieblingsbrettspiel.

»Okay«, antwortete ich und schon rannte sie in ihr Zimmer.

Zum Essen kam nicht nur Jacky, sondern auch Eve. Bei ihrem Anblick zog sich mein Magen zusammen. Teils vor Freude, sie zu sehen, teils vor Sorge angesichts ihrer mitgenommenen Erscheinung. Der Wunsch, sie in den Arm zu nehmen und festzuhalten, war überwältigend. Ich umfasste den Türrahmen zum Kinderzimmer, als ich ihr gegenüberstand.

»Hallo«, sagte sie kläglich. »Reden wir nachher?«

Ich hätte nie damit gerechnet, dass sie es mir so leicht machen würde.

Ich nickte. »Alles okay?«

»Glaube schon. Entschuldigung.« Ihre braunen Augen schauten mich herzerweichend an.

»Schon gut.« Ehe ich mich selbst davon abhalten konnte, hatte ich mich zu ihr heruntergebeugt und küsste sie federleicht auf die Wange.

Ihr Lächeln wärmte mich durch und durch. Als sie die Arme um mich legte und sich an mich drückte, glaubte ich zu schmelzen. Meine süße Eve.

Ich umschlang sie mit beiden Armen und vergrub meine Nase an ihrem Hals. Sie roch so unbeschreiblich gut.

»Möchtest du wieder bei mir wohnen?«

»Sehr gerne.«

Eve am Ende meines Urlaubs hierzulassen, würde das Schwerste werden, was ich jemals tun musste.

»Soll unser Pakt wieder gelten? Einen Sommer lang?«, flüsterte ich in ihr Haar.

»Einen Sommer lang«, stimmte sie zu.

»Essen ist fertig«, rief Martin durch die Wohnung. Widerwillig lösten wir uns voneinander.

20

Eve

Dieses Abendessen war das erste, das ich in dem vollen Bewusstsein erlebte, dass die Menschen am Tisch über meine Störung im Bilde waren. Ich sollte mich entblößt fühlen, verarscht, weil Jacky so lange nichts gesagt hatte. Doch ich fühlte mich einfach gut und erleichtert, niemandem mehr etwas vorspielen zu müssen.

Mit Martin gelang mir trotzdem kaum ein Wortwechsel, doch ich lobte ihn leise für das Essen und war froh, als Henry einen Teil der Lorbeeren einheimsen wollte.

Seine Reaktion hatte ich am meisten gefürchtet und hielt deswegen meine Augen nach untrüglichen Anzeichen offen, dass Henry mich anders betrachtete als zuvor. Aber ich fand keine. Er lächelte mich genauso viel an wie gestern, er berührte meine Beine unter dem Tisch und er hatte immer noch vor, mit mir nach Hause zu gehen.

Sollte ich so viel Glück haben?

»Ihr braucht euch nicht mehr zu verstecken«, eröffnete uns Jacky, nachdem sie sich die letzte Gabel Spinat in den Mund geschoben hatte. »Wir hätten euch nicht dazu zwingen dürfen. Tut mir leid.«

»Heute ist der Tag der Entschuldigungen«, sagte Henry grinsend. »Schön, dass ihr uns erlaubt, uns wie Erwachsene zu verhalten, Mama und Papa.« Ich musste lachen. Und ich lachte noch lauter, als Jacky Henry die Zunge herausstreckte. Wie gut, dass Michelle bereits aufgestanden war und in ihrem Zimmer spielte.

»Mama benimmt sich ganz schön kindisch«, merkte Martin an und duckte sich vor Jackys scherzhaftem Boxhieb weg. Dann stand er auf, schnappte sich seine Frau und warf sie sich über die Schulter.

»Lass mich runter!«, schimpfte sie und versuchte, sich zu befreien, doch Martin ignorierte das Trommeln auf seinem Rücken und trug Jacky in ihr gemeinsames Zimmer.

Henry kicherte neben mir. »Gut, dass er sich gegen Jacky zur Wehr setzen kann.«

»Er hat Waffen, die wir nicht besitzen«, erwiderte ich amüsiert grinsend. Zuerst spiegelte Henry mein Grinsen, doch von einer Sekunde auf die andere veränderte sich sein Gesichtsausdruck. In seinen Augen flackerte etwas auf. Begehren.

Für einen unendlich dauernden Moment schauten wir uns in die Augen, Schwarz in Braun. Mein Mund wurde staubtrocken. Eine andere Art von Schwindel als heute Mittag erfasste mich, als ich versuchte, zu schlucken. Dass ich mich zu Henry hingezogen fühlte, war noch untertrieben. Meine Hand legte sich auf sein Knie, ohne dass ich den Blick abwandte. Er erschauerte und kam langsam näher. Ich hielt die Luft an. Gleich, gleich würde er mich küssen.

Sein warmer Atem strich über meine Lippen und ich erzitterte. Die Berührung seiner Lippen war nur ein Hauch, doch sie drang durch sämtliche Hautschichten und brandmarkte mich. Hitze stieg in mir auf.

»Lass uns abräumen«, raunte Henry über das Gelächter aus dem Schlafzimmer hinweg. »Ich will nach Hause.« Er klang heiser.

Ich will auch mit dir nach Hause. Anstelle einer Antwort stand ich auf. Kribbelige Vorfreude erfüllte mich, als ich die Teller aufeinanderstapelte und in die Küche brachte.

Den Heimweg legten wir schneller zurück als die letzten Male. Und das, obwohl wir alle paar Meter anhielten, um uns zu küssen. Bald stolperte ich mehr, als dass ich lief. Wie zwei Betrunkene torkelten wir den Berg hinauf. Gut, dass er seine Koffer bis morgen bei Jacky gelassen hatte, denn das letzte Stück lud Henry mich auf seine Arme und trug mich wie heute Nachmittag bis zur Wohnungstür.

Ich wollte diesen Mann so sehr. Bei ihm fühlte ich mich geborgen und geachtet. Ich kam nicht dahinter, wie Henry das bewerkstelligte, wo ich ihn doch erst seit ein paar Tagen kannte.

Vorsichtig setzte er mich auf der Fußmatte ab, damit ich die Tür aufschloss. Meine Hände bebten so sehr, dass ich kaum den Schlüssel ins Schloss bekam.

Drinnen angekommen stellte ich meine Sneakers ins Schuhregal und huschte ins Bad, wo ich in Windeseile duschte und mir die Zähne putzte. Ich würde heute nirgends mehr hingehen außer ins Bett.

Henry grinste, als ich mit meinen Kleidern unter dem Arm herauskam und ins Zimmer flitzte. Es gefiel mir, dass er einen Blick auf meine nackte Rückseite erhaschen konnte.

Solange er duschte, lüftete ich in meinem Zimmer, denn aus Gründen der Diskretion wollte ich das Fenster gleich schließen. Mein feuchtes Kopfkissen drehte ich kurzerhand um, abziehen konnte ich es morgen. Ich hängte meine Kleider ordentlich über die Lehne des Schreibtischstuhls, beendete die Stoßlüftung und legte mich unter den leeren Bettbezug, in dem ich wegen der nächtlichen Wärme schlief. Eigentlich war mir auch das bisschen Stoff gerade zu viel des Guten, aber ich brauchte etwas, um mich zu bedecken.

Mein Herz klopfte stärker gegen meine Rippen, als ich daran dachte, dass ich tatsächlich nackt auf einen Mann wartete. Vermutlich war mein ganzer Körper rot. Tapfer harrte ich aus und ging weder ins Bad noch zum Kleiderschrank, um mir etwas anzuziehen. Dann erschien Henry und erlöste mich.

Mir fielen fast die Augen aus dem Kopf.

Er hatte sich nicht einmal Boxershorts angezogen, sondern kam so selbstverständlich im Adamskostüm in mein Schlafzimmer, als würde er das täglich machen.

Ich bewunderte sein Selbstbewusstsein. Henry kam für mich nahe an Perfektion heran. Sein Oberkörper war wie gemeißelt, alle Muskeln waren da, wo sie sein sollten. Und dieses Gesicht ... Dieses wundervolle Gesicht.

Ohne zu zögern, ging er auf mich zu und lüftete das Laken. Mein Herzschlag legte einen Zahn zu.

Ich stieß den Atem aus, als Henry neben mir auf die Matratze sank und mich in seine Arme zog. Seine Haut war kühl und an manchen Stellen noch ein wenig feucht, genau wie seine Haare, die ein paar Wassertropfen auf meiner Stirn verteilten. Hungernd bog ich mich ihm entgegen und eroberte seinen weichen Mund.

Hmm. Genießerisch schloss ich die Augen und summte kaum hörbar. Henrys Küsse waren perfekt. Mir fiel kein besseres Wort dafür ein. Sie ließen mich seufzen und alles vergessen.

Meine Lippen waren schon auf dem Heimweg in Mitleidenschaft gezogen worden, doch jetzt kribbelten und brannten sie wie der Rest von mir. Und immer noch wollte ich mehr.

Ich drückte Henry in die Horizontale und krabbelte auf ihn. Über ihm kniend umfasste ich seine ansehnlichen Oberarme und küsste die Seite seines Halses, seine Schlüsselbeine und alles, was ich erreichen konnte, bis er sich unter mir wand und leise stöhnend in meine Haare griff. Ich lächelte, weil seine Finger meinen Kopf kraulten und anschließend an meinen Schultern herunterstrichen. Wieder küssten wir uns. Mir war, als brannte Feuerwerk in meinem Bauch ab.

Wie lange hatte ich darauf gewartet, all das zu spüren, von dem mir meine Freundinnen erzählten!

Und jetzt konnte ich nicht genug davon bekommen.

Mein unwilliges Brummen brachte Henry zum Lächeln, als er seinen Mund irgendwann von meinem löste und mir in die Augen sah. »Was hast du vor, Eve?«

»Das fragst du noch?«

»Vielleicht weißt du es nicht genau.« Er küsste meine Mundwinkel und mein Kinn.

Vage hatte ich mir vorgenommen, heute Nacht endlich meine Unschuld zu verlieren. Doch mit einem Mal erschien mir das nicht mehr als das Allerwichtigste. Henry blieb noch einige Wochen bei mir, ich musste nichts überstürzen. Ich konnte es ruhig angehen lassen. Plötzlich fiel die Spannung von mir ab, die mich unbewusst im Griff gehabt hatte.

»Es ist gespenstisch, wie gut du in mich hineingucken kannst«, wisperte ich. »Ich finde es nicht mehr so schlimm, Jungfrau zu sein.«

Doch es war eine andere Erkenntnis, die mein Herz vor Freude schneller schlagen ließ: Ich sah Henry nicht länger als Mittel zum Zweck. Hätte er am ersten Abend zugestimmt, mit mir zu schlafen, hätte ich es aus den völlig falschen Gründen getan. Hinterher hätte ich es sicher bereut.

Jetzt, in diesem Moment, fühlte es sich richtig an, in Henrys Armen zu liegen. Er kannte mein intimstes Geheimnis und dennoch war er hier und hielt mich fest.

Ja, es fühlte sich richtig an.

Er lächelte, als hätte er meine Gedanken gehört.

»Du kannst so lange eine Jungfrau bleiben, wie du willst. Das ist ganz allein deine Entscheidung und nichts, was Außenstehende beeinflussen sollten. Ehrlich gesagt, das hier bedeutet mir viel mehr. Dass du mich bei dir haben willst und dass du mir vertraust.«

Ich schmolz unter seinem zärtlichen Blick. Mein Herz

pochte so hart gegen seine Brust, dass er es spüren musste. Denn ich spürte den Schlag seines Herzens an meinem Körper. Ich schloss die Augen, um dem Gefühl nachzugehen.

Als ich ihn wieder ansah, war sein Lächeln verschwunden. Seine Arme hielten mich fester.

Wie naiv waren wir gewesen, dass wir tatsächlich geglaubt hatten, unsere Gefühle mit Vernunft und einem lächerlichen Pakt im Zaum halten zu können? Sie hatten uns längst überrollt.

Ich legte meine Hand auf seine Brust. Sein Herz kam mir entgegen, kräftig und außerstande, sein Innerstes zu verbergen.

»Das ist mir noch nie passiert«, flüsterte Henry. »Ich hab mich noch nie so schnell in jemanden verliebt wie in dich.«

Ich nickte auf seine Worte hin. In meinem Hals saß etwas, das mich am Sprechen hinderte und mir die Tränen in die Augen trieb.

Wir würden uns gegenseitig das Herz brechen. Trotzdem brachte mich nicht einmal diese Tatsache dazu, das Bett zu verlassen und die Notbremse zu ziehen. Es gab keine Notbremse mehr. Ich hatte den Bremshebel abgerissen und fortgeworfen.

Die Tränen liefen über. Ich küsste Henry auf die Wange.

»Nicht weinen! Hätte ich bloß meine Klappe gehalten.«

Ich schüttelte den Kopf. »Es ist zu spät. Wir haben beide schon zu viele Gefühle investiert.«

»Und die Rendite wird gegen Null gehen«, nahm er halb im Scherz meine Wortwahl auf.

»Wir müssen mit hohen Verlusten rechnen«, sagte ich und schniefte. Ich schaffte es, zu lächeln.

Er streichelte meine Wange. »Unser Pakt gilt noch. Wir denken einfach nicht daran, was uns im September erwartet.«

»Klingt gut.« Und jetzt wollte ich nicht mehr reden und schon gar nicht über drohenden Herzschmerz nachdenken. Der kleine Vorgeschmack darauf heute reichte mir fürs Erste.

Mit Nachdruck griff ich in Henrys Nacken. Der Kuss löschte sorgfältig alle fiesen Gedanken aus.

Langsam arbeitete er sich an meinem empfindlichen Hals und meinem Dekolleté bis zu meinen Brüsten hinunter. Als seine Lippen sich um meine Brustwarzen schlossen, er sanft daran saugte und über die Spitzen leckte, sank ich zurück auf mein Kissen und seufzte ergeben.

In meinem Bauch tobten die Schmetterlinge, während ich Henrys Haare zerzauste und mich mit meinem Restverstand abmühte, nicht hemmungslos zu stöhnen.

Seine Hand lag auf einmal zwischen meinen Beinen und sein Streicheln dort gab mir den Rest. Hitzewellen rollten über mich hinweg wie die Wellen aus Lust in meinem Innern.

Als ich kurz davor war, den Kamm zu überwinden, stoppte Henry. Er löste sich so abrupt von mir, dass ich glaubte, zu frieren. Doch es klärte auch kurzzeitig meine Gedanken.

»Nicht aufhören!«, maulte ich. Dann zuckte meine Hand an seinen Oberarm. »Geh nicht weg!«

»Ich gehe nicht weg. Aber ich muss dich fragen, was du willst.«

Und da wusste ich es. Ich wollte ihn in mir spüren. Ihn und niemand anderen.

Mein Wackelpudding-Körper brauchte zwei Anläufe, um sich herumzudrehen und ein Kondom aus dem Nachttisch zu holen. Es war noch haltbar, weil ich es schon zweimal durch ein Neues ersetzt hatte. Die anderen hatte ich jedes Mal Ahmed geschenkt. Meine Finger zitterten plötzlich, weil ich dieses selbst benutzen würde.

O mein Gott. Es würde passieren, jetzt gleich.

Henry nahm mir das Kondom aus der Hand und umarmte mich. Er bedeckte mein Gesicht mit winzigen, zarten Küssen und schaffte das Wunder, dass ich mich wieder entspannte. Henry war in mich verliebt. Er würde mir nicht wehtun. Nicht körperlich.

Ich war ihm dankbar, dass er das mit dem Kondom übernahm, ich hätte vor lauter Zittern kaum die Folie aufbekommen.

Schneller als gedacht war er über mir und nahm erst meinen Mund in Besitz und dann den Rest von mir. Mit Armen und Beinen umklammerte ich ihn, damit er ja nicht auf die Idee kam, sich zurückzuziehen. Doch er küsste mich gemächlich, knabberte an meiner Unterlippe und drängte seine Hüften zwischen meine. Es war nicht nahe genug. Ich schob ihm mein Becken entgegen, öffnete mich ihm und zog auffordernd an seinen Schultern, bis ihm ein leises Lachen entfuhr.

Ich spürte nicht einmal ein Ziepen, als er in mich eindrang. Das Tanzen hatte mein Jungfernhäutchen sicher vor langer Zeit zerrissen. Ich musste mich lediglich an das seltsame Gefühl gewöhnen, ausgefüllt zu werden.

Henry ließ mir Zeit. Er strich mir über die Stirn und lächelte auf mich herunter. Ich lächelte zurück. Wo sollte ich sein, außer hier mit ihm? Verbunden, wie ich noch nie zuvor mit einem Menschen verbunden gewesen war.

Wieder suchte ich seinen Mund und stupste seine Zunge mit meiner an, zum Zeichen, dass er loslegen durfte. Ich wollte mehr von ihm spüren.

Ihm so nahe zu sein, war pures Glück. Glück, das mich lächeln und zugleich mit den Tränen kämpfen ließ. Henry küsste meine Nasenspitze und ich atmete tief durch und ließ mich fallen.

Bald war ich völlig weggetreten, meine gesamte Aufmerksamkeit galt meiner unteren Körperhälfte und dem einzigen Gedanken, zu dem ich noch fähig war.

O Gott, o Gott, o Gott.

Wie im Rausch passte ich mich Henrys Bewegungen an und war bei jedem Stoß erstaunt, wie sich kribbelige Hitze in meinem Bauch ausbreitete, bis sie schließlich nicht mehr zurückging und meine Muskeln sich immer mehr anspannten.

Henry hatte mich zuvor bis an den Rand eines Höhepunkts gebracht. Nun entlud er sich in wilden Blitzen und einem Aufbäumen meines Körpers. Alles in mir schien sich zusammenzuziehen.

Ich bemerkte mein heftiges Atmen erst, als der Orgasmus abebbte und ich mich noch immer an Henry festklammerte, der sein Gesicht an meiner Halsbeuge vergraben hatte und sein Stöhnen an meiner Haut erstickte, bis er erschauerte und in mir pumpte. Das fühlte sich komisch an, doch ich war erschöpft und platzte beinahe vor Glück, sodass ich nicht alles analysieren wollte.

Ich wollte nicht, dass Henry sich aus mir zurückzog, denn auf die plötzlich einsetzende Leere war ich nicht vorbereitet. Aber die Entspannung überwog. Langsam sickerte die Erkenntnis bei mir durch: Ich hatte es getan. Ich war keine unwissende Jungfrau mehr.

Und es war gigantisch gewesen.

Ich blieb auf dem Rücken liegen und spürte meinem galoppierenden Herzen nach, als Henry das Kondom in meinem Papierkorb entsorgte und sich wieder zu mir legte.

»Das war schön«, wisperte ich und bettete meinen Kopf auf seiner Brust. Sein Herz schlug ebenso rasch wie meines. Ich war so unendlich froh, dass ich auf jemanden wie Henry gewartet hatte. Jetzt stiegen mir doch Tränen in die Augen. In kleinen Rinnsalen liefen sie an meinem Gesicht herunter und tropften auf Henrys Brust. Falls er es merkte, sagte er nichts dazu. Er hielt mich nur und küsste meine Stirn. Lächelnd langte ich nach oben, um seine Wange zu streicheln. Ich weinte vor Freude und vor Furcht gleichermaßen. Wenn Henry aus meinem Leben verschwand, würde er ein verdammt großes Stück von mir mitnehmen. Hoffentlich funktionierte ich ohne dieses Stück.

»Du darfst ruhig schlafen«, erklärte er leise, ohne auf die bitteren Gedanken einzugehen, die mich umtrieben. »Ich gehe nicht weg.«

Nicht in dieser Nacht.

21

Henry

Mein Herz schien doppelt so groß zu sein wie zuvor. Es war übervoll. Ich drehte langsam meinen Kopf zu dem Mädchen neben mir.

Eve beim Schlafen zu betrachten, könnte eine meiner neuen Lieblingsbeschäftigungen werden. Mit meinem Blick streichelte ich ihr entspanntes, schönes Gesicht, den Ansatz ihres Halses und den Teil ihres Rückens, der nicht von dem dünnen Laken bedeckt war. Ich wagte nicht, sie zu berühren. Ich wollte sie nicht wecken. Nicht nach dem Tag, den sie hinter sich hatte.

Ich sollte auch schlafen. Und die irrationale Angst loslassen, auch nur einen Moment mit Eve zu verpassen. Ich konnte nicht vierundzwanzig Stunden wach bleiben, bloß, weil die Momente zwischen uns von Anfang an gezählt waren.

Lieber würde ich den begrenzten Vorrat an Momenten nutzen, um ihn später wie einen Schatz in meinem Innern zu hüten. Gute Erinnerungen würden das Einzige sein, das mir von Eve blieb. Dieser Gedanke tat auf eine seltsame Weise weh. Ich rieb mir über die Brust.

Schließlich wälzte ich mich auf die andere Seite und überließ mich endlich der Müdigkeit.

Am nächsten Morgen ließen wir unsere Joggingrunde ausfallen. Eve stibitzte ein Kondom aus Ahmeds Bestand und zerrte mich nach Dusche und Frühstück geradezu in ihr Bett zurück. Wer wäre ich, wenn ich mich dagegen gewehrt hätte?

Kein Gefühl war besser oder mit dem zu vergleichen, als in ihr zu sein, vollkommen mit ihr zu verschmelzen.

Ich versuchte, nicht daran zu denken, dass wir niemals ein normales Paar sein würden, und dass ich mir all diese Momente irgendwo unrechtmäßig nahm. Solange Eve mich wollte und ich hier war, würde ich auch bei ihr sein.

Ich hatte mich noch darüber amüsiert, dass Eve das Fenster geschlossen hatte, bevor wir anfingen. Doch als ich den lustvollen Schrei hörte, den sie von sich gab, als sie erzitternd kam, verstand ich sie.

Ich war verloren. Sie lag unter mir, schwitzend, mit zerzausten Haaren und glühenden Wangen, die Augen geschlossen und hoch konzentriert. Sie haute mich um, wie sie sich vollkommen gehen ließ und nichts von sich zurückhielt.

Ich schwelgte in diesem Augenblick, ich schwelgte in ihr; in ihrem blumigen Geruch, in ihren Lauten, in der Hitze ihrer Haut. Sie berührte meine Lippen mit ihren, umfing mich mit beiden Armen und kam mir ein letztes Mal entgegen.

Und ich erbebte. Der Orgasmus überrollte mich derart, dass ich mich an Eve presste und außerstande war, sie weiter zu küssen. Stöhnend verbarg ich mein erhitztes Gesicht an ihrem Hals, während die Wellen abebbten.

Unser beider Atem ging schwer. Trotzdem nahm ich mein Gesicht nicht aus meinem Versteck, rang um Fassung. Scheiße. Dieser geraubte Moment weckte in mir den Wunsch, alles hinzuschmeißen und dieses Bett nie mehr zu verlassen.

Ich hatte allen Ernstes einen Kloß im Hals.

Eve hielt mich weiter fest und streichelte durch meine Haare.

»Was auch immer du glaubst, tun zu müssen, du musst es nicht. Wenn wir es schaffen, uns nicht in den nächsten Wochen anzuöden, lassen wir uns was einfallen, okay?«

Sie tröstete mich. Ein Mädchen tröstete mich.

Ich erwiderte nichts, zu sehr fürchtete ich, keinen Ton herauszubekommen oder loszuheulen.

Was war bloß los mit mir? Wie tief hatte Eve sich in mein Herz gegraben, dass ich auf einmal heillos überfordert war?

Als ich glaubte, mich nicht komplett zu entblößen, löste ich mich von ihr.

Ich floh regelrecht ins Bad. Und dort entdeckte ich ein weit größeres Malheur. Das Kondom war gerissen.

Ich warf es in den Mülleimer und stieg noch mal in die Dusche, als könnte ich dadurch die Zeit zurückdrehen.

Fuck!

Unter dem lauwarmen Wasserstrahl beruhigte ich mich selbst. Frauen wurden nicht so leicht schwanger, sie hatten jeden Monat nur ein knappes Zeitfenster dafür. Wahrscheinlich war das Kondom erst beim Abziehen kaputt gegangen, weil ich nicht gerade vorsichtig damit gewesen war. Keine Panik!

Dennoch musste ich es Eve sagen. Und hoffen, dass sie nicht genauso Angst bekam wie ich.

Und dann breitete sich ein anderes Gefühl in meiner Brust aus, das weit von Panik entfernt war. Wärme.

Seit letzter Nacht ließ ich die Vorstellung zu, eines Tages eine eigene Familie zu haben. Ich hatte erlebt, dass Martin darin aufging, Ersatzvater und Ehemann zu sein. Dass er Selbstvertrauen daraus zog und es genoss, gebraucht zu werden. Ich hatte immer geglaubt, ich wäre nicht dafür geschaffen, doch, was wenn ich es wäre?

Nein. Ich hatte wenig Lust darauf, denselben Ärger zu haben, wie meine Eltern mit meinem Bruder. So sehr ich ihn liebte, durch seine unglaubliche Unvernunft hatte ich erkannt, wie viel Verantwortung man selbst für erwachsene Kinder trug. Ich wollte keine Ehe führen, wie meine Eltern sie führten, leidenschaftslos und immer auf den äußeren Schein bedacht. Ich wusste, dass sie sich früher einmal geliebt hatten, aber im Grunde genommen war mein Vater seit Jahren mit der Firma verheiratet und kaum zuhause.

Wenn ich in seine Fußstapfen treten musste, wollte ich keine Kinder haben, die auf mich warteten, bis sie einschliefen und ständig enttäuscht von mir waren. Ich wollte keine Frau, die sich alleingelassen fühlte.

Und genau deshalb würde das mit mir und Eve nie gut gehen. Sie suchte nach anderen Dingen, als ich ihr geben konnte. Sie wollte einen Mann, der für sie da war. Vielleicht wünschte sie sich auch Kinder. Garantiert wünschte sie sich, diese nicht allein aufzuziehen.

Und schon verpuffte das warme Gefühl.

Ehe ich das Wasser abstellen konnte, kam Eve zu mir in die Badewanne gestiegen und umarmte mich stumm.

Ihre feinen Antennen machten jeden Versuch, sie über meinen Zustand anzulügen, zunichte.

»Sag mir, warum du dich hier vor mir versteckst.«

»Du sollst nicht mitansehen, wie ich mit meinen Leben hadere. Es ist undankbar. Andere würden sich ein Bein ausreißen, wenn sie sich um ihr Auskommen niemals Sorgen machen müssten.« Es war nicht das, was mir zuletzt im Kopf herumgegeistert war, aber auch das belastete mich.

Ich streichelte ihren Rücken und küsste sie auf die Schulter. Eve drängte sich näher an mich. Ich liebte es, wie ihr Körper sich an meinen schmiegte, als gehörte er genau dorthin. Sie küsste mich auf die Brust.

»Es ist der Traum von jemand anderem, nicht deiner«, erklärte sie, als wäre das nur logisch.

Sie war das wunderbarste Wesen, das mir je begegnet war. Süße Eve. Meine Arme schlossen sich fester um sie.

»Ach, Eve. Ich verstecke mich bei dir vor der Wirklichkeit. Das wissen wir beide. Ich kann das Familienunternehmen nicht einfach hinschmeißen. Viele Menschen zählen auf mich und ...«

Sie brachte mich mit einem wundervollen Kuss zum

Schweigen, aber als sie mich freigab, musste ich sie bremsen, bevor ich sie gegen die Kacheln drückte und mich erneut in ihr versenkte. Ich musste ihr die Sache mit dem Kondom beichten.

»Das Kondom ist vorhin gerissen.« Starr vor Schreck blickte sie mich an, die Augen angstvoll geweitet. »Vielleicht habe ich es erst danach zerstört, hier im Bad. Mach dir keine Sorgen.«

Doch sie machte sich riesige Sorgen. Sie setzte sich auf den Boden der Wanne unter das herabregnende Wasser und zog an meiner Hand. Ich stellte die Dusche ab und platzierte Eve vorsichtig zwischen meine Beine.

»Vermutlich mache ich mich umsonst verrückt«, sagte sie zittrig.

»Wir können uns die ›Pille danach‹ besorgen.«

Zu meiner Überraschung schüttelte sie den Kopf. »Nein.«

»Du würdest es drauf ankommen lassen?« Ich schaute ihr fest in die Augen, um sicherzugehen, dass ich das richtig verstanden hatte.

»Meine Eltern würden mich umbringen, wenn ich jetzt ein Kind bekäme. Aber eine Abtreibung, und nichts anderes ist diese Pille in ihren Augen, würden sie noch weniger tolerieren.«

Ich blies die Backen auf und ließ geräuschvoll die Luft ausströmen. Konnten mir Eves Eltern noch unsympathischer werden? Offenbar schon.

»Sie würden dich zwingen, ein Kind auszutragen, das du vielleicht gar nicht willst?« Ich hatte Mühe, nicht laut zu werden. Die hatten sie doch nicht mehr alle!

»Niemand kann mich zwingen. Nicht einmal meine Eltern. Aber ich würde ihnen das nicht antun, besonders nicht meiner Mutter. Sie hat sich immer Geschwister für mich gewünscht. Aber ... nach der sechsten Fehlgeburt gab sie auf. Wie sollte ich ihr unter die Augen treten, wenn ich ein neues Leben beendet habe? Etwas, das ihr versagt geblieben ist.

Ich könnte es nicht.« Eves Blick war beeindruckend klar und entschlossen, als sie fortfuhr. »Und im Übrigen bin ich nicht mehr fünfzehn. Ein Kind in meinem Alter ist keine Katastrophe. Trotzdem würde ich gut darüber nachdenken. Es wäre schließlich eine lebensverändernde Entscheidung.«

Aber ich wollte nicht, dass sie alleine mit einem Kind dasaß, während ich mich um mich selbst kümmerte. Meine Miene musste Bände sprechen, denn Eve schüttelte wieder den Kopf und erhob sich.

»Lass uns nicht über ungelegte Eier diskutieren. Es ist passiert, daran lässt sich nichts ändern.« Sie löste sich aus meiner Umarmung und stand auf. »Wollen wir in die Stadt? Du bist noch nicht mit der Bergbahn gefahren.«

»Okay. Du hast recht.« Aber meine Knie zitterten, als ich hinter ihr aus der Wanne stieg und nach einem Handtuch angelte.

Im Esszimmer läutete Eves Handy auf der Fensterbank. Eve ging nackt darauf zu und nahm es in die Hand.

»Meine Mutter. Da muss ich rangehen.«

Verdammt. Eves Mutter hatte anscheinend den siebten Sinn. Ich verkrümelte mich in Ahmeds Zimmer, um mich anzuziehen und Eve ohne Zuhörer telefonieren zu lassen. Nach dem gestrigen Streit hatte sie sicher einiges mit ihrer Mutter zu klären.

Auch ich wurde von meiner Mutter kontaktiert. Mein Handy zeigte mir drei verpasste Anrufe von ihr. Da sie sich seit gestern Abend in größeren Abständen gemeldet hatte, dürfte es nicht allzu dringend sein. Ich beschloss, sie später zurückzurufen.

Da klopfte es an die Tür. »Bist du fertig?«, rief Eve von draußen herein. Waren wir nicht vor zwanzig Minuten noch splitterfasernackt zusammen in der Dusche gestanden? Warum schämte sie sich auf einmal, mein Zimmer zu betreten?

»Komm rein! Hier ist nichts, was du noch nicht gesehen hättest, Eve!« Ich gluckste.

Als sie in schwarzen Shorts und einem lässigen Rockstar-Shirt hereinkam, blieb mir das Glucksen im Halse stecken.

Ihr aufgewühltes Gesicht weckte sämtliche Beschützerinstinkte in mir. Ich trat auf sie zu und küsste sie auf die Wange.

»Da steht eine fremde Frau vor der Tür und behauptet, sie wäre deine Mutter.«

Shit.

22

Eve

Die erste Begegnung mit Henrys Mutter hatte ich mir anders vorgestellt. Gut, ich hatte sie mir gar nicht vorgestellt, weil Henry und ich beide keine Notwendigkeit darin sahen, unsere Familien einzuweihen, wenn wir weder vorhatten, über den Sommer hinaus ein Paar zu bleiben, noch uns gegenseitig zu besuchen.

Und jetzt stand da diese adrett gekleidete Frau in ihrem Bleistiftrock und den schwindelerregend hohen Pumps, mit ihren Perlenohrringen und der Hermès-Handtasche.

Sie war wie ein Alien, der sich in meine Plattenbauwohnung verirrt hatte.

»Guten Tag, ich bin Catherine McAllister, Henrys Mutter. Er logiert doch noch hier?« Bitte was?

»Äh ... Hallo, Mrs. McAllister. Ich heiße Eve.«

Ich hasste es augenblicklich, wie ihr abschätziger Blick an meiner legeren Sommerkleidung herabglitt und sich anschließend auf den etwas chaotischen Flurbereich ausweitete. Erst auf ihre wiederholte Nachfrage hatte ich bejahen können, dass Henry sich hier aufhielt.

Ich bat sie herein, obwohl ich ihr am liebsten die Tür vor ihrer leicht gerümpften Nase zugeschlagen hätte.

Zum ersten Mal wünschte ich mir, Martin wäre hier. Er wusste, wie man mit Snobs redete. Und er wäre ein toller Puffer zwischen dieser einschüchternden Frau und mir.

Vielleicht hätte Henry auch gerne einen Puffer.

Das Auftauchen seiner mutmaßlichen Mutter verdrängte sofort die leise Sorge wegen des gerissenen Kondoms. Und doch erlaubte ich mir kurz, über die möglichen Folgen nachzudenken, während ich zu Henrys Gästezimmer ging, um ihn zu holen.

Selbst wenn es meiner Mutter das Herz brechen würde, das Kind eines Unbekannten, das Resultat eines One-Night-Stands, hätte ich nicht behalten. Ich hätte meinen Eltern allerdings auch nie etwas davon gesagt. Fall erledigt.

Doch Henry war kein Unbekannter mehr. Lägen die Dinge anders, würde ich mich freuen, die Mutter seiner Kinder zu sein. Jedoch erst in ein paar Jahren. Ich wünschte mir, eines Tages Kinder zu bekommen und die Vorstellung, eine Familie mit Henry zu gründen, gefiel mir. Aber das würde nicht passieren. Selbst wenn wir den sprichwörtlichen Lottosechser gelandet hatten, würden wir niemals eine Familie sein. Wenn ich mir diese gruselige Schwiegermutter anschaute, erschien mir das auch besser so.

Sollte ich tatsächlich schwanger werden – dank meiner Mutter wusste ich, was bis zu einer erfolgreichen Einnistung alles schiefgehen konnte – würde ich das mit mir alleine ausmachen. Meine Eltern wären sauer auf mich, weil ich meine Zukunft wegwarf, doch sie würden mich auch unterstützen. Vielleicht war ein Enkelkind das einzige Versöhnungsangebot, das sie über das miese Studium hinwegsehen lassen würde.

Traurig, aber denkbar.

Außerdem war ich nicht allein. Ich hatte Freunde, die mir mehr Familie waren als meine eigene. Aber wie gesagt, das waren ungelegte Eier. Die stinkreiche Frau in meinem Esszimmer war das drängendere Problem.

Henry schlief das Gesicht ein, als ich ihm erzählte, wer gekommen war. Anscheinend nicht die Art von Besuch, die ihm Freude bereitete.

Stumm wie ein Fisch schob er sich an mir vorbei aus dem

Raum. Abwartend schlich ich ihm hinterher und nahm einen Beobachtungsposten ein.

Selbst ich begrüßte meine Mutter inniger als er. Steif umarmten sie sich, bevor sie sich an den Tisch setzten und ein paar Sekunden musterten.

»Du hättest mich zurückrufen können, Henry.«

Er nickte und suchte meinen Blick. Er wirkte ein wenig überfordert. Das war etwas Neues für mich.

»Kaffee?«, fragte ich in die unbehagliche Stille hinein.

»Sehr gerne«, antwortete Henrys Mutter höflich.

Dankbar, dass ich ein paar Minuten flüchten konnte, widmete ich mich mit spitzen Ohren der Zubereitung des Kaffees für Catherine McAllister. Puh, schon ihr Name hörte sich an wie der einer englischen Lady. In ihrer Gegenwart kam ich mir wie ein ungehobelter Bauerntrampel vor. Es tröstete mich, dass Henry sich ähnlich unwohl fühlte wie ich.

»Was machst du hier?«, fragte er. Aus dem Augenwinkel sah ich, dass er die Hände im Schoß ineinander verknotet hatte.

»Darf ich meinen Sohn nicht besuchen, nachdem ich ihn anderthalb Jahre lang nicht gesehen habe?« Wenn sie vor Sehnsucht nach ihrem Kind verging, dann verbarg sie es sehr gut hinter ihrer kühlen Fassade. Ich konnte mir diese Frau beim besten Willen nicht als liebende Mutter vorstellen.

»In fünf Wochen wäre ich ohnehin nach Hause gefahren.«

»Und nach wenigen Tagen brichst du wieder auf. Boston ist weit weg, Henry.«

Er ging nicht darauf ein, sondern fragte: »Wie geht es Richard?«

»Gut. Er hat begonnen, deinem Vater in der Verwaltung zu helfen. Ich gebe es nicht gern zu, aber er hat ein Händchen für Buchhaltung. Fast ein besseres als ich.«

»Wie wäre es, wenn ihr ihm mehr Verantwortung gebt?«

Ihre rot geschminkten Lippen wurden schmal.

»Wie oft willst du noch damit kommen, Henry? Richard ist nicht in der Lage, ein großes Unternehmen zu leiten. Du wirst erben, nicht er. Das haben wir längst entschieden nach dieser Sache mit ihm.«

Klare Ansage. Henry nickte ergeben. Ich wollte ihn in den Arm nehmen und mich zwischen ihn und diese gemeine Frau schieben. War ihr noch nie der Gedanke gekommen, dass Henrys Interessen ganz woanders lagen? Dass er keine Firma leiten wollte? Und sein Bruder vielleicht doch? Ich verbat mir selbst den Mund, als ich die Kaffeetasse, die Zuckerdose und die unter meinem Arm klemmende Milchtüte vor Henrys Mutter abstellte und ihren Dank mit einem Nicken zur Kenntnis nahm.

Ich machte Anstalten, mich auf den Stuhl neben Henry zu setzen, als er mir einen Arm um die Hüfte schlang und mich auf seinen Schoß zog. Er brauchte wohl jemanden, an dem er sich festhalten konnte. Oder er hatte vor, seine Mutter auf die Palme zu bringen.

Sie setzte die Tasse fester auf dem Tisch ab als nötig. Unter ihrem Adlerblick hatte ich gute Lust, mich in meinem Zimmer zu verbarrikadieren, bis sie wieder abgezogen war.

»Das ist nicht dein Ernst, Henry!«, herrschte sie ihn an.

Ich wurde tiefrot. Vor Scham, aber mehr noch vor Wut.

»Doch, mein voller Ernst, Mum. Ihr habt mir diesen Sommer gegeben, um auszuspannen, nicht um mich auch noch im Urlaub zu nerven.«

»Darum geht es nicht!« Oh, sie verlor einen Teil ihrer feinen Art. Nett anzuschauen. Tapfer blieb ich auf Henrys Schoß sitzen und ergriff seine Hand.

»Um was dann?«

Ich ahnte, um was es ging, aber ich wollte nicht vorgreifen.

»Wie kannst du mit dieser Person zusammen sein? Sie stammt nicht aus unseren Kreisen! Wie sie schon gekleidet ist! Und diese Gegend, in der du deine Ferien verbringst! Ich hatte gedacht, du besuchst deinen Freund Martin in Baden-Baden.« Oh, welch ein Klassiker!

»Martin lebt jetzt hier. Er gehört genauso wenig zu unseren Kreisen wie Eve. Und weißt du was? Das ist das Beste, was ihm jemals passieren konnte. Ich wünschte, ich wäre an seiner Stelle!«

»Aber Henry, du kannst doch nicht ein armseliges Leben in einem solchen Haus führen wollen! Es gibt so viele junge Frauen, die einer guten Partie nicht abgeneigt wären. Du bist gesellschaftlich etabliert, finanziell gut situiert und ein hübscher Junge bist du auch.« Wie oberflächlich. An Henry war so viel mehr als sein gutes Aussehen und das Geld oder der Status, den er gar nicht wollte.

Henry verspannte sich unter mir. Er war zornig. Völlig zu Recht. »Falls es dir entgangen ist, wir leben nicht mehr im neunzehnten Jahrhundert. Ich werde weder heiraten, wann du es wünschst, noch jemanden, den du ausgewählt hast. Ich werde überhaupt nicht heiraten. Du und Dad seid abschreckend genug.«

Mrs. McAllister atmete tief durch. Vermutlich, um sich nicht auf uns zu stürzen und uns die Augen auszukratzen.

»Schön«, erwiderte sie beherrscht. »Du vertreibst dir also die Zeit mit bedeutungslosen Beziehungen zu einfachen Mädchen, weil du weißt, dass du keine Zukunft mit ihnen hast. Na gut.«

Ich war beleidigt. Nicht, weil sie mich als einfaches Mädchen bezeichnete, sondern weil sie konsequent an mir vorbeisah und das Wort nur an ihren Sohn richtete. Als wäre ich in ihren Augen so bedeutungslos wie die Beziehung, die sie uns unterstellte. Und genau das würde ich ihr jetzt ins Gesicht sagen. Sie war zwar fremd, aber kein Mann. Was für ein Glück, dass nicht Henrys Vater erschienen war.

»Kommen Sie immer zu fremden Leuten und beleidigen die Gastgeberin, nur weil sie nicht so reich und schön ist wie

Sie? Weil sie in einer normalen Wohnung lebt?« Ich konnte auch anders. Und das würde sie jetzt zu spüren bekommen. »Na los, erklären Sie mir, warum ich für Ihren Sohn eine schlechte Wahl bin!«

Henry drückte mir einen Kuss in den Nacken. Gut. Kurz hatte ich befürchtet, dass er mich von seinem Schoß stieß und seiner Mutter beipflichtete.

»Meine Liebe, Sie würden nie auf internationalem Parkett bestehen. Sprechen Sie überhaupt Fremdsprachen? Kennen Sie die wichtigsten Umgangsformen? Gesellschaftstänze und dergleichen mehr?« Ihr anmaßender Ton brachte mein Blut in Wallung. So eine eingebildete Ziege!

»Henry ist nicht der britische Kronprinz.«

»Aber er gehört zu den Mächtigen im westlichen Wirtschaftsraum.«

»Gott, Mum, hör auf! Das ist mehr als peinlich!«, meldete Henry sich zu Wort. Und dann legte er in einer seltsamen, nur entfernt an Englisch erinnernden Sprache los, in der seine Mutter ebenso heftig antwortete.

Langsam rutschte ich von Henrys Schoß und setzte mich still auf den freien Stuhl. Obwohl ich es nicht vorgehabt hatte, gaben die Fragen von Henrys Mutter mir zu denken.

Ich konnte Deutsch, ein bisschen Schulenglisch und leidlich Französisch. Ich tanzte Hip-Hop, keine langweiligen Standardtänze. Wahrscheinlich würde Mrs. McAllister in Ohnmacht fallen, wenn sie je einen Auftritt von mir sähe. Und Umgangsformen ... Ich konnte mit Messer und Gabel essen und ein Tischgespräch führen, wenn nicht allzu viele unbekannte Männer dabei waren. Okay, Letzteres könnte wirklich zu Problemen führen.

Aber wo bitte sollte ich Henry dermaßen blamieren? Wenn er sich auf dem internationalen Parkett bewegen musste, waren wir längst nicht mehr zusammen. Die Alte konnte sich echt mal locker machen, anstatt ihrem Sohn den anscheinend letzten Urlaub vor seiner endgültigen Vereinnahmung durch Firma und Familie zu verderben.

Das Streitgespräch der beiden ging noch eine Weile weiter und ich ließ zu, dass meine Gedanken abdrifteten, da ich ohnehin kein Wort verstand.

Meine Mutter hatte sich vorhin am Telefon bei mir entschuldigt und Grüße von meinem Vater ausgerichtet. Ich hatte nicht erwartet, dass er sich persönlich melden würde.

Leider war diese Entschuldigung nur Schein, denn Mama war keinen Millimeter von ihrer Haltung abgewichen und hielt einen Fachwechsel weiterhin für Zeit- und Geldverschwendung. Ich hatte ihr scheinheilig zugestimmt, bloß, um meine Ruhe zu haben.

Zum ersten Mal machte ich das, was ich wollte. Denn hätte ich weiter eisern versucht, alle Vorstellungen meiner Eltern zu erfüllen, hätte ich beinahe Henry verloren.

Natürlich würde ich ihn am Ende des Sommers sowieso verlieren, aber ich hätte es immer bereut, die Zeit bis dahin nicht genutzt zu haben. Aber kaum glaubte ich, dass unsere Kurzbeziehung uns eine unvergessliche Zeit schenken würde, tauchte das nächste Problem auf. Wenn Henry so schnell klein beigab wie ich, würde der Sommer ein jähes Ende finden. Langsam glaubte ich nämlich, dass seine Mutter nicht abreisen würde, ohne Henry mit nach München zu nehmen, damit er wieder auf Linie kam.

Keine schönen Aussichten.

23

Henry

Das durfte nicht wahr sein! Das Auftauchen meiner Mutter bot Stoff für die besten Albträume. Ich konnte nicht zulassen, dass Eve in sämtliche Abgründe unserer bescheidenen Familienverhältnisse eingeweiht wurde, weshalb ich kurzerhand auf Walisisch umschwenkte.

Wenn sie das verstand, Pech, aber die Wahrscheinlichkeit war äußerst gering.

Sie sollte auch nicht hören, mit welchen Komplimenten meine Mutter sie überschüttete. Immerhin gab sie zu, dass es Eve an Schönheit nicht mangelte, an Stammbaum dafür umso mehr. Als ob mich das interessieren würde.

»Eve hat ganz recht! Wo ist deine Etikette? Sie hat mich bei sich aufgenommen, damit ich nicht ins Hotel muss. Sie teilt selbstverständlich mit mir alles, was sie besitzt, obwohl sie mich noch nicht lange kennt. Würdest du jemand Fremdes in dein Haus einladen?« Ich beantwortete meine Frage selbst: »Nein, würdest du nicht! Es sei denn, es ist irgendein einflussreicher Fuzzi, der sich gut auf die Firma oder dein gesellschaftliches Ansehen auswirkt. Das zählt hier alles einen Scheiß, Mum! Keiner mag mich hier, weil ich Geld habe und mächtige Leute kenne, keiner! Wie kommst du nur darauf, dass mir das jemals wichtig war?«

Meine Mutter blickte mich konsterniert an. Mein Gemotze nahm sie nicht ernst. Worte wogen weniger schwer als Taten. Ich seufzte. Im Grunde meines Herzens war mir klar, dass Mum am Ende gewinnen würde.

In diesem Moment konnte ich Eves Handeln beim Sonntagsessen ihrer Eltern zum ersten Mal zur Gänze nachvollziehen.

Konnte ich hier und jetzt meiner Mutter erklären, dass ich weder meinen Master noch dieses bescheuerte Praktikum machen würde? Dass ich nicht im Traum daran dachte, mein Leben völlig zu verplanen und der Firma und meinem Erbe unterzuordnen?

Ich konnte es nicht. Und das wusste meine Mutter. Ein winziges Lächeln erschien auf ihrem Gesicht, das trotz allen Geldes erste Alterszeichen aufwies.

»Natürlich ist es schön, dass du Menschen kennengelernt hast, für die dein Status zweitrangig ist.« Sie warf die Worte hin, als wären sie ein Knochen, an dem sich ein braver Hund erfreute. »Aber am Ende zählen die Leute, denen er wichtig ist. Ohne dein Erbe und deine Familie hast du nur einen Bachelor in Ingenieurwissenschaften. Damit wirst du auf dich allein gestellt keine anständig bezahlte Arbeit finden, Henry. Und ich glaube nicht, dass du dich auf lange Sicht von deinem gewohnten Lebensstandard abwenden willst.« Am liebsten hätte ich meiner Mutter gesagt, dass wir uns anderthalb Jahre nicht gesehen hatten, sie wusste nichts über mein Leben, aber das würde nichts ändern. »Genieße meinetwegen deinen Sommer und dann komm zu uns zurück. Mach deinen Master, ein paar Praktika und halte dich an deinen Vater.«

Ich war geneigt, einfach nur zu nicken, damit sie endlich still war. Ich wollte das alles nicht hören. Es machte mich krank. Tatsächlich war mir übel, weil sich meine Träume in Mums Gegenwart endgültig in Luft auflösten und nur das übrig blieb, vor dem ich am liebsten für immer weglaufen wollte. Nicht nur einen Sommer lang.

Unter dem Tisch berührte Eve mit ihrem nackten, glatten

Unterschenkel meinen. Eine Geste der Unterstützung, die meine Mutter nicht sehen sollte.

Mein Blick wanderte zu meiner Freundin. Ihre Rehaugen vermittelten mir mehr Zuversicht, als ich mir zugestehen wollte. Was sollte ich nur ohne sie anfangen?

Beinahe wäre ich vor meiner Mutter eingeknickt, wie so viele Male zuvor. Aber Eve hatte das verhindert. Sie hatte mir einen Grund gegeben, für mich selbst zu sprechen.

Mein Hals fühlte sich an wie zugeschnürt, doch ich schluckte den dicken Kloß hinunter und sprach erneut: »Ich werde diesen Sommer nutzen, um eine Entscheidung zu fällen. Meine eigene Entscheidung. Nicht deine, nicht Dads und nicht Eves. Meine. Und jetzt wäre es nett, wenn du dich anständig von Eve verabschieden würdest.«

»Ich dachte, wir verbringen den Tag zusammen.« Meine Mutter wirkte kurz ehrlich überrascht. »Heute Abend fahre ich wieder.«

Unser Chauffeur fuhr sie heute Abend wieder. Aber das sagte ich nicht laut. Wie gut, dass Eve und ich nur auf Zeit zusammen waren. Diese Familie musste ich ihr wirklich nicht zumuten. Abgesehen von Richard, der war im Grunde ein guter Kerl. Schade, dass Eve ihm nie begegnen würde.

»Meinetwegen verbringen wir den Tag miteinander. Eigentlich wollte Eve mir heute die Bergbahn zeigen und einen Spaziergang auf dem Königstuhl machen. Möchtest du mitkommen oder erträgst du Eves Gesellschaft nicht?« Es kam bissiger heraus, als ich wollte. Es wurmte mich, dass meine eigene Mutter so hässlich zu ihr war. Das hatte Eve nicht verdient.

»Das hört sich gut an.« Sie wechselte wieder ins Deutsche und wandte sich an meine Freundin: »Bitte entschuldigen Sie meine harschen Worte vorhin. Ich hatte nicht damit gerechnet, dass Henry sich ausgerechnet an diesem Ort eine Liebschaft zulegt. Aber da sie nur ein lockeres Arrangement pflegen, steht einer standesgemäßen Hochzeit mit einer der Töchter unserer Firmenpartner nichts im Wege.«

»Ja, klar, Mum.« Ich schnaubte verächtlich. »Da bleibe ich lieber Junggeselle, bevor ich eine von diesen Weibern heirate. Und vielleicht haben die Mädels auch noch was mitzureden.«

Ich schüttete den Kopf, fassungslos über ein solches Denken. Bislang hatte Mum mir nur bei Empfängen oder Firmenpartys irgendwelche Mädchen vorgestellt, vom Heiraten hatte sie nie gesprochen. Wie nett, dass sie das gleich hier vor Eve aufs Tapet brachte. Damit meine Sommerfreundin sich bewusst war, wo ihr Platz war. Nicht an meiner Seite. Ich sollte ihr aus reinem Trotz einen Antrag machen, vor den Augen meiner Mutter.

Aber das wäre Eve gegenüber mehr als unfair. Am Ende nahm sie mich noch beim Wort. Wobei ich sie zehnmal lieber heiraten würde als eine von diesen höheren Töchtern, mit denen ich nichts gemeinsam hatte, außer das Jahreseinkommen unserer Eltern. Wirklich eine tolle Basis für eine Ehe.

An Eves Stelle hätte ich meiner Mutter sämtliche Verwünschungen an den Kopf geworfen, die mir eingefallen wären, aber Eve bewies Größe und lächelte freundlich.

»Ich wette, Henry wird eine Partnerin wählen, mit der Sie zufrieden sein können. Haben Sie ausgetrunken?«

»Ja, danke der Nachfrage. Wollen wir?«

Nein, wollten wir nicht. Pflichtschuldigst folgte ich mit hängenden Schultern meiner Mutter durch den kurzen Flur.

Eve drückte meine Hand. Ihr Blick sagte mir, dass ich den Tag schon überstehen würde. Ich befürchtete dennoch, dass er sehr lang werden würde.

Zu meiner Überraschung verlief der Tag nicht komplett furchtbar. Meiner Mutter gefiel das Heidelberger Schloss ebenso wie die historische Bergbahn und das Panorama der Stadt, das sich uns von der Scheffelterrasse aus bot. Eve mimte bereitwillig die Fremdenführerin und überraschte auch mich mit ihrem Wissen zur Geschichte des Schlosses. Ich lernte zum Beispiel, dass die Franzosen es 1693 im pfälzischen Erbfolgekrieg teilweise zerstörten, den Rest aber 1764 ein schweres Gewitter mit Blitzschlag erledigte.

Auf der Molkenkur aßen wir zu Mittag und schafften es, uns nicht mehr in die Wolle zu kriegen. Meine Mutter bemühte sich sogar, nicht mehr so herablassend mit Eve zu sprechen, sondern erkundigte sich ernsthaft nach ihrem Studium und ihrer Schulbildung. Als Mum am frühen Abend in der Jellinekstraße in ihre Limousine stieg, atmete ich auf. Ihr Besuch hätte auch verheerender enden können. Zum Beispiel hätte sie Eve nachhaltig vergraulen oder mich zwingen können, mit nach München zu fahren.

Dass sie nur mit mir gestritten hatte, sollte ich als Etappensieg verbuchen.

Ich wechselte ein paar Worte mit unserem Fahrer; nettere, als ich mit meiner Mutter gewechselt hatte, denn er mochte mich und warf einen neugierigen Blick auf Eve.

»Ich schreibe dir«, versprach ich ihm. Lachfältchen umrahmten seine hellen Augen, als er lächelte.

»Vergiss es nicht«, ermahnte er mich grinsend, schob sich seine Chauffeursmütze auf seinen kurzen, grauen Haaren zurecht – ja, darauf legte meine Mutter Wert – und fuhr davon.

Eve sah nachdenklich dem protzigen Mercedes-Maybach hinterher. Das Fahrzeug für knappe hunderttausend Euro war nicht das einzige in unserem Fuhrpark. Wir besaßen noch zwei weitere, außerdem hatte mein Vater einen Porsche 911 und einen Oldtimer, den ich leider noch nie hatte fahren dürfen, eine Shelby Cobra von 1964. Von meinem Großvater stand noch der alte Opel Rekord in der Garage am Starnberger See. Er gehörte zwar mittlerweile Dad, aber außer mir interessierte sich keiner für das Auto, weshalb ich gute Chancen hatte, es stillschweigend überlassen zu bekommen.

Meine Mutter fuhr nicht selbst, obgleich sie es könnte. Sie war sich zu fein dazu und ein Chauffeur mit Bereitschaft rund um die Uhr war keine großartige Ausgabe für meine Familie. Helmut arbeitete schon für uns, seit ich drei Jahre alt war. Manchmal hatte er mit meinem Bruder und mir Fußball gespielt und uns zu Turnieren und in meinem Fall Handballspielen begleitet. Meine Mutter nannte ihn beharrlich »Herr Grothe«, obwohl er für mich praktisch zur Familie gehörte. Als ich kleiner war, hatte ich Helmut als Ersatzvater angesehen, weil ich mit ihm viel mehr Zeit verbrachte als mit meinem leiblichen Vater.

Meiner Mutter war das unangenehm gewesen, aber sie hatte Besseres zu tun gehabt, als einen Nachmittag lang in einer Sporthalle zu sitzen oder im Garten ein Planschbecken aufzustellen. Wenigstens bezahlte meine Familie Helmut gut. Ich musste dringend mal wieder mit ihm sprechen.

»Deine Mutter ist wirklich eine Lady«, brach Eve das Schweigen, während wir gemächlich nach Hause liefen.

»Wären wir in England geblieben, könnte sie das richtig ausleben. Aber in Deutschland ist es leichter, gute Geschäfte zu machen.«

»Ich kann mir das nicht vorstellen, Personal zu haben und so viel Geld, dass ich mir niemals Sorgen machen muss, wie ich meine Miete bezahlen soll.«

»Träumt nicht jeder davon?«

»Vermutlich würde kaum einer ablehnen, wenn ihm viel Geld in Aussicht gestellt wird. Aber ich sehe auch, dass Geld eine Last sein kann. Oder jedenfalls all das, was an dem Geld dranhängt, Verantwortung, Familienkram, Verpflichtungen. Von dieser Warte aus betrachtet, bin ich ohne viel Geld freier. Na ja … abzüglich des Familienkrams.«

Ich nickte.

»Du würdest keinen reichen Typen haben wollen?«

»Bevor ich mich schlagen lasse …« Sie grinste mich frech

an. Ich lächelte zurück, konnte aber nicht das hohle Gefühl in meinem Magen verscheuchen.

Eve wollte kein Leben unter den Augen meiner Mutter und zum Teil auch der Öffentlichkeit führen. Das konnte ich ihr nicht verdenken, schließlich wollte ich das auch nicht. Sie hatte die Wahl, ich nicht. Und so sehr ich mir insgeheim wünschte, sie würde sich am Ende doch für mich entscheiden und einfach mit mir kommen, wusste ich, dass es besser für Eve wäre, es nicht zu tun.

Eve würde nie Teil meines Lebens sein.

Sie gehörte nicht in meine Welt, da gab ich meiner Mutter leider recht. Nicht weil Eve mich blamieren oder ein schlechtes Licht auf die Firma werfen würde, sondern weil sie zu unbedarft und freundlich war, weil jeder sie spüren lassen würde, dass sie nicht aus gutem Hause stammte.

Sie sollte nicht ihr Leben lang kämpfen müssen, nur weil Martin mich zufällig in ihr freies Zimmer einquartiert hatte.

Unter normalen Umständen wären wir uns niemals über den Weg gelaufen. Da wäre ich mit Martin in Baden-Baden in der Villa seiner Eltern gesessen und hätte die Abende im Casino und die Tage in den Thermen verbracht, vielleicht ein paar hübsche Mädels aufgerissen und mich den Vorzügen meiner Millionärsblase erfreut.

Aber jetzt war ich hier und hatte keine Ahnung, wie ich Eve jemals wieder aus dem Kopf bekommen sollte.

Ich musste dringend ins Bett. Allein.

Eve hörte natürlich nicht, was in meinem Kopf vorging, aber sie nahm meine Hand und verflocht ihre Finger mit meinen. Schon wieder machte sie die Last, die mich niederdrückte, etwas leichter. Ohne groß darüber nachzudenken, blieb ich stehen, schlang meine Arme um Eve und zerquetschte sie fast.

Ich wünschte mir, die Zeit anzuhalten.

Doch die Uhr tickte unerbittlich weiter.

24

Eve

Henrys Schwermut weckte in mir den Wunsch, ihn aufzuheitern. Der Besuch seiner Mutter war ihm ziemlich an die Nieren gegangen und er hatte es verdient, wieder zu lächeln.

»Wollen wir heute Abend einen Film anschauen?«, fragte ich. Noch immer hielten wir uns fest.

»Du willst einfach mit mir abhängen?«

»Warum nicht? Alles, was dich aufmuntert. Ich glaube, das kannst du jetzt gebrauchen.«

Er blieb an der Feuerwehrzufahrt neben meinem Haus stehen, um mich in den Arm zu nehmen.

»Du rennst nicht schreiend davon? Oder wirfst mich wieder raus, nachdem du Bekanntschaft mit meinem Leben gemacht hast?« Ich schmiegte mich an ihn. Er roch so fantastisch. Ich könnte ewig meine Nase in sein T-Shirt stecken.

»Wieso sollte ich?«, murmelte ich. »Wir hatten eine Abmachung. Und die werden wir einhalten.« Ich schaute zu ihm hoch und in seine fast schwarzen Augen. Die Andeutung eines Lächelns umspielte sie.

»Ich habe einen Netflix-Account«, sagte er.

»Hab ich auch. Aber nett, dass du deinen zur Verfügung stellen würdest.« Ich grinste. Henrys gute Laune kehrte langsam zurück.

Auf dem letzten Stück des Weges diskutierten wir die Filmauswahl. Im Grunde genommen ging es nur darum, welchen Superhelden-Streifen wir uns ansehen würden. Ich war schwer für einen der Thor-Filme, weil Chris Hemsworth eine Wucht war und ich eigentlich auf große, blonde Typen stand. Zumindest hatte ich das getan, bis Henry aufgetaucht war. Er protestierte nur schwach, weil er zugab, Nathalie Portman zu vergöttern. Verständlich. Würde ich auf Frauen stehen, würde ich sie auch heiß finden.

Als wir uns mit einer Tüte Chips auf dem Sofa aneinander kuschelten, wusste ich, dass ein Filmabend für uns beide genau das Richtige war. Miteinander schlafen konnten wir auch später, falls Henry dazu überhaupt in Stimmung war. Es hieß zwar, dass Jungs immer könnten, aber ich fand das ziemlich sexistisch. Außerdem durfte meine neu erwachte Libido sich hinten anstellen. Henry brauchte heute Abend eine Freundin, nicht eine wildgewordene Ex-Jungfrau, die mit dem Gedanken spielte, ihm das Shirt auszuziehen.

Weil wir beide den Film schon mehrmals gesehen hatten, unterhielten wir uns zwischendurch.

»Glaubst du an die Existenz anderer Welten?«, wollte Henry wissen, bevor er sich eine Handvoll Chips in den Mund schob. Hätte ich so große Hände wie er, könnte ich auch die Hälfte der Tüte in Rekordzeit vertilgen.

»Soll das ein Ablenkungsmanöver sein, damit ich nicht merke, wie du die Chips alleine auffutterst?« Doch ich küsste ihn auf die Wange und dachte ernsthaft über seine Frage nach, schließlich hatte ich sie mir oft gestellt. Jacky oder Jenny interessierten sich für so etwas nicht. Martin tat es bestimmt, aber mit ihm konnte ich kaum reden.

Henry erklärte mir seine Sicht der Dinge: »Ich denke, dass es so was wie Paralleluniversen gibt. Also nicht unbedingt das, was der Film an Parallelwelten zu bieten hat, das orientiert sich ja an der altnordischen Mythologie. Eher so ähnlich wie bei *The Flash*. Hast du die Serie gesehen?«

»Klar. Ahmed und ich haben jede Folge angeschaut. So stelle ich mir das auch vor. Irgendwo turnen lauter Kopien von uns herum, für die wir wiederum Kopien sind. Hast du dir schon mal vorgestellt, einen deiner Doppelgänger zu treffen?«

Ich drehte meinen Kopf, sodass ich Henry ansehen konnte. Seine Augen leuchteten vor Begeisterung. Das war süß.

»Natürlich habe ich mir das schon vorgestellt.« Er stockte und warf mir einen weiteren glühenden Blick zu, der meine Knie ganz weich machte. Thor war vergessen. Henrys Stimme klang rau, als er flüsterte: »Du bist das erste Mädchen, mit dem ich wirklich über alles reden kann. Du wärst eine tolle beste Freundin, wenn ich dich nicht so gerne mit ins Bett nehmen würde.«

Ich wollte die Augen verdrehen, schaffte es aber nicht, weil ich lachen musste. Dann legte ich eine Hand an seine Wange und streichelte ihn. Zärtlichkeit wallte in mir auf und wärmte mich von Kopf bis Fuß.

»Du wärst ein toller bester Freund, wenn ich Ahmed nicht hätte. Wobei, nein. Bisher konnte ich dich nicht ansehen und dabei an unverfängliche Sachen denken.«

Sein Lächeln haute mich förmlich um.

»Ging mir mit dir auch so.« Der Arm, den er locker um meine Schultern gelegt hatte, zog mich näher und Henry küsste mich auf die Stirn.

Ich spürte, dass es noch mehr gab, was er gerne ausgesprochen hätte, aber dafür entweder nicht die passenden Worte fand oder sich schlicht nicht traute. Schließlich seufzte er, hielt mich aber weiter nahe bei sich. Damit es bequemer war, legte ich meine Beine über seine Oberschenkel und lehnte mich gegen seinen Oberkörper. Trotz der sommerlichen Hitze, die durch das gekippte Fenster hereinkam, genoss ich die Wärme, die von Henry ausging. Er war groß und stark und – ich fand keinen anderen Ausdruck – lebendig. Seine mehr als anstrengende Mutter hatte nichts an meinem Bild von Henry geändert. Ich konnte noch nicht einschätzen, ob das gut oder schlecht war.

Die nächsten zwei Wochen vergingen ohne besondere Vorkommnisse. Henry und ich schnitten das Thema ›Abreise‹ in stillschweigendem Einvernehmen nicht mehr an. Stattdessen genossen wir die Zeit, die wir miteinander hatten.

Jeden Morgen gingen wir joggen, mittlerweile öfter mit Martin. Die Nachmittage verbrachten wir im Freibad, auf der Neckarwiese oder in der Stadt.

Ende Juli hatte Michelle ihren letzten Schultag und sechs Wochen Sommerferien vor sich. Zur Feier des Tages fuhren wir mittags alle zusammen an den Badesee in Sankt Leon-Rot, sogar Ahmed und Ali kamen mit. Nur Dennis fehlte, weil er noch arbeiten musste.

Ahmed hatte sich in letzter Zeit rar gemacht, was ich jedoch erst bemerkte, als ich ihn wiedertraf. In Unterhemd und Badeshorts sah er immer noch zum Fürchten aus. Er schloss mich wie ein Bär in seine mächtigen Arme.

»Mitbewohnerin«, begrüßte er mich scherzhaft. »Steht die Bude noch?«

Ich lachte. »Sie steht noch.«

»Gut. Ich hoffe, ihr vögelt nicht in meinem Bett.«

»Ahmed!« Ich machte mich los und strich mir peinlich berührt die Haare zurück. Blitzschnell sah ich mich um, aber Henry pumpte mit Martin eine riesige Luftmatratze auf, Ali breitete mit Jennys Hilfe im Schatten eines ausladenden Baumes eine Picknickdecke aus und Jacky cremte ihre protestierende Schwester mit Sonnenmilch ein. Niemand würde unser Gespräch belauschen.

Ahmed gluckste in sich hinein. »Aber du hast den armen Kerl mittlerweile rangelassen oder bist du immer noch die eiserne Jungfrau?«

»Deine Fragen sind so unverschämt, dass ich dich hier stehen lassen sollte«, zischte ich. Aus Ahmeds Glucksen wurde ein ausgewachsenes Lachen.

»Du solltest dein Gesicht sehen«, japste er.

»Arsch.« Beleidigt drehte ich mich weg und machte Anstalten, zu Jenny, Ali und der Kühltasche zu gehen. Ahmed hielt mich am Handgelenk fest.

»Tut mir leid, Eve. Ich bin nur neugierig. Du und Henry benehmt euch ziemlich vertraut.«

Ich konnte das Lächeln nicht mehr zurückhalten. »Es fühlt sich auch sehr vertraut an. Ich will gar nicht daran denken, dass er in knapp drei Wochen wieder fortmuss.« Ein Schatten zog über mein Gesicht, der Ahmed nicht entging.

Er nickte wissend. »Ihr passt gut zusammen. Kannst du ihn nicht überreden, hierzubleiben?«

»Vergiss es. Ich darf ihn nicht unter Druck setzen oder auch nur den Anschein erwecken, ich könnte es tun. Seine Mutter war zu einem Überraschungsbesuch hier. Was für eine Schreckschraube.«

Ahmed setzte sich ins kurze Gras. »Erzähl mir alles, Süße.«

Und das tat ich, hier auf der sonnigen Liegewiese, umgeben von Kinderlachen. Wenn jemand schweigen konnte, dann Ahmed. Ihm vertraute ich alles an, während wir beide auf dem Rücken lagen und hinauf in den wolkenlosen, blauen Himmel schauten.

Als ich geendet hatte, schwieg Ahmed einige Atemzüge lang. Dann fragte er mich: »Bist du dir sicher? Willst du nicht mehr als diesen einen Sommer?« Sein ungläubiger Ton schnitt mir ins Herz. Natürlich wollte ich mehr als diesen Sommer. Ich wollte viele Sommer. Und das war großer Mist. Henry und ich kamen aus verschiedenen Universen und mir fiel kein Ort ein, an dem wir zusammen sein durften, ohne dass wir dabei den anderen zerstörten.

Wenn ich daran dachte, dass Henry und ich gemeinsam losliefen, sah ich nichts als Hindernisse auf unserem Weg, die erst verschwanden, wenn wir uns losließen. In meinem Hals brannte es auf einmal.

»Ich sehe keinen Weg, Ahmed, wie dieser Wunsch in Erfüllung gehen könnte«, gestand ich. Nur wenn einer von uns alles für den anderen aufgibt. Das würde ich Henry nie antun. Und er mir auch nicht.

Ahmed seufzte. »Du kennst Alis und meine Geschichte. Wir sind noch lange nicht an dem Ort angekommen, an dem ich sein will. Aber wir lassen uns nicht los. Weil wir nur zusammen gehen wollen, obwohl es alleine viel leichter wäre.«

»So habe ich das nie betrachtet.« Ich überlegte einen Moment. »Du meinst, wenn wir es beide wirklich wollen, können wir einen Weg finden?«

»Besser als es gar nicht erst zu versuchen.«

»Du sagst das so leicht. Ich möchte keinem von uns die Zukunft oder die Beziehung zur Familie versauen.«

»Letzteres ist kein Weltuntergang. Ich bin das beste Beispiel dafür. Ich habe es überlebt und komme gut ohne meine Eltern und den Rest der Sippe klar. Ich habe meine Schwester, euch und Ali. Seine Liebe war es mir wert.«

In meinem Hals saß auf einmal ein dicker Kloß und meine Augen brannten. Ich konnte meinen Partner doch nicht über meine Familie stellen. Einen, der nicht blieb, schon gar nicht. Henrys und meine Situation war nicht mit der von Ahmed und Ali vergleichbar. »Liebe allein reicht nicht aus.«

Ahmed langte herüber und streichelte meinen Oberarm. Ich schniefte, aber die Tränen wurden weniger.

»Wieso gehst du nicht mit ihm?« Ich zuckte zusammen, doch Ahmed fuhr unbeirrt fort: »Studieren kannst du auch in München. Musst ja nicht mit seiner Mutter unter einem Dach leben.«

Von hier fortgehen? Meine Freunde, meine Eltern verlassen? Alles in mir sträubte sich dagegen, diesen Gedanken zuzulassen.

»Das traue ich mich nicht. Nicht einmal mit Henry. Was, wenn es dort wieder schlimmer wird? Wenn ich mit keinem Mann sprechen kann? Ich will Henry nicht sein Leben kaputt machen, nur weil er sich eine Verrückte angelacht hat.«

Im nächsten Moment ärgerte ich mich über mich selbst, weil ich mich schon wieder selbst runtermachte.

»Du bist nicht verrückt! Hör auf, das immer zu sagen!«, wies Ahmed mich vehement zurecht. »Henry mag dich, wie du bist oder etwa nicht?«

»Er mag mich, wie ich bin. Hier und jetzt. Aber das gilt vielleicht nicht mehr, wenn ich bei einem offiziellen Empfang stumm wie ein Fisch herumstehe oder mit meinen mangelnden Englischkenntnissen auffalle und ihn bis auf die Knochen blamiere. Außerdem hasst mich seine Mutter!« Im Hintergrund hörte ich lautes Platschen und Spritzen, doch es lenkte mich nicht ab.

»Weil sie eine blöde Zicke ist. Lass dich von der nicht beeinflussen. Sie zählt nicht.«

Ich richtete mich auf und schaute Ahmed ins Gesicht.

»Aber ich will mich in ihrer Anwesenheit nicht ständig schlecht fühlen!«

»Es ist dein Leben, Eve. Ich kann dir nur auf die Sprünge helfen, die Dinge zu Ende denken musst du selber.« Damit rappelte er sich auf und marschierte zu seinem Freund hinüber, der sich auf der Decke im Schatten ausgestreckt hatte.

Ich blieb noch einen Moment sitzen, um mich zu sortieren. Schön und gut, was Ahmed gesagt hatte. Aber Henry und ich hatten unsere Entscheidung beide bereits getroffen. Nichts und niemand konnte etwas daran ändern.

Ich versuchte, mich davon zu überzeugen, dass es so am besten war. Mit mäßigem Erfolg. Statt weiter zu grübeln, raffte ich mich auf und ging eine Runde schwimmen. Vielleicht würde das Wasser diese Gedanken fortspülen.

25

Henry

Michelle auf der Luftmatratze zu halten, stellte sich als ziemlich schwierig heraus. Ständig rutschte sie herunter und quiekte laut, ehe sie sich wieder von mir hinaufhieven ließ. Langsam glaubte ich, sie legte es darauf an, dauernd im Wasser zu landen. Schließlich schwang ich mich auf die Matratze, was Michelle zum Anlass nahm, unter mir hindurchzutauchen und mir mit ihrem kleinen Zeigefinger in die Seite zu stechen. Das wiederholte sie noch einige Male, bis ich sie packte und zu mir hinaufzog, bis sie wie ein nasser, kalter Fisch auf meinem Bauch lag.

»Schluss jetzt mit dem Gepiekse, Michelle!« Ich kitzelte sie und sie lachte so glockenhell und ehrlich, wie nur Kinder es können. Verdammt, ich mochte dieses Mädchen.

Bevor sie sich rächen konnte, schubste ich sie ins Wasser und rollte hinterher. Michelle konnte gut genug schwimmen, um nicht abzusaufen, aber sie hatte noch keine Ausdauer. Das durfte ich nicht vergessen.

Nach ein paar Zügen hatte ich sie eingeholt und hielt ihr die Luftmatratze zum Ausruhen hin. Ihr niedliches Gesicht war gerötet und sie war ganz außer Atem, grinste mich aber an. Offenbar hatte sie Spaß. Ich auch.

»Willst du auf die Matratze?«, fragte ich.

Michelle schüttelte den Kopf. »Da vorne will ich tauchen. Ich habe einen roten Tauchring.«

»Dann lass ihn uns holen.«

Mit der Luftmatratze zwischen uns paddelten wir das kurze Stück zurück ans Ufer. Ich stand wesentlich früher als Michelle, um mir nicht die Knie aufzuschrammen.

Auf der Wiese nahm Martin das durchweichte Kind in Empfang und nötigte Michelle ein Handtuch und einen trockenen Badeanzug auf.

»Ich will aber tauchen!«, schimpft sie.

»Gleich«, kam es von Martin mit Engelsgeduld. »Erst wird sich aufgewärmt und was gegessen.«

»Melone?«, erkundigte sich die Kleine etwas besänftigt.

»Melone. Und vielleicht ein Butterbrötchen?«

Ich sah den beiden lächelnd nach, wie sie zur Picknickdecke gingen, und hielt anschließend Ausschau nach Eve. Als sie sich mit Ahmed auf die Wiese gesetzt hatte, wollte ich sie nicht stören. In den letzten Wochen hatte sie mehr Zeit mit mir verbracht als mit ihren Freunden. So wie ich auch.

Allerdings würden Martin und ich heute mit Dennis und ihrem gemeinsamen Freund Wladimir einen Herrenabend in Dennis' Bude und später in der Stadt abhalten. Die Mädchen waren wirklich in Ordnung und wenn ich ehrlich war, könnte ich den ganzen Tag und die ganze Nacht bei Eve sein, aber ab und an tat es gut, nur unter Männern zu sein.

Wladimir, einen stämmigen Russen mit raspelkurzen, blonden Haaren hatte ich erst einmal getroffen, fand ihn aber recht angenehm. Er redete nur halb so viel wie Dennis, Martin und ich zusammen, aber er wirkte nett. Ich hoffte, ihn während meiner kurzen Zeit hier noch besser kennenzulernen.

Ich holte kurzerhand meine Zeichensachen heraus, die ich eigentlich immer mitnahm. In letzter Zeit schwirrte mir vor allem ein Motiv im Kopf herum.

Als ich Eve gute zwanzig Minuten später nicht mehr auf der Liegewiese entdeckte, wandte ich mich dem Wasser zu. Ein einsamer Schwimmer befand sich einige Meter vom Ufer entfernt, außerhalb des mit Bojen abgetrennten Nichtschwimmerbereichs. Den langen, dunklen Haaren nach musste es Eve sein.

Ich watete durch das knietiefe Wasser, bis es tief genug zum Schwimmen war. Den Schwimmer hatte ich schnell eingeholt. Es war tatsächlich Eve in ihrem grünblauen Bikini. Gemeine, pubertierende Jungs würden sich unter Wasser heranpirschen und an den Bändern ziehen, die das Oberteil am Rücken zusammenhielten. Aber aus dem Alter war ich raus, obwohl es mich in den Fingern juckte, Eve zum Kreischen zu bringen.

Leise tauchte ich ab und grinste unter Wasser, als ich mich damit begnügte, ihren Fußknöchel zu packen.

Sie strampelte und fuhr quietschend zu mir herum. Ich ließ sie los und wollte auftauchen, doch sie kam zu mir herunter, lächelte mich an und legte ihre Hände an meine Wangen.

Noch ging mir nicht die Luft aus, aber bald.

Da küsste sie mich und saugte den letzten Sauerstoff aus meinem Gehirn. Wow.

Mein Herz sprang mir fast aus der Brust, als ich Eves warme, feste Taille umfasste und sie an die Wasseroberfläche schob. Sie kicherte, dann öffnete sie ein wenig ihren süßen Mund, um meine Zunge einzulassen.

Wenn Eve mich so küsste, konnte ich nicht mehr klar denken.

Ich war unrettbar in sie verliebt. Sobald sie auf der Bildfläche erschien, nahm sie sich sofort den größten Teil meiner Aufmerksamkeit. Sie beherrschte meine Träume, für den Augenblick alles von mir. Es sollte mir Angst machen. Aber ich wollte nur mehr davon. Mehr von Eve.

Meine Finger gruben sich in ihre Seiten und ihr entwich ein winziges Stöhnen. Sie schlang die Beine um meine Hüfte und drückte sich gegen meinen harten Schwanz.

Ich befreite meinen Mund und schaute sie an. Ihr verschleierter Blick war der Wahnsinn. Sanfter als zuletzt küsste ich sie nur auf die Lippen.

Ich liebe dich, Eve, dachte ich. Vielleicht las sie es in meinen Augen, denn sie schüttelte leicht den Kopf und küsste mich erneut; härter, bestimmter.

Ich machte mich los.

»Eve«, flüsterte ich. Weiter entfernt schrien Kinder, Wasser spritzte auf, doch um uns herum lag der kühle See beinahe still da. Es war nicht besonders anstrengend, mit Eve als zusätzlichem Gewicht an mir auf der Stelle zu bleiben und Wasser zu treten. Trotzdem ging mein Atem schwer, weil ich gegen meine wachsende Erregung ankämpfte.

Sie sah mich stumm an, dann pflanzte sie lauter kleine Küsse auf mein Gesicht. Sie gab mir immer das Gefühl, behütet zu sein. Als würde sie jeden Sturm vor mir abschirmen oder mich niemals alleine hineinschicken.

Mein Herz zog sich zusammen, als sie mich so küsste. Sie sagte es nicht, aber ich spürte, dass sie den Pakt genauso verletzte wie ich.

»Bitte sprich es nicht aus«, bat sie mich wispernd.

»Weil es dann weniger real ist?«, entgegnete ich. »Wir belügen uns, damit wir weitermachen können, wenn der Sommer vorbei ist?« Als ob ich das könnte. Ich hatte noch keinen Plan, wie ich ohne Eve weitermachen sollte. Am Ende würden wir es beide hinkriegen, aber ich bekam allmählich eine Vorstellung davon, wie hoch der Preis sein würde.

Meine Erektion erledigte sich von selbst, als ich Eves zarten Hals küsste und sie auf einmal schmerzlich vermisste, obwohl ich sie noch in den Armen hielt. Ihr blumiger Duft vermischte sich mit dem erdigen Geruch des Seewassers und ich wusste in diesem Moment, dass ich nie mehr in einen See steigen würde, ohne an Eve zu denken.

»Es ist nicht real, Henry«, flüsterte sie nahe an meinem Ohr. »Es ist der beste Traum, den ich jemals hatte. Ich will nicht aufwachen, aber jeder Traum geht mal zu Ende. Egal, wie schön er ist.«

Ich wagte nicht, sie anzusehen, weil ich spürte, wie sie mit den Tränen kämpfte. Wieder küsste ich ihren Hals und die Linie ihres Kiefers. Ich konnte nicht mehr sprechen.

Ich war nicht bereit, mich zu verabschieden. Und in drei Wochen würde ich es genauso wenig sein.

Es wäre für uns beide besser gewesen, wenn ich nie hergekommen wäre. Ich hätte Martin zu mir nach München einladen sollen. Nein. Der Gedanke, wie es wäre, Eve nie getroffen zu haben, war unerträglich. Sie war jetzt ein Teil meiner Lebensgeschichte. Ich wünschte, es gäbe noch ein paar Kapitel mehr.

Am Wochenende fand eine Sixties-Party in der Halle 02 statt, zu der wir alle zusammen gehen wollten.

Martins Mutter passte auf Michelle auf. Das hatte sie schon öfter getan und sie war wohl wie eine Oma für Jackys Schwester. Als wir uns bei Jacky und Martin trafen, um gemeinsam loszugehen, lernte ich Helena kennen. Martin sah ihr ziemlich ähnlich, gleiche Haarfarbe, ähnliche Gesichtszüge und dieses intensive Blau seiner Augen, um das ich ihn früher beneidet hatte.

Allerdings war seine Mutter ein gutes Stück kleiner und trug ihre dunkelblonden Haare zu einem ordentlichen Bob geschnitten. Vom Kleiderstil her erinnerte sie mich an meine eigene Mutter: helle Bluse, Perlenohrringe und Bundfaltenhose. Sie lächelte und begrüßte die Mannschaft freundlich und aufgeschlossener, als ihr spießiger Aufzug es erwarten ließe. Aber ich verglich sie zu stark mit Mum, die spätestens angesichts des schwulen, arabischen Pärchens in Ohnmacht gefallen wäre.

Wir fuhren mit zwei Autos, mit der Schrottkarre von Ahmed und Alis gepflegtem BMW, neben dem der uralte Mazda noch ramponierter wirkte. Ahmed fuhr bei seinem Freund mit und überließ Martin seinen Wagen. Könnten Martin und Jacky sich Steuern und Versicherung leisten, hätte das Teil längst den Besitzer gewechselt. Dank fehlender Klimaanlage hatten wir sämtliche Fenster heruntergekurbelt und schwitzten uns hinten trotzdem einen ab.

Ich machte mir eine geistige Notiz, dass ich Martin zum Abschluss ein Auto schenkte. Natürlich würde ich ihn zwingen müssen, es anzunehmen. Selbst als er noch ein reicher Sack gewesen war, hatte ich Martin stets bescheiden erlebt. Ich arbeitete noch an meiner Bescheidenheit. Der Urlaub hier war dafür gut geeignet.

Jacky saß auf dem Beifahrersitz, Eve zwischen Wladimir und mir eingequetscht auf der Rückbank. Sie hielt meine Hand. Seit wir am See waren, berührten wir uns noch häufiger als zuvor. Als könnten wir es später bereuen, nicht jede Sekunde ausgekostet zu haben.

Alle paar Minuten huschten meine Augen zu ihr. Eve trug Hotpants, die diesen Namen wirklich verdienten, dazu eines ihrer geliebten Bandshirts, heute passend zum Partyjahrzehnt eines mit den Beatles.

Sie hatte keinen engeren Musikgeschmack, liebte aber Musik aus den Sechzigern, weshalb sie unbedingt auf diese Party gehen wollte.

Ich war ziemlich aufgeschlossen. Nur Volksmusik und Techno hatten bei mir keine Chance. Aber ich freute mich darauf, mit Eve zu tanzen. Neben ihr würde ich zwar ziemlich ungelenk aussehen, aber das war mir schnuppe. Hauptsache, kein anderer Typ machte sich an sie ran.

Unwillkürlich drückte ich ihre Hand und sie schaute mich an. Ich schüttelte den Kopf. Reden wollte ich jetzt nicht. Stattdessen beugte ich mich zu ihr herüber und küsste sie auf die Wange. Ich musste mich beherrschen, nicht bei ihrem Ohrläppchen und dem Nacken weiterzumachen. Dabei müsste ich nur ihr Haar zurückschieben und ...

Mist, in meiner Hose wurde es schon wieder eng.

26

Eve

Partys waren noch nie mein Ding gewesen: Verschwitzte Körper, die sich in Massen in einer schwülwarmen Halle gegeneinander drängten und das Wissen, ständig seinen Drink im Auge behalten zu müssen, damit einem niemand K. o.-Tropfen oder andere Substanzen unterjubelte.

Aber ich tanzte zu gern – und dieses Mal war Henry dabei. Mit ihm wäre ich auch auf ein Metal-Konzert oder zu einer Schiffstaufe gegangen, Hauptsache, wir machten etwas gemeinsam. Die Zeit rann mir durch die Finger wie Sand und ich musste so viele schöne Erinnerungen erhaschen wie möglich.

Eine Nacht voller guter Musik rangierte da ganz oben.

Während die Jungs sich zuerst etwas zu trinken genehmigten, stürmten Jacky und ich sofort die Tanzfläche.

Im Gegensatz zu den meisten Leuten fühlte ich mich dort sicherer als an der Bar oder in der Schlange vor der Toilette, wo Jenny mit ihrem Konfirmandenbläschen viel Zeit verbrachte. Doch jetzt schwang sie mit Jacky und mir die Hüften zu »Hit the Road Jack« von Ray Charles. Ich kannte sogar den Text. Nicht, dass ich in der Öffentlichkeit singen würde.

Ich liebte diesen Song. So war es immer: Ich hörte die Musik, fühlte den Beat und verspürte den Drang, mich zu bewegen. Ausnahmslos.

Energie durchströmte mich und zauberte mir ein breites Lächeln aufs Gesicht.

Der DJ machte mit der KC Sunshine Band und »Get down tonight« weiter. Yeah!

Ich blendete alles aus, genau wie auf der Bühne. Achtete nur noch auf den Rhythmus, die Melodie und meine Freundinnen, die neben mir die volle Tanzfläche rockten. Ich grinste, als ich Jenny den Refrain grölen hörte. Hätte ich nicht gedacht, dass sie das Lied kannte.

Wir bildeten einen kleinen Kreis und fassten uns spielerisch an den Händen. Wir hatten einen Riesenspaß.

Ein paar Songs später kamen die Jungs dazu. Anscheinend kannten sie bei den Stones kein Halten mehr.

Um uns herum waren haufenweise feiernde Menschen, es war laut und heiß, doch sobald Henry meine Hand mit seiner umfasste, um mich herumzuwirbeln, befand ich mich wieder in meiner Tanzblase. Mit ihm zu tanzen, war anders als mit meinen Freundinnen. Das wechselnde, bunte Licht der Scheinwerfer verfremdete Henrys Gestalt. Ich stellte mir vor, mit einem jungen Mann zu tanzen, den ich eben erst kennengelernt hatte.

Das war aufregend. Getanzt hätte ich in jedem Fall mit einem Fremden, doch wenn er in einer Pause ein Gespräch mit mir beginnen wollte, hätte ich mich verabschieden müssen.

Ich genoss es, mit Henry zu tanzen und lächelte unentwegt, bis ich nichts mehr dachte und mich nur noch von der Musik davontragen ließ.

Als ich mein T-Shirt fast durchgeschwitzt hatte, legten wir eine Pause ein. Martin und Jacky hatten sich schon vor einer Weile an der Bar angestellt, Dennis und Jenny waren ihnen bald gefolgt. Nur Ali und Ahmed hatten bei uns weiter getanzt. Natürlich nicht so wie Henry und ich, sondern wie zwei Typen, die heute Abend noch eine Frau klarmachen wollten. Es trübte meine gute Stimmung ein wenig, als mir aufging, dass sie trotz allem Theater spielen mussten.

Mit einer Limo setzten Henry und ich uns nach draußen vor die Tür, um ein bisschen Sauerstoff zu tanken.

Drinnen wurde gerade »Hold on I'm comin'« von Sam & Dave zum Besten gegeben. Henry, der mit meinen Fingern gespielt hatte, schaute mich auf einmal mit großen Augen an.

»Kennst du den alten Blues Brothers-Film?«, fragte er mit unverhohlener Begeisterung.

Ich nickte. »Martin ist letztes Jahr fast umgekippt, weil Jacky und ich keine Ahnung von dieser Perle der Filmgeschichte hatten. Die Musik ist echt super. Ich hab ihn mir danach noch viermal angesehen.« Es gefiel mir, dass wir Dinge gemeinsam hatten. Es sollte keine Rolle spielen, wo wir uns doch bald nie wiedersehen würden, aber in diesem Moment fühlte es sich großartig an.

»Die Musik ist der Hammer. Wollen wir uns den Film morgen zusammen anschauen?«

»Keine Angst, dass ich Matt Guitar Murphy anschmachte?«

»Der ist längst tot.«

»Aber früher sah er nicht übel aus.« Ich lachte über Henrys pikiertes Gesicht. Als ich mich beruhigt hatte, trank ich den letzten Schluck meiner Limo, bevor ich meinen Kopf gegen Henrys Schulter lehnte und sein nacktes Knie streichelte.

Meine ausgelassene Stimmung drohte zu kippen, weil ich mich augenblicklich daran erinnerte, wie ich heute Nachmittag im See fast losgeheult hätte.

»Sollen wir wieder reingehen?«, fragte Henry.

»Gerne. Der Eintritt soll sich schließlich gelohnt haben.«

Am nächsten Tag schliefen wir bis in den frühen Mittag. Schlaftrunken drehte ich meinen Kopf langsam zu Henry um, der mir zugewandt auf der Seite lag. Neben ihm aufzuwachen war wunderschön.

Ich betrachtete zum wohl hundertsten Mal sein fein geschnittenes Gesicht. Ich würde mich nie daran sattsehen können. Um ihn nicht zu wecken, hauchte ich nur einen Kuss auf seine Wange und schob mich am Fußende aus dem Bett.

Gut, dass ich keinen Alkohol getrunken hatte. So fühlte ich mich ausgeruht und frisch. Ich warf mir ein XL-Shirt über und schlich in die Küche, um das Frühstück zu richten.

Das hier, das wünschte ich mir jeden Morgen.

Mit der Hand am Griff des Kühlschranks hielt ich inne und konzentrierte mich auf dieses Gefühl.

Ich war es leid, allein zu leben. Ohne Partner. Mir schossen allen Ernstes Tränen in die Augen, die ich genervt wegblinzelte. Es gab keinen mieseren Zeitpunkt, von meinen Prinzipien abzuweichen als diesen. Diese Emotionsschwankungen waren typisch für meine PMS-Zeit. Wahrscheinlich fing ich spätestens morgen an, fettiges, süßes Zeug in mich hineinzustopfen und bei Tierdokus zu heulen.

Nach einem ruhigen Tag mit einer Joggingrunde im Wald, Abendessen bei Jacky und Martin und unserem Filmabend, hörten wir uns bis spät in die Nacht auf YouTube den Blues Brothers-Soundtrack an und quatschten. Es erstaunte mich immer wieder, wie viel ich mit Henry reden wollte. Als würde ich all das nachholen, was mir durch meine Störung an guten Gesprächen mit Männern entgangen war.

Auch in dieser Nacht liebten wir uns. Streng genommen hatten wir bei jeder sich bietenden Gelegenheit Sex. Den besten Sex, den ich mir vorstellen konnte.

Zugegeben, Vergleichsmöglichkeiten hatte ich nicht wirklich, doch wenn ich nicht genug davon bekam, musste es gut sein. Zumal uns jeden Moment eine Zwangspause verordnet werden konnte, wenn ich meine Tage bekam.

Die Woche neigte sich dem Ende zu. Henry und ich saßen lesend auf der Loggia unter der neuen Markise, die Ahmed und Henry angebracht hatten, zum Glück ohne abzustürzen. Ahmed las keine Bücher und daddelte lieber auf seinem Handy, wenn er nicht fernsehen konnte. Ali wies ihn oft darauf hin, wie sexy er lesende Männer fand, aber Ahmed steckte seine Nase höchstens in eine Fitnesszeitschrift und fühlte sich nicht angesprochen, wenn Ali und ich anfingen, über Bücher zu schwärmen.

Das warme Sommerwetter war heute erst nach einer tagelangen Regenpause zurückgekehrt. Es war angenehm hier draußen.

Ich blätterte eine Seite um, als Henrys Handy klingelte.

Er nahm es aus der Tasche seiner Bermudashorts und ging zum Telefonieren in die Wohnung.

Entgegen meines Vorhabens versuchte ich zu lauschen, verstand aber kein Wort. Das Gespräch dauerte nicht lange.

Henrys aufgebrachte Miene versetzte mich in Alarmbereitschaft.

»Was ist los?«, erkundigte ich mich mit gespielter Coolness.

»Mein Bruder wird in circa vier Stunden hier auftauchen.«

»Wenn er nicht so ein Schnösel ist wie deine Mutter, ist es doch nett, dass er dich besucht.« Aber Henry schüttelte den Kopf und presste die Lippen zu einem schmalen Strich zusammen. Da krampfte sich mein Magen zusammen.

»Er ist gekommen, um mich nach Hause zu holen. Mein Vater hatte heute früh einen Autounfall.«

»O mein Gott, Henry! Das tut mir so leid! Wie geht es ihm?«

»Er liegt im Krankenhaus, keiner weiß, ob er es noch mal verlässt.« Ich legte mein Buch umgedreht auf den Tisch und stand auf, um Henry in den Arm zu nehmen. Er war blass geworden und zitterte leicht. »Der Unfall selbst ging wohl glimpflich aus, nur ein paar Knochenbrüche. Aber er hatte einen Herzinfarkt.« Er schaute die Wand neben sich an.

»Bin ich ein schrecklicher Sohn? Ich fürchte mich davor, dass er stirbt, weil ich dann früher als geplant die volle Verantwortung übernehmen muss. Ich sollte seinen Tod fürchten, weil mein Vater mir was bedeutet.«

Als er seine Arme um mich legte, spürte ich, wie angespannt sein Körper war. Ich wünschte, ich könnte irgendetwas für ihn tun.

Meine Kehle schnürte sich zu. Das Einzige, was ich tun konnte, war ihn ohne Drama ziehen zu lassen.

27

Henry

Wir schafften einen Rundgang zu allen, mit denen ich den halben Sommer verbracht hatte. Es ging mir seltsam nah, ihr Bedauern zu hören und zu spüren, weil ich so überstürzt abreiste. Sicher war das zu einem Teil ihrem Mitgefühl wegen des Zustands meines Vaters und auch für ihre Freundin Eve geschuldet, doch es tat trotzdem gut.

Die letzte Stunde verbrachten Eve und ich alleine in ihrem Zimmer mit Abschiedssex. Daran gab es nichts schönzureden.

Eve und ich zuckten irgendwann beide zusammen, als die Türglocke schrillte. Wir fuhren geradezu auseinander. Ich blieb mit klopfendem Herzen und zunehmend gestresst im Zimmer zurück, um hastig in meine herumliegenden Kleider zu schlüpfen, während Eve in Baumwollshorts und T-Shirt die Tür öffnen ging.

Gemeinsam warteten wir in der offenstehenden Wohnungstür, dass ein weiteres Familienmitglied von mir den schummrigen Gang herunterkam.

Mein nicht einmal zwei Jahre älterer Bruder sah mir so ähnlich, dass wir oft als Zwillinge durchgingen.

»Henry! Alles klar, Gartenzwerg?«, begrüßte er mich. Doch entgegen seiner sonst sonnigen Art lachte er nicht. Er umarmte mich und schlug mir so kräftig auf den Rücken, dass es mir fast die Luft aus den Lungen presste. Jemanden

›Gartenzwerg‹ zu nennen, der genauso groß war wie er selbst, brachte auch nur mein Bruder.

Dennoch tat es gut, ihn zu sehen, trotz der Umstände seines Besuchs. Er hatte mir gefehlt. Seine Anwesenheit ließ den festen Knoten in meiner Brust ein wenig lockerer werden.

»Hey, Richard«, sagte ich und trat zurück, um einen Arm um Eve zu legen, die merkwürdig steif neben uns stand.

»Hi«, begrüßte Richard sie und hielt ihr die Hand hin. Ich spürte, wie sie sich selbst einen Ruck gab und Richards Hand ergriff, kurz schüttelte und sofort wieder losließ.

Sie schwieg.

Richard warf mir einen kurzen, aber irritierten Blick zu und ich schüttelte nur den Kopf.

»Komm rein. Willst du was trinken?«

Eve würde uns immer auseinanderhalten können. Ich war der Typ, mit dem sie ohne Punkt und Komma quatschte, Richard derjenige, bei dem es ihr die Sprache verschlug. Und das nicht auf die gute Art.

Eve machte sich von mir los und wuselte in die Küche, um ohne Worte zu zeigen, dass sie eine gute Gastgeberin war. Sie tat mir leid.

Als sie mit schuldbewusstem Gesicht ein Glas Mineralwasser vor meinem Bruder abstellte, wollte ich sie in den Arm nehmen, wagte es jedoch nicht. In meinem Magen formte sich ein Klumpen. Meiner Mutter wäre es eine Genugtuung, diese Szene mitzuerleben.

Eve hastete in ihr Zimmer.

»Was ist denn mit der los? Ist sie stumm?«, erkundigte sich Richard leise und schaute wie ich zu Eves angelehnter Zimmertür.

»Nicht immer. Sie kann ganz normal reden. Nur nicht mit jedem. Selektiver Mutismus.« Ich seufzte. Eve verfluchte mich garantiert im Stillen, weil ich so offen über ihre Störung sprach. Aber mir war es wichtig, dass mein Bruder sie nicht für seltsam oder noch schlimmer, für komplett unhöflich hielt.

»Bisschen gruselig, wenn man so angeschwiegen wird. Aber mit dir redet sie schon, oder?«

Ich verdrehte die Augen. »Richard, ehrlich jetzt? Natürlich redet sie mit mir. Nicht, dass es noch eine Rolle spielen würde. Ich kann nicht mehr hierher zurückkommen.«

»Tut mir leid für dich, Mann. Sie wirkt nett.« Er senkte die Stimme noch weiter. »Und sieht echt heiß aus!«

Ich boxte ihn gegen den Oberarm und schlich mich in Eves Zimmer. Sie saß auf der Bettkante und starrte Löcher in ihren Bettvorleger.

»Ich musste ihn einweihen. Ich will nicht, dass er schlecht über dich denkt.«

»Ist doch egal, was dein Bruder über mich denkt«, erwiderte sie bitter. »Nachher bist du weg. Ich wollte dich nicht blamieren und hab's gleich versaut ...«

»Du blamierst mich niemals, Eve! Hör auf, so was zu sagen.«

Ich kniete mich vor sie und nahm ihre Hände in meine. Sie waren kühl. Eve gab sich alle Mühe, nicht in Tränen auszubrechen, um es uns beiden nicht noch schwerer zu machen.

Ich schluckte gegen den Kloß in meinem Hals an. In meinem Körper befanden sich lauter Knoten und Klumpen. Es fühlte sich beinahe wie eine körperliche Krankheit an. Ich musste mich trotzdem anständig von ihr verabschieden.

Der Schmerz in ihren Augen traf mich ins Mark.

»Danke für alles, Eve. Dich kennenzulernen, war der Höhepunkt meines bisherigen Lebens. Wenn ich weiß, wie alles weitergeht, würde ich mich gerne bei dir melden. Aber warte nicht auf mich, ja? Wenn du in der Zwischenzeit jemanden findest, den du lieben kannst, dann denk nicht an mich. Leb dein Leben.«

Ich biss mir fest auf die Lippe, um ihr nicht zu gestehen,

dass es mich mit ziemlicher Sicherheit auffressen würde, sollte ich sie jemals mit einem anderen Mann sehen.

Sie nickte. »Die Zeit mit dir war für mich auch die beste in meinem bisherigen Leben.« Sie rang sich ein Lächeln ab und drückte meine Finger. »Wenn es sein soll, treffen wir uns wieder. Warte du auch nicht auf mich.«

Sie schürzte die Lippen. O Gott, sie war kurz davor, loszuheulen.

Eve erhob sich und zog mich auf die Füße. Ein letztes Mal umarmten wir uns fest, küssten uns noch fester, als könnten wir dadurch den Abschied verhindern und lösten uns am Ende doch voneinander.

»Mach's gut«, flüsterte ich und küsste sie auf die Wange. Fluchtartig stürmte ich aus dem Zimmer. Sie ging mir nach, um meinem Bruder zuzuwinken.

Ich packte meine Tasche und den kaputten Rollkoffer und türmte. Ich brachte es nicht fertig, unten im Innenhof nach oben zu blicken, wo Eves Gestalt vielleicht am Fenster stand und mir nachsah. Es kostete mich genügend Kraft, meinem Bruder zu seinem Auto zu folgen, das er verbotenerweise in der Feuerwehrzufahrt neben dem Hochhaus geparkt hatte.

Irgendwie schaffte ich es einzusteigen, die Tür zu schließen und mich anzuschnallen, während mein Bruder mein Gepäck im Kofferraum unterbrachte. Ich reagierte wie auf Autopilot. Hochhäuser und Brücken zogen an mir vorbei, als Richard seine Mercedes-C-Klasse durch den Emmertsgrund steuerte. Doch meine Gedanken rasten.

Niemals hätte ich gedacht, bei meinem Weggang ein so mächtiges Gefühl des Verlusts zu verspüren. Ich fühlte die plötzliche Trennung geradezu körperlich. Meine Brust war eng, Tränen, die ich auf keinen Fall zulassen wollte, brannten in meinen Augen und in meiner Nase. Es fühlte sich grundlegend falsch an, wegzufahren und Eve zurückzulassen. Und da verstand ich. Ein Teil von mir blieb hier. Ein Teil, der sich gerade schmerzhaft von mir löste und mich in den nächsten Wochen ständig daran erinnern würde, dass ich mein Herz in Heidelberg verloren hatte. So unerwartet und rasch, aber unumkehrbar.

Sobald ich meine Angelegenheiten geregelt hatte, musste ich hierher zurück.

Falls es dann noch nicht zu spät war.

28

Eve

Als ich die Tür hinter Henry und seinem Bruder schloss, hoffte ich nur noch, dass dieser Tag schnell vorbeiging.

Heute gestattete ich mir, auf dem Sofa zu liegen, Scripted-Reality-Dokus zu schauen und die halbe Zeit zu weinen. Gut, die meiste Zeit. Meine Glieder wogen hunderte Kilo, ich glaubte, mein Eigengewicht drückte mich nieder auf das Sofa.

Als es dunkel und spät genug war, um schlafen zu gehen, hatte ich genug geheult.

Ich rief mich selbst zur Ordnung, während ich mich bettfertig machte. Es war von vorneherein klar gewesen, dass Henry und ich getrennte Wege gehen würden. Dass es jetzt zwei Wochen früher passierte, musste ich hinnehmen. Der Abschied war zu jedem Zeitpunkt zum Kotzen. Das heute war dennoch ein sauberer Schnitt gewesen. Mehr sollte ich mir nicht wünschen. Henry kehrte in sein Leben zurück und ich machte mich endlich daran, meines auf die Reihe zu bekommen.

Anstatt zu schlafen, setzte ich mich an meinen Schreibtisch und tütete meinen Fachwechsel zu Geschichte ein. Deutsch behielt ich trotz allem. Damit kam ich meinen Eltern ein wenig entgegen, obwohl sie das gar nicht verdienten. Dass ich die Fachwechselfrist knapp versäumt hatte und erst im nächsten Sommersemester mit Geschichte anfangen konnte, würde sie erzürnen, entlockte mir aber nur ein Achselzucken. Ein ruhigeres Semester mit einem Fach war genau das, was ich jetzt brauchte. Sollten meine Eltern fluchen, es reichte mir endgültig. Entweder akzeptierten sie es oder sie ließen es. Ich würde mich nicht mehr beugen.

Henry hatte noch nicht die Möglichkeit gehabt, seine Entscheidung zu treffen und konsequent durchzuziehen. Dass sein Vater ausgerechnet jetzt ausfiel, war ein Riesenpech. Oder ein großes Glück, wenn Henry sich schließlich doch noch fügte.

Den Ausgang würde ich nie erfahren. Denn mir die Blöße zu geben und mich bei Martin nach Henry zu erkundigen, würde mein Stolz kaum zulassen.

Schon wieder brannten Tränen in meinen Augen. Energisch verbat ich mir jeden weiteren Gedanken an Henry und fuhr den Laptop herunter.

Die letzten Trainings vor dem Wettbewerb begannen morgen. Ich hatte nicht gemerkt, wie schnell die Zeit verstrichen war und dass die Meisterschaft unmittelbar bevorstand. Im September starteten auch wieder die Kinderkurse, die Sommerpause war fast vorbei. Es erfüllte mich mit Vorfreude und einer gewissen Erleichterung, dass ich weder meinen Freunden auf die Nerven gehen noch alleine hier herumbrüten musste.

Ich ließ den Rollladen herunter und klappte den Laptop zu.

Als ich mich ins Bett legte und mein Kopf das Kissen berührte, hüllte Henrys Geruch mich ein. Verdammt, ich hätte die Bettwäsche sofort wechseln sollen.

Eine Nacht würde ich es aushalten. Obwohl es wehtat, kuschelte ich mich tiefer in das Kissen und atmete tief ein.

Liebeskummer war scheiße.

Eine miese Woche voller Gejammer und Serienmarathons später begann die letzte Ferienwoche für die Schulkinder. Das wusste ich nur, weil Michelle mich mehrmals darauf hingewiesen hatte, dass sie gerne noch länger frei hätte.

An diesem Morgen wachte ich wie gerädert auf. Am liebsten hätte ich mich noch ein Dutzend Mal umgedreht, aber als ich auf mein Smartphone schaute, war es bereits halb zwölf und Jacky erwartete mich in einer Stunde, weil ich ihr versprochen hatte, sie in die Stadt zu begleiten. Michelle benötigte neue Sandalen und neue Sportschuhe für die Schule.

Seit einigen Tagen kam ich kaum noch aus den Federn, doch meine Stimmung war dermaßen im Keller, dass mich das nicht weiter verwunderte. Und schon wieder kam mir mein leeres Bett größer und einsamer vor denn je.

Augenblicklich legte sich die Traurigkeit auf mich wie ein schweres Tuch. Mit einem erstickten Schluchzer stieg ich aus dem Bett, ignorierte den Schwindel, der mich erfasste und riss mit wütenden Bewegungen den Bezug von meinem Kissen. Tränen raubten mir die Sicht.

Mein Magen verlangte nach Frühstück und knurrte ungehalten, doch ich zog erst das Bett ab und stopfte alles im Bad in die Waschmaschine, ehe ich meinen ungeduldigen Bauch erhörte. Mir war übel vor Hunger. Dabei futterte ich mehr als sonst. In männlicher Gesellschaft passte man sich anscheinend der vermehrten Nahrungsaufnahme an. Aber auch früher hatte ich nie eine Mahlzeit ausgelassen. Meine frühere Tanztrainerin hatte uns allen eingeschärft, unseren Körper gut zu behandeln. Dazu gehörte auch, genügend zu essen.

Ich grinste verhalten, als ich daran zurückdachte. Meiner Mutter, die immer auf irgendeiner Diät war, würde eine solche Aussage wie eine Kriegserklärung vorkommen.

Speichel sammelte sich in meinem Mund. Das war neu. Ich trank einen Schluck Wasser, doch die Übelkeit ließ kaum nach. Mit einer Scheibe Zwieback und dem Wasserglas setzte ich mich an den Esstisch. Wenn mein Kreislauf schlappmachte, wurde mir immer schlecht.

Etwas Zuckerhaltiges zu knabbern und Wasser zu trinken, half meistens, um eine drohende Ohnmacht abzuwenden.

Sitzen reichte jedoch nicht aus. Schwindlig tapste ich ins Wohnzimmer hinüber, um mich auf die Couch zu legen.

Mist. Hoffentlich wurde es gleich besser. Ich wollte unbedingt mit Jacky und Michelle einkaufen gehen.

Der Zwieback besänftigte meinen Magen, aber der viele Speichel verschwand ebenso wenig wie eine latente Übelkeit. Beschissener Kreislauf.

Ich hatte Tropfen für solche Fälle, aber die lagen genauso unerreichbar im Bad wie mein Handy in meinem Zimmer. Vielleicht sollte ich jemanden anrufen. Jacky oder Jenny. Oder am besten Ahmed. Der konnte mich auch tragen.

Ich wagte es, mich aufzurichten, als ein erneuter Schwindelanfall mich zurück in die Sofakissen zwang. So wie es aussah, würde ich die nächsten Stunden hier festsitzen.

Ich trank noch einen Schluck Wasser, stellte das Glas dann aber wieder ab. Gerade fühlte es sich an, als würde das wenige, das ich im Magen hatte, retour kommen.

Ich lagerte meine Beine auf der Lehne ab. Lange hatte ich mich nicht mehr so einsam gefühlt wie in diesen endlosen Minuten auf dem Sofa.

Nach einer Weile fielen mir die Augen zu und ich dämmerte weg, floh vor der Übelkeit und der Schwäche, vor dem Kummer über Henrys Abschied und vor der leisen Wut auf mich selbst, weil ich sehenden Auges ins Verderben gerannt war.

Sekunden später rüttelte jemand an meiner Schulter und tätschelte mein Gesicht.

»Eve! Wach auf!« Ahmeds tiefe Stimme rumpelte über mich hinweg und brachte mich dazu, mühsam die Augen zu öffnen.

Er hörte auf, an mir zu wackeln, und ergriff meine kalte Hand. Langsam stellte sich das Bild scharf. Hinter Ahmed standen Ali, Jacky, Martin und Michelle. Alle blickten mit sorgenvollen Mienen auf mich herunter.

»Was ... was macht ihr denn alle hier?«, krächzte ich. Ich wollte mich aufsetzen, aber mir war immer noch ein wenig übel; allerdings längst nicht so schlimm wie vorhin.

Ich entzog Ahmed meine Hand und stützte mich auf die Ellbogen.

Jacky drängte sich an Ahmed vorbei, um sich auf die Sofakante zu setzen.

»Wir sind hier, weil ich eine Stunde auf dich gewartet habe. Du bist nicht an dein Handy gegangen und ich habe mir Sorgen gemacht, Eve!« Sie streichelte meinen Oberarm.

»Also hat sie mich angerufen, damit ich die Tür aufschließe. Auf unser Läuten hast du auch nicht reagiert. So wie du im Moment drauf bist, musst du verstehen, wenn wir dann Schiss kriegen«, fuhr Ahmed fort.

Daran hatte ich nicht gedacht. Ich wollte auch nicht wissen, was für ein jämmerliches Bild ich abgab, sicher blass, schwitzend, noch immer in meinem Schlafanzug.

»Bist du krank, Eve?«, fragte Michelle mitfühlend.

Ich schüttelte den Kopf. »Ich bin nicht krank. Es geht mir nur nicht so gut.« *Weil jemand, den ich dämlicherweise liebe, gegangen ist.*

»Oh, Süße«, seufzte Jacky. »Mal wieder der Kreislauf?«

Ich nickte. »Tut mir leid. Ich wollte dich anrufen, aber mein Handy liegt auf dem Nachttisch. Da könnte es gerade auch auf dem Mond liegen. Und dann bin ich auch noch eingeschlafen, sorry.«

Sie schüttelte den Kopf.

»Wir sind nicht gekommen, um dir Vorhaltungen zu machen«, schaltete sich Martin ein. Ahmed und Ali nickten.

»Soll ich dich zum Arzt bringen?«, fragte Ahmed. »Oder willst du deine Tropfen?«

»Es ist schon besser.« Ich setzte mich langsam auf. »Aber was zu essen wäre super.«

»Ich mache dir ein Brot«, bot Jacky an. »Honig oder Marmelade?«

Ich horchte in mich hinein. »Schinken«, sagte ich dann. Überhaupt verspürte ich trotz des flauen Gefühls in meinem Magen erneut bohrenden Hunger.

»Kommt sofort!«

»Danke, Jacky.«

Ahmed stiefelte hinterher, um mein Wasserglas neu zu füllen. Ich hatte die liebsten Freunde der Welt.

Nachdem ich mich gestärkt hatte, fühlte ich mich nicht mehr völlig kraftlos. »Wie spät ist es eigentlich?«

»Du hast nur den halben Nachmittag verschlafen«, ulkte Ali.

Na toll. »Verschieben wir den Einkauf auf morgen oder habt ihr das ohne mich gemacht?«

Martin grinste mich vom Sessel aus an. »Natürlich wird der Einkauf verschoben. Fast hätte es mich erwischt, mit Fräulein Diese-Schuhe-sind-doof in die Läden zu müssen.«

Michelle kroch unter dem Couchtisch hervor und krabbelte zu mir aufs Sofa. »Du sollst Schuhe mit mir kaufen gehen. Du suchst immer schöne Sandalen aus.«

Das war doch ein Wort. Ich lächelte sie an.

»Tut mir leid, dass ich heute nicht konnte. Morgen finden wir bestimmt schöne Schuhe für dich.« Obwohl sie sich genauso bleischwer anfühlten wie der Rest meines Körpers, breitete ich meine Arme aus. Michelle umarmte mich mit ihrer kindlichen Herzlichkeit und brachte mich zum Lächeln. Für sie gehörten wir alle zu ihrer großen Familie.

Nachdem Ahmed und Jacky mich genötigt hatten, mehrere Gläser Wasser zu trinken, fühlte ich mich stabil genug, das Sofa zu verlassen. Meine Schritte waren überraschend fest, als ich in mein Zimmer hinüberging, um mich anzuziehen. Martin und Michelle hatten sich mit Ali auf die Loggia verzogen, um uns einen Moment allein zu geben.

Neben dem Schreibtisch hing ein Wandkalender mit Regenwaldmotiven, in den ich wichtige Termine eintrug. Am besten ich notierte mir gleich den Einkaufstrip mit Michelle, dann hätte ich etwas, auf das ich mich morgen freuen konnte.

Doch beim Blick auf den Monat stutzte ich. Ich hatte vergessen, das Kalenderblatt zu wechseln. Da hing immer noch Juli mit den bunten Aras. Ich zog mir das Oberteil über den Kopf und klappte August auf, der auch so gut wie vorbei war.

Dann durchzuckte es mich von Kopf bis Fuß. Im Juli hatte ich nicht meine Periode eingetragen. Dabei tat ich dies sehr gewissenhaft, seit ich sie zum ersten Mal bekommen hatte. Vor allem wegen der Tanzveranstaltungen, bei denen ich nicht von blutigen Unterhosen überrascht werden wollte.

Nein, ich hatte es nicht nur vergessen, ich hatte sie auch nicht gehabt. Seit meiner Französischprüfung hatte ich kein einziges Mal mehr geblutet.

Mit zitternden Händen faltete ich zurück zu Juni. Dort hatte ich die Tage noch eingetragen. Aber dann war da nichts mehr.

Die Übelkeit kehrte stärker zurück als zuvor.

Mit dem Kalender in der Hand legte ich mich auf die nackte Matratze meines Bettes und versuchte, meine wild trudelnden Gedanken zu stoppen.

Sobald ich lag, ging es mir besser. Dennoch zählte ich immer wieder die Tage von meiner letzten Periode. So oft, bis der Kalender Knicke bekam, wo meine Hände ihn umklammerten. Scheiße, scheiße, scheiße.

Da fiel mir endlich ein, was ich so sorgsam verdrängt hatte. Das geplatzte Kondom, meine Weigerung, die Pille danach zu nehmen. Ich allein war schuld daran, dass ich laut meinem Kalender schwanger war. In der siebten oder achten Woche, ich wusste nicht mehr genau, wann es passiert war.

Überfordert schloss ich die Augen und ließ den aufgeklappten Kalender wie eine Decke auf meinem Bauch liegen.

So fand mich meine beste Freundin.

»Hier steckst du. Hat dich dein Kreislauf schon wieder im Stich gelassen?«

»Ein bisschen.« Ich schluckte mehrmals hintereinander. Verflixte überschüssige Spucke.

»Wenn du es auf deinen Stuhl schaffst, beziehe ich dir dein Bett schnell.«

»Das wäre lieb von dir.« Ich hievte mich hinüber auf den Drehstuhl vor meinem Schreibtisch.

»Was wolltest du mit dem Kalender?« Ich könnte diese Dinge für mich behalten. Aber mehr noch wünschte ich mir meine beste Freundin an meiner Seite.

Jacky holte geschäftig ein frisches Leintuch aus meinem Schrank und machte sich daran, das Laken über die Matratze zu spannen. Sie drängte mich nicht. Dafür kannte sie mich zu gut.

»Ich habe gesehen, dass ich nicht das Kalenderblatt für August aufgeschlagen hatte«, begann ich zögerlich. »Dabei habe ich entdeckt, dass ich im Juli keine Periode hatte.«

»Oh.« Sie schob die Matratze auf dem Lattenrost zurecht und wandte sich meinem Kopfkissen zu.

»Oh? Das ist alles, was du dazu zu sagen hast?«, fragte ich ungläubig. »Ich bin fast sechs Wochen überfällig!«

»Rechnen liegt uns beiden nicht, Eve. Aber wenn ich an deiner Stelle wäre, würde ich meinen Hintern in die nächste Drogerie schaffen und mir einen Schwangerschaftstest besorgen. Bevor du dich weiter unnötig verrückt machst.« Sie hielt einen Moment inne, überlegte. »Hast du vielleicht vergessen, sie einzutragen?«

Ich schüttelte den Kopf und hielt den Kalender wie einen Schild vor meine Brust.

»Das hab ich noch nie vergessen, Jacky.« Dann beichtete ich ihr schweren Herzens die Sache mit dem Kondom.

Sie warf mein neu bezogenes Kissen auf das Bett und zog sich die Sommerdecke heran.

»Vielleicht bleibst du besser hier und legst dich wieder

hin. Ich hole dir ein paar Teststreifen. Willst du ansonsten lieber alleine sein?«

»Nein. Die Wohnung ist schrecklich still, seit er weg ist«, gestand ich. »Ich will nicht wieder den ganzen Abend heulen.«

Jacky schmiss die Decke hin und umarmte mich fest.

»Es tut mir so leid für dich, Süße!« Sie ließ mich los. Einerseits genoss ich ihr Mitgefühl und dass sie mir keine Vorwürfe machte. Mit meiner Mutter hätte ich dieses Gespräch niemals führen können. Andererseits tat sie genau das, was eine Mutter tat, und das brachte mich dazu, mich klein zu fühlen. Ich setzte mich auf und rückte etwas von ihr ab.

»Es muss dir nicht leidtun. Ich wusste von vorneherein, dass Henry nicht hergekommen ist, um zu bleiben. Verhütungspannen sind eine blöde Sache, aber jetzt ist es zu spät, um sich mehr als nötig darüber aufzuregen.«

Sie nickte. »Falls es kein falscher Alarm ist: Wirst du es ihm sagen? Jemand anderes kommt als Vater ja nicht infrage.«

Ich schürzte die Lippen.

»Warum sollte ich ihn damit belasten? Seine Mutter wird mir unterstellen, ihm ein Kind anzuhängen, um Unterhaltszahlungen zu kassieren. Darauf kann ich verzichten.«

Jacky warf mir einen Blick zu, der sagte, dass es nicht so schlimm werden würde, schwieg jedoch.

Wenn ich Glück hatte, war der Test eh negativ. Oder ich hatte einen Tumor, der einen falsch positiven Test verursachte und ... O Gott, wie fertig konnte man sein? Meine eigenen Gedanken waren kaum auszuhalten.

»Komm, leg dich gleich auf dein frisches Bett.« Sie nahm mir den Kalender aus der Hand und hängte ihn wieder neben den Schreibtisch. »Ahmed bleibt bei dir, solange Martin und ich nach Rohrbach fahren. Wir brauchen sowieso noch ein paar Sachen. Mit der Schrottkarre dauert es auch nicht so ewig wie mit dem Bus. Bis nachher!«

»Bis dann. Und danke, Jacky.«

Sie hielt kurz im Türrahmen inne und meinte dann: »Du würdest dasselbe für mich tun.« Damit verschwand sie aus meinem Zimmer.

Nachdenklich legte ich meine Hand auf meinen Unterleib. Er war ein bisschen härter als gewöhnlich. Mehr aber auch nicht. Auf einmal konnte ich es kaum abwarten, dass Jacky zurückkam.

Sollte ich wirklich schwanger sein, war es für alle Beteiligten besser, wenn ich das für mich behielt. Henry bekam nur ein schlechtes Gewissen, wenn er nicht bei mir und dem Kind sein konnte, weil seine Pflichten ihn an einen anderen Ort banden. Wenn er es gar nicht erst wusste, dass ein Kind von ihm existierte, machte es ihm das Leben leichter.

Ahmed erschien im Türrahmen. »Alles okay? Soll ich sehen, was wir zum Abendessen da haben?«

»Mach das. Isst Ali mit?«

Er nickte. »Wir bleiben ein paar Tage bei dir. Es sollte jemand da sein, wenn du Probleme mit deinem Blutdruck hast.«

»Ihr seid lieb.«

»Wir sind die Liebsten.«

29

Henry

Die Fahrt nach München war die längste meines Lebens. Richard und ich wechselten uns einmal am Steuer ab, sodass ich wenigstens beim Fahren gezwungen war, im Hier und Jetzt zu bleiben und nicht an Eve zu denken. Sobald ich es tat, fühlte ich mich noch mieser als ohnehin schon.

Bis Karlsruhe hatte ich nur aus dem Fenster gestarrt und versucht, den Aufruhr in meinem Innern zu bezähmen. Ich hatte gegen meine Tränen gekämpft, denn vor meinem Bruder wegen eines Mädchens zu flennen, wollte ich vermeiden. Ich musste mit mir selbst ausmachen, dass ich es verbockt hatte.

Statt Nägel mit Köpfen zu machen und Eve zu versprechen, dass ich wiederkäme und mir mit ihr eine richtige Lösung überlegte, war ich feige abgehauen und versteckte mich hinter meiner Verantwortung als Firmenerbe. Natürlich machte es mir eine Heidenangst, so tiefe Gefühle für eine Frau zu entwickeln. Gefühle machten alles komplizierter und führten dazu, dass ich jetzt mit den Tränen kämpfte, weil ich dachte, das Richtige zu tun, und es sich dennoch so schrecklich anfühlte. Allein der Gedanke, dass Eve mich nicht mehr zurücknehmen könnte, ließ mir die Kehle eng werden.

Warum ging mir das erst jetzt auf? Jetzt, wo ich Eve offiziell für immer Lebewohl gesagt hatte?

Scheiße.

Im Radio lief »Tiny dancer« von Elton John. Zum ersten Mal hörte ich auf den Text und hätte um ein Haar wirklich geheult. Nicht nur mein Herz, auch meine Männlichkeit war in Eves Wohnung zurückgeblieben.

Richard ließ mich in Ruhe, bis wir bei Stuttgart unsere Plätze tauschten. Sobald er sich auf dem Beifahrersitz niedergelassen hatte, begann er jedoch, mich auszufragen.

Ich konnte es ihm nicht übel nehmen. Er hatte mich seit über einem Jahr nicht mehr gesehen und hielt mich nach wie vor für ein beziehungsunfähiges Wesen. Mit meiner heutigen Aktion hatte ich seine Annahme auch noch untermauert.

Ich könnte ihn auflaufen lassen und anschweigen, aber ich brauchte meinen Bruder. Außerdem war es nicht fair ihm gegenüber. Er hatte keine Geheimnisse vor mir. Wir waren schon immer Verbündete gewesen. Ausgerechnet jetzt wäre der schlechteste Zeitpunkt, das zu ändern. Wenn Eve und ich nur den Hauch einer Chance hatten, dann nur mit Richards Hilfe.

Er stellte das Radio aus. Er hatte also vor, sich ernsthaft mit mir zu unterhalten. Wenn wir unter uns waren, sprachen wir meistens Englisch, selten Walisisch. Ich mochte beide Sprachen, aber Walisisch war für mich untrennbar mit Mum verbunden.

»Also, die Kleine mit selektivem Mutismus«, begann er und automatisch umfassten meine Hände das Lenkrad fester.

»Mach dich nicht über Eve lustig, kapiert? Sonst kannst du per Anhalter nach München fahren.« Ich verteidigte sie reflexartig, und das tat gleich doppelt weh.

»Ganz ruhig, Mann! Ich dachte nur, du bleibst lieber bei der hübschen Anwältin aus Boston.«

Ich schüttelte unwirsch den Kopf. »Das hat nicht funktioniert. Ich hab nur was mit ihr angefangen, damit Mum aufhört, mich mit potenziellen Partnerinnen zu nerven. Was Festes war es nicht.«

Er lachte. »Hat es was bei Mum gebracht?«

Während meiner Zeit in Boston hatten wir regelmäßig telefoniert und getextet, besuchen hatte er mich wegen der Bewährungsauflagen nicht können. Wenn ich ehrlich zu mir war, wollte ich nie wieder so lange von ihm getrennt sein. Auch das war ein Grund für mich, nicht mehr nach Boston zurückzukehren.

»Bis sie das mit Eve erfahren hat, so einigermaßen.«

»Was hat sie wieder vom Stapel gelassen?«

Ich berichtete ihm von Mums Besuch aus der Hölle, was ihn noch mehr zum Lachen brachte. Wenigstens einer, der dem Ganzen etwas Lustiges abgewinnen konnte.

»Du musst schon zugeben, dass es nicht gerade förderlich ist, wenn du eine Frau hast, die nicht mit Fremden sprechen kann. Du wirst bald ständig fremde Leute treffen.«

»Es ist auch nicht förderlich, im Knast gesessen zu haben«, konterte ich schärfer als beabsichtigt. »Bist du noch clean?«

Sofort verschwand Richards Grinsen.

»Jetzt hörst du dich an wie Mum. Sie kontrolliert einmal in der Woche meine Arme. Als ob ich die Scheiße noch mal nehmen würde! Aber du lenkst ab, Henry.«

Ich brummte unwillig. »Frauen und Kinder sind kein Problem, Eve kann nur nicht mit fremden Männern sprechen, wobei das nicht alle fremden Männer betrifft. Als sie noch jünger war, war es viel schlimmer, heute merkt man ihr die Störung kaum an.«

»Hat sie von Anfang an mit dir gesprochen?« Richard besaß den Röntgenblick unserer Mutter. Ich ahnte, worauf er hinauswollte. Im Gegensatz zu mir war er ein verkappter Romantiker.

»Ja, hat sie. Aber das kann Zufall sein. Komm mir bloß nicht mit Seelenverwandtschaft oder irgendeinem anderen

Mist! Eve und ich kommen aus total verschiedenen Welten und führen völlig unterschiedliche Leben. Wir waren uns einig, nur diesen Sommer zusammen zu verbringen und dann wie geplant allein weiterzumachen.« Als ich es aussprach, hörte es sich komplett bescheuert an. Richard lächelte wissend. Arsch.

»Immer schön in Sicherheit wiegen. In der Hinsicht bist du ein echter McAllister.« Er schnaubte verächtlich.

»Ich kann nicht für einen Sommerflirt alles hinwerfen! Jetzt schon dreimal nicht! Was ist, wenn Dad sich nicht mehr erholt? Dann hängt alles an mir.« Sofort bereute ich meine harten Worte. »Sorry.«

Richard lehnte sich zurück und guckte den Autohimmel an.

»Wenn ich nicht so ein missratener Sohn wäre, müsstest du dir darüber keine Sorgen machen. Es tut mir echt leid.«

»Vergiss es. Du hast die Kurve gekriegt. Mum hat mir gegenüber sogar zugegeben, dass du dich sehr gut in die Firma einbringst.«

»Das sind ja ganz neue Töne.« Vermutlich lobte Mum ihn genauso wenig wie mich. »Aber befördern will Dad mich nicht, sie beschäftigen mich als stinknormalen Verwaltungsangestellten, weil sie mir nicht vertrauen. Weißt du, wie sich das anfühlt?«

»Beschissen?«, riet ich. »Aber warum bleibst du dort? Du könntest auch woanders arbeiten.«

Er lachte freudlos auf. »Wo denn, bitte? Ich bin vorbestraft und habe mein Studium abgebrochen. Niemand wird mich einstellen.«

»Ich würde dich einstellen.«

»Weil du mein Bruder bist. Genau deshalb arbeite ich für Dad.«

Ich suchte nach den richtigen Worten, um Richard zu erklären, was ich mir überlegt hatte. Einzig das leise Schnurren des Wagens und der vorbeibrausende Verkehr erfüllten für einige Minuten den Innenraum des Autos.

»Ich hatte eigentlich gedacht, dass ich dich in Ruhe einweihen kann, aber je nachdem, wie es bei Dad aussieht ...«

»Ja ja, ich weiß schon. Du wirst mein Chef sein. Glaub mir, ich hab mich mit dem Gedanken angefreundet.«

»Ich werde nur auf Zeit dein Chef sein«, begann ich und holte tief Luft. Gleich würde ich die Bombe platzen lassen, den einzigen Weg, wie ich bei Eve sein könnte. »Sobald die Firma mir gehört, überschreibe ich sie dir und bleibe nur noch Anteilseigner.«

Richards Kopf schnellte zu mir herum.

»Bist du irre? Mum wird ausrasten! Von Dad will ich gar nicht anfangen.«

»Dann soll sie die Firma führen. Ich werde es nicht tun.« Auch wenn der Gedanke schon lange in meinem Kopf herumgespukt war, die Entscheidung hatte ich erst während dieser Fahrt getroffen. Nachdem ich einer Zukunft ohne Eve ins Auge sehen musste.

Richard schwieg einen Moment.

»Warum denkst du, dass ich das Unternehmen leiten kann?«

Ich zuckte die Achseln. »Ich weiß es eben. Im Gegensatz zu mir hast du richtig Lust dazu. Ich würde das Ding vor lauter Hass und Unwissenheit in die Pleite treiben. Ich bin kein Geschäftsmann und werde auch nie einer sein.«

»Du hast dich schon immer lieber mit deinen Dinobüchern und Fossilien beschäftigt. Willst du etwa in irgendwelchen Gruben herumbuddeln?«

Ich grinste. »Das wäre mein Traum. Aber für unsere Eltern habe ich ihn aufgegeben, nachdem die Sache mit dir passiert ist.«

»Sag es ruhig. Nachdem meine Heroinsucht außer Kontrolle geraten ist und ich mit meiner Karre beinahe jemanden getötet hätte. Keine falsche Scham, Bruder.«

Ich wand mich unbehaglich auf dem Fahrersitz. Bei Richard schwankte ich oft zwischen Fremdschämen und Mitleid. Er war für sein Fehlverhalten bestraft worden, er hatte einen Entzug hinter sich und kämpfte sich in ein normales Leben zurück. Ich bewunderte ihn dafür, wie hart er an sich arbeitete, aber es machte mir auch Angst, wie schnell alles außer Kontrolle geraten konnte.

Doch egal, wie sehr sich mein Bruder auch anstrengte, das alles spielte für unsere Eltern nur eine untergeordnete Rolle. Richard hatte seinen und auch ihren Ruf ein für alle Mal ruiniert. In unserer Familie hatte er außer mir keinen Fürsprecher.

»Wenn dir der Typ verziehen hat, der wegen dir im Rollstuhl sitzt, sollten Mum und Dad es auch können. Ich glaube fest daran, dass du nicht mehr rückfällig wirst.«

»Dieser Typ, wie du ihn nennst«, nun klang Richard ebenso aufgebracht wie ich eben bei Eve, »ist immer noch einer meiner besten Freunde. Ben war genauso stoned wie ich, als der Unfall passiert ist. Keiner von uns hätte mehr fahren sollen ...«

Ich nickte und kam zum eigentlichen Thema zurück. »Du hast Ahnung von Zahlen, Richard, und diesem langweiligen Verwaltungskram, du arbeitest bereits mit und kennst das Unternehmen viel besser als ich. Und was am allerwichtigsten ist, du magst es, ständig vor anderen zu sprechen oder auf irgendwelchen Kongressen kluge Dinge von dir zu geben. Wenn ich nur daran denke, sträubt sich alles in mir. Also bist du dabei? Willst du die Firma an meiner Stelle weiterführen?«

»Natürlich!« Er drückte kurz meine Schulter. »Ich dachte immer, du stehst voll hinter Mum und Dad und hältst mich genauso für einen Versager wie sie.« Bestürzt registrierte ich, dass ihm die Stimme wegbrach. Er wandte sich ab. Einen langen Augenblick guckten wir schweigend aus der Windschutzscheibe auf die Straße.

Leiser als zuvor fing ich wieder an zu reden: »Seit Jahren

habe ich alles getan, um unsere Eltern zufriedenzustellen. Habe das Internat besucht, das sie gut fanden, habe mich fürs Abi krummgelegt, dann dieses Studium absolviert, das ich freiwillig nie gewählt hätte, in einer Stadt, in die ich niemals gezogen wäre. Ich wollte Paläontologie oder Geowissenschaften irgendwo in Großbritannien studieren. Nichts gegen die USA, aber bei jeder Gelegenheit, seinen britischen Akzent unter die Nase gerieben zu bekommen, muss ich nicht für den Rest meines Lebens haben. Dort war auch alles so riesig, irgendwie unüberschaubar. Es hat so gutgetan, wieder nach Deutschland zu kommen.«

Richard fand seine Sprache wieder: »Und dort die Ferien bei einer niedlichen, besonderen Studentin zu verbringen?« Aus dem Augenwinkel sah ich, dass sein verschmitztes Lächeln zurückgekehrt war.

»Ob du es glaubst oder nicht: Das waren die besten Ferien ever. Und ich habe ungefähr hundert Vorurteile abgebaut.«

»Mum kein einziges. Sie war geschockt, dass du dich in einer Hochhaussiedlung voller Sozialwohnungen aufgehalten und dich mit dem gemeinen Volk abgegeben hast. Wo es doch so schöne Ecken und gute Hotels in Heidelberg gibt.«

Ich gluckste.

»Ihre Worte, nicht meine«, ergänzte er. Er hakte nicht nach. Ich konnte jetzt nicht über Eve reden und er verstand das.

Doch gleich darauf erstarb mein Anflug von guter Laune. Ich hatte Eve das Herz gebrochen. Zu diesem bitteren Gedanken gesellte sich die Sorge um meinen Vater, je näher wir München kamen.

Richard checkte sein Handy.

»Hat Mum sich noch mal gemeldet?«

»Sie fragt, wo wir bleiben. Dad ist aufgewacht.«

Unruhe ergriff von mir Besitz. Ob ich wollte oder nicht, ich musste den schützenden Kokon dieses Autos bald verlassen.

»Dann auf zur letzten Etappe.« Ich drückte das Gaspedal stärker durch und setzte den Blinker nach links.

30

Eve

Kraftlos saß ich auf dem Boden des Badezimmers und beäugte alle paar Sekunden das weiße Plastikstäbchen auf dem Badewannenrand, das zwei rosarote Balken anzeigte.

Zwei, nicht einen.

Noch einmal warf ich einen Blick darauf. Es waren immer noch zwei. Es klopfte an die Badtür.

»Eve? Lebst du noch? Lässt du mich rein?« Jacky wartete seit einer guten Viertelstunde auf mich.

Zum Glück war Martin mit Michelle nach Hause gegangen und Ahmed guckte mit Ali ›Grip – Das Motormagazin‹. Das wusste ich auch zwei Räume weiter, weil Ahmed immer den Ton wie für Schwerhörige einstellte. Heute ärgerte ich mich nicht darüber. Die beiden mussten meinen Nervenzusammenbruch nicht miterleben. Es genügte vollauf, dass Jacky Zeugin wurde.

Ich machte mir nicht die Mühe aufzustehen, sondern krabbelte den Meter zur Tür und drehte den Schlüssel herum.

Jacky setzte sich erst neben mich auf die sonnengelbe Badematte, bevor sie nach dem Schwangerschaftstest griff.

»Shit. Positiv. Hast du die anderen beiden auch benutzt?«

»Liegen im Mülleimer. Alle drei positiv. Ich muss wohl oder übel zum Arzt gehen.«

»Fang nicht wieder mit deiner dämlichen Tumor-Theorie an!«, regte Jacky sich plötzlich auf. »Und die Pille nimmst du auch nicht. Sieh es ein, du bist schwanger, Eve!«

»Ja, ich hab's kapiert.«

»Außerdem wäre es furchtbar, wenn du Krebs hättest! Wie kannst du nur so was denken?«

Ich vergaß immer wieder, dass Krebs ein heißes Eisen für Jacky war, nachdem ihr Großvater mit Mitte fünfzig an Bauchspeicheldrüsenkrebs gestorben war.

Ich lehnte meinen Kopf an ihre Schulter. »Tut mir leid. Ich bin einfach nicht ich selbst.«

»Das ist in der Situation vermutlich normal«, beschwichtigte sie mich. »Soll ich dich begleiten, wenn du zum Arzt gehst?«

»Bevor man Ahmed für den Kindsvater hält, würde ich wirklich lieber dich mitnehmen.«

»Willst du es behalten?«

»Ich weiß es nicht. Mein Herz tendiert zu ja, aber die Vernunft sagt eigentlich nein. Ich bin in wenigen Wochen einundzwanzig, habe keine Berufsausbildung und bin finanziell komplett von meinen Eltern abhängig. Das Kind hat keinen Vater, diese Wohnung ist zu klein ...«

»Denk ihn Ruhe darüber nach. Niemand verurteilt dich, egal, wie du dich am Ende entscheidest. Es ist dein Leben und dein Körper.«

»Ich möchte eines Tages Mutter werden, Kinder gehören fest zu meiner Lebensplanung. Aber ich wollte sie bekommen, wenn ich verheiratet und fertig mit dem Studium wäre, einen festen Job hätte und eine richtige Wohnung, kein WG-Zimmer.«

»Nicht alles im Leben lässt sich planen. Wir unterstützen dich, ganz gleich, wie deine Entscheidung ausfällt«, betonte sie noch einmal.

»Danke, Jacky.« Ich atmete tief durch. »Weißt du, dass ich das erste Mal etwas richtig Großes selbst entscheiden werde, das meine Zukunft betrifft? Das ist keine Beziehung oder ein Fachwechsel, das hier ist lebensverändernd, egal, welchen Weg ich einschlage. Und das ist echt krass.«

»Du schaffst das schon.« Jacky drückte mich unterstützend. »Rede vielleicht auch mit jemanden von einer professionellen Beratungsstelle.«

»Wenn ich nicht weiterkomme, werde ich das tun.«

Dann raffte ich mich auf, packte den letzten Test in meinem Zimmer in einen Briefumschlag und stopfte ihn ganz unten in den Kleiderschrank. Vielleicht wollte ich das Stäbchen ab und an wieder hervorholen, wenn ich mich irgendwann an diesen Moment erinnern wollte. Jetzt gerade fühlte es sich nur so an, als hätte kolossalen Mist gebaut.

Jacky hielt den Abend über bei mir die Stellung. Sie kochte mir eine Gemüsesuppe zum Abendessen, weil Ahmed auf mein Drängen hin zu Ali gegangen war, und sah sich mit mir auf dem Laptop »SKAM« an. Wir liebten die verschiedenen Länderausgaben. Heute entschieden wir uns für die französische Version. Ich genoss die Teeniestory, bis mir auffiel, dass der männliche Hauptdarsteller Henry wie aus dem Gesicht geschnitten war.

Missmutig lehnte ich mich gegen die Wand an meinem Bett.

Das entging auch meiner Freundin nicht.

»Was hast du? Sollen wir lieber nicht Henrys Doppelgänger dabei zuschauen, wie er versucht, bei Manon zu landen?«

»Kann ich nicht mal mehr Serien gucken? Seinetwegen sind schon die Blues Brothers für mich passé.« Meine Stimme schraubte sich immer höher. »Am liebsten würde ich nicht mal mehr in meinem Bett schlafen! Verdammt, das ganze Zimmer erinnert mich an ihn! Nein, meine ganze Wohnung!« Der Damm brach. Jacky hielt mich im Arm, während ich meinem Kummer Luft machte. Was für eine beschissene Situation!

Ich schniefte, unterdrückte die nervigen Tränen. »Es war so viel leichter, als ich mich noch von Kerlen ferngehalten habe! Jetzt sieh mich an: Bald bin ich eine alleinerziehende Mutter, die einem Typen hinterherweint, für den sie nur ein netter Zeitvertreib war.«

Das war irgendwie ungerecht, denn ich wusste, dass Henry sich schwergetan hatte, mich zu verlassen. Trotzdem war ich sauer auf ihn, dass er sich für seine Familie und das Unternehmen entschieden hatte, und vermisste ihn so sehr, dass es mir den Atem raubte.

»Lass uns weitergucken. Ich muss damit klarkommen. Vielleicht ist es eine gute Therapie.«

Dass ich selbst eine gewisse Ähnlichkeit mit der Schauspielerin hatte, die den weiblichen Gegenpart verkörperte, machte die Sache nicht einfacher. Ich kam mir vor, als würde ich ein Video von Henry und mir sehen. Allerdings hatten die beiden Figuren die Chance auf ein Happy End. Wir nicht.

Ich war erschöpft. Ich fürchtete mich vor dem Arztbesuch, vor der Wahrheit, die mein Leben umkrempeln würde; ich suhlte mich in meinem Herzschmerz und bekam langsam Zukunftsängste. Wenn ich die ärztliche Bestätigung meiner Schwangerschaft hatte, musste ich anfangen, neu zu planen.

Wovon ich mit dem Kind leben und wo ich wohnen sollte, wie es mit meinem Studium weitergehen würde.

Doch für diesen Abend vertagte ich all diese Überlegungen und schaute weiter auf den Bildschirm, ohne wirklich an der Geschichte Anteil zu nehmen. Meine eigenen Dramen wogen schwer genug.

Zwei Tage später war mein Kreislauf noch immer nicht mein bester Freund, aber ich konnte gefahrlos die Wohnung verlassen. Ahmed chauffierte Jacky und mich in der Schrottkarre zu meinem Frauenarzt und wartete in seinem Wagen, bis wir fertig waren.

Auf der Fahrt hatte ich eine Laugenbrezel gegessen, die

mir jetzt schwer im Magen lag. Hungrig war ich trotzdem noch. Wenn ich gerade nichts aß, kaute ich Kaugummi, damit der übermäßige Speichelfluss nicht so widerlich war. Scheinbar waren das normale Symptome, dennoch alles Dinge, die einem vorher nie verraten wurden.

Als wir nach der Anmeldung das Wartezimmer betraten, saßen zwei dickbäuchige Schwangere unter dem Fenster und lasen in Frauenzeitschriften. Eine ältere Frau beaufsichtigte ein vor sich hin gurrendes Kleinkind, das in einer Ecke mit Bauklötzen spielte. Es war mir unmöglich, meinen Blick von den runden Bäuchen abzuwenden; auch nicht, als ich mich neben meiner Freundin auf einen gepolsterten Stuhl sinken ließ.

Würde ich in ein paar Monaten genauso aussehen? Würde ich auch so unbeholfen herumwatscheln? Ich verzog das Gesicht.

Dann schloss ich gequält die Augen. Der Wettbewerb!

Ich hatte die heutige Probe wegen meiner Kreislaufbeschwerden und des Arzttermins abgesagt, aber alle rechneten mit mir. Einsame Klasse.

Nach kurzer Wartezeit war ich dran. Jacky drückte meine Hand, bevor sie sich wieder einer Zeitschrift zuwandte. Ab hier war ich auf mich selbst gestellt.

Mein Arzt war in seinen späten Fünfzigern und trug seine Haare in einem ergrauten, unvorteilhaften Kranzschnitt. Seine hellen Augen blickten mich durch seine Lesebrille freundlich an. Ich kannte ihn seit vielen Jahren und hatte nach und nach meine Stummheit in seiner Gegenwart ablegen können. Seine großväterliche Freundlichkeit hatte mir dabei sehr geholfen. Es war derselbe Arzt, zu dem auch meine Mutter ging und sehr zufrieden war; also war es nur logisch gewesen, trotz meiner Störung auch dorthin zu gehen. Früher hatte sie mich begleitet, um die Gespräche zu übernehmen, aber auf meinen eigenen Wunsch hin tat sie das seit gut drei Jahren nicht mehr.

»Nehmen Sie doch Platz.« Er zeigte auf einen der beiden Stühle vor seinem antiken Eichenholzschreibtisch.

»Danke«, murmelte ich. Mist, ich hatte vergessen, das Kaugummi auszuspucken. Unauffällig schob ich es an meine hinteren Backenzähne.

»Was führt Sie zu mir?«

Ich räusperte mich. »Ich habe vor ein paar Tagen einen Schwangerschaftstest gemacht und er war positiv. Außerdem ist meine Regel ausgeblieben.« Ich wurde doch tatsächlich rot. Ein Gynäkologe störte sich sicher nicht daran. Bei all den Schwangeren im Wartezimmer hörte er meine Neuigkeiten eher sehr häufig.

»War die Schwangerschaft geplant?« Na danke auch.

»Nein. Es war ein Versehen.« Ich wurde noch röter. Ich fühlte mich mit meiner eigenen Dummheit konfrontiert, auch wenn kein Vorwurf im Gesicht meines Gegenübers zu sehen war. Tiefliegende Glaubenssätze taten ihr Übriges. Anständige Mädchen achteten auf sich, sie hatten nicht leichtsinnig Sex mit einem dahergelaufenen Mann. Anständige Mädchen wurden nicht ungewollt schwanger. Mich davon zu lösen, fiel mir immer noch verdammt schwer.

»Nun, so was geschieht häufiger, als Sie vielleicht denken. Geben Sie doch bitte eine Urinprobe bei meiner Sprechstundenhilfe ab. Wir werden zunächst einen von unseren Tests machen. Ich sehe Sie in zehn Minuten wieder.«

Folgsam meldete ich mich an der Rezeption und bekam einen Becher ausgehändigt. Hatte ich bereits erwähnt, dass Schwangersein von Anfang an zu vielen unangenehmen Situationen führt? Entweder arbeitete ich an meinem Schamgefühl oder das hier würde eine verdammt harte Zeit für mich werden.

Dieses Mal tunkte die MTA den Teststreifen in den Urin,

während ich im Wartezimmer hockte und mich seltsam entblößt fühlte.

»Die machen noch einen Test?«, flüsterte Jacky.

»Vielleicht sind ihre Tests genauer«, wisperte ich zurück.

Ein Kleinkind, ein vielleicht anderthalbjähriger Junge mit Pausbacken und lockigen, blonden Haaren, ließ seine Klötze links liegen und tapste auf unsicheren Beinen auf uns zu.

Jacky drückte mir die Zeitschrift in die Hand, beugte sich vor und lächelte den Jungen an. Er lächelte zurück. Er hatte nur vier sichtbare Zähne. Verdammt, er war richtig süß.

Jacky streckte die Hände aus, damit der Kleine sich daran festhalten konnte, ehe er auf den Hosenboden plumpste.

Dicht vor ihr blieb er stehen und schaute zu ihr hinauf.

»Hallo, kleiner Mann«, säuselte sie. Mit Kindern war Jacky immer wie ausgewechselt. Nichts deutete darauf hin, dass sie jedem in ihrer Umgebung allein mit Blicken das Fürchten lehrte.

Der Junge quietschte und drehte sich zu der älteren Frau um, die aufmunternd lächelte und nickte. Anscheinend ermutigt zupfte er an Jackys Hand, damit sie aufstand und ihn zu den Bauklötzen begleitete.

Würde ich auch meine Tage auf dem Fußboden zubringen, zwischen Spielzeug? Einerseits unvorstellbar, andererseits spürte ich Wärme in mir aufsteigen, als der Junge mich anlächelte und angelaufen kam, um mir einen Bauklotz in die Hand zu drücken.

Unwillkürlich lächelte ich zurück. »Dankeschön!«

Wieder ein freudiges Quieken und unverständliches Gebrabbel.

Dann wurde ich aufgerufen. Meine Knie zitterten, als ich erneut das Sprechzimmer betrat.

»Also«, fing der Arzt mit beneidenswert ruhiger Stimme an. »Der Test hier war ebenfalls positiv, ich schlage also vor, wir überprüfen das Ergebnis mit einem Ultraschall. Kommen Sie bitte hinüber in den Behandlungsraum.«

Wenige Minuten später verdrängte ich, dass ich untenherum nackt war, ich starrte auf den Bildschirm des Ultraschallgerätes, auf dem sich hübsch meine Gebärmutter abzeichnete. Und sie war nicht leer.

Ein winziges, alienartiges Wesen saß an einer Gebärmutterwand. Viel erkannte ich nicht, aber es hatte einen enorm großen Kopf und einen im Vergleich dazu kleinen Körper.

»Es ist 14 mm groß, völlig normal für die achte Woche. Das müsste in etwa das Alter des Fötus sein.«

»Ich hatte Mitte Juni die letzte Periode«, sagte ich, ohne das Wesen aus den Augen zu lassen.

»Das kommt hin. Bislang sieht alles gut aus. Wir werden Ihnen noch Blut abnehmen und sie wiegen. Außerdem bekommen Sie einen Mutterpass. Ihre Impfungen sind vollständig?«

Ich nickte. »Alles aktuell.«

»Gut. Besorgen Sie sich unbedingt ein Folsäurepräparat in der Apotheke, noch kann es sich positiv auf die Entwicklung des Kindes auswirken. Wenn Sie stark unter Übelkeit leiden oder andere Beschwerden hinzukommen, melden Sie sich bitte.«

»Okay. Kann ich noch Hip-Hop tanzen?«

»Sie können alles machen, nur von hartem Leistungssport würde ich Ihnen abraten. Und überanstrengen Sie sich nicht.«

Ziemlich geplättet verließ ich kurz darauf mit Jacky und zwei Ultraschallbildern die Praxis. Ich hatte sie direkt in meine Tasche gestopft. Wenn ich mich stark genug dafür fühlte, würde ich sie mir richtig ansehen. Und so lange kamen sie zuhause an einen sicheren Ort.

Am Parkplatz hielt ich Jacky auf, bevor wir wieder zu Ahmed in den Wagen stiegen. »Ich will es noch niemandem sagen. Ich muss das erst mal verarbeiten.«

»Warum? Bald wissen es sowieso alle, wenn dein Bauch

wächst.« Jacky runzelte besorgt die Stirn. »Keiner verrät es deinen Eltern, falls du das denkst.«

»Ich will wenigstens die zwölfte Woche abwarten. Das Fehlgeburtsrisiko ist dann niedriger.« Es war nur eine Ausrede und Jacky wusste das so gut wie ich.

Doch sie nickte. »Okay, ich halte die Klappe.«

Wir schlenderten zu Ahmeds Mazda und stiegen ein.

»Hey, danke fürs Warten, Ahmed«, begrüßte ich ihn. »Können wir noch kurz bei einer Apotheke halten?«

»Hat der Arzt dir was verschrieben, damit es dir besser geht?«

»Ja«, erwiderte ich knapp. Weil Ahmed Ahmed war, ließ er mich in Ruhe und startete den Motor.

31

Henry

Mein Dad sah scheiße aus und das lag nicht am eingegipsten Arm. Bleich mit dunklen Ringen unter den Augen, unrasiert und ungekämmt.

Statt einen seiner schicken Businessanzüge trug er ein weites dunkles T-Shirt und lag kraftlos in dem Krankenhausbett. Dünn war er schon immer gewesen, aber jetzt wirkte er richtig eingefallen. Sein Lächeln war ein kaum sichtbares Heben seiner Mundwinkel.

Dieser starke, oft unnahbare Mann war ein Schatten seiner selbst. Bisher hatte ich mich nie ernsthaft damit auseinandergesetzt, dass auch mein Vater kein Übermensch war, der ewig gesund blieb. Erst jetzt, wo ich ihm gegenüberstand, traf mich sein Zustand mit voller Wucht. Schwerfällig setzte ich einen Fuß vor den anderen.

»Hallo Dad«, sagte ich leise. Ich sprach Englisch mit ihm, obwohl sich niemand anderes im Raum befand. Selbstverständlich hatte er ein Einzelzimmer, um nicht von irgendwelchen Mitpatienten belästigt zu werden.

Richard wartete draußen, weil er meinte, ich sollte zuerst reingehen. Meine Mum war so lange nach Hause gefahren. Das war mir nur recht. Sie wäre mir keine Unterstützung. Einen Moment war ich überfordert mit diesem kranken, schwachen Vater in dem Bett vor mir. Doch dann zog ich mir einen Stuhl heran.

»Wie geht es dir?«, fragte ich unbeholfen.

»Nicht besonders«, entgegnete er krächzend. Seine sonst so sonore Stimme hörte sich älter an. »Mein Herz ist stark angegriffen. Die Ärzte haben nur die schlimmsten Baustellen beseitigt, aber einige Teile sind irreparabel geschädigt. Ich habe die Warnsignale zu lange ignoriert.«

Wow. Mein Vater gab einen Fehler zu. Wenn auch erst im Angesicht des Todes.

»Du bist also nicht wegen des Unfalls hier drin?«

Er schüttelte langsam den Kopf. »Hätte man mich später hergebracht, wäre ich gestorben. Vielleicht erhole ich mich so weit, dass ich wieder nach Hause kann. Einen neuen Infarkt überlebe ich höchstwahrscheinlich nicht.«

Da kam es, ein Gefühl der Beklemmung stieg in mir auf und ließ mein Herz schneller schlagen. Pure Willenskraft klebte meinen Hintern auf diesen Stuhl. Meine Muskeln und Sehnen waren auf einmal zum Zerreißen gespannt. Ich wollte fortlaufen.

Ich wollte nicht hören, was mein Vater mir sagen würde.

»Ich werde mich aus dem Vorstand zurückziehen. Es ist gut, dass du zurück bist, mein Junge. Du brauchst keinen Master und keine Praktika bei Fremdfirmen. Du wirst hier bei uns alles lernen, wenn du meinen Platz einnimmst. Learning by doing.«

Ich holte tief Luft, doch sie stockte in meiner Brust und brachte mich zum Husten. Ich hatte mich innerlich darauf vorbereitet. Ich durfte mir vor Dad nicht anmerken lassen, dass ich am liebsten flüchten wollte.

»Du willst also, dass ich direkt Vorstandsvorsitzender werde. Und wenn mich die anderen nicht ernstnehmen?«

Es gab sechs Vorstandsmitglieder, aber bei allen Abstimmungen hatte mein Vater das letzte Wort. Warum sollten sie sich etwas von einem Frischling mit einem lächerlichen Bachelor-Abschluss sagen lassen?

»Es ist dein angestammter Platz und alle wissen das. Niemand wird dir das Leben schwer machen. Sie werden dich gut beraten und du hast ein eingespieltes Team hinter dir, das sich auf dem Markt auskennt.«

Am liebsten wollte ich ihm widersprechen, denn bloß Richard war nicht nur meine Hoffnung, sondern auch die des Unternehmens. Ich würde meinen Vater maßlos enttäuschen, wenn ich meinen Plan umsetzte, doch noch schlimmer wäre es für ihn, wenn ich sein Lebenswerk vernichtete. Das sagte ich ihm natürlich auch nicht ins Gesicht.

»In Ordnung, Dad. Wann soll ich anfangen?«

»Die erforderlichen Papiere müssten gleich herkommen. Ich überschreibe dir die Firma und behalte nur ein paar Anteile.« Er reichte mir die Hand. »Sie gehört dir, Henry. Mach mich stolz.«

Ich drückte seine Hand. Ich würde ihn nicht stolz machen. Aber Richard konnte es.

Am frühen Abend war ich Vorstandsvorsitzender eines DAX-Unternehmens und trank pflichtschuldig ein Glas Sekt, das Mum mir aufnötigte. Sie war geradezu euphorisch, trotz ihres kranken Mannes, wohingegen ich mich nur nach meinem Bett sehnte.

Und nach Eve. Was sie wohl machte? Ob es ihr besser ging? Ich hoffte wirklich, dass sie sich nicht so fühlte wie ich. So rastlos auf der einen Seite und gelähmt traurig auf der anderen. Ich schlief schlecht, dachte in jeder freien Minute an sie. Ich konnte mir die Blues Brothers nicht mehr ansehen und klickte mich endlos durch die wenigen Fotos, die ich von Eve auf meinem Handy hatte. Ich war ein erbärmlicher Jammerlappen. Erst jetzt verstand ich, dass ich noch nie in meinem Leben Liebeskummer gehabt hatte. Er tat wirklich so weh, wie alle immer behaupteten.

In unserem Münchner Domizil lag ich im Halbdunkeln auf dem Sofa in meinem Zimmer, starrte die Decke an und hörte leicht depressiven Progressive Rock von Pink Floyd. Die Villa am Starnberger See wurde von ein paar Angestellten gehütet, bis Dad aus dem Krankenhaus kam. Ich hatte schon wieder gezeichnet. Doch als mir immer wieder Eves große Augen auf dem Papier entgegenblickten, warf ich Stift und Skizzenblock aufgebracht zu Boden.

Kurz vor zehn klopfte es. Ich sparte mir das »Herein«. Mein Bruder würde mich eh nicht in Ruhe lassen.

»Hey Henry! Du siehst richtig beglückt aus.«

»Halt's Maul, Richard.« Ich bewarf ihn mit einem Sofakissen. Unbeeindruckt pflanzte er sich neben mich auf die lederne Eckcouch und boxte mich gegen den Oberschenkel.

»Du hast alles brav unterschrieben. Wann wirst du deine wahren Pläne vor Mum und Dad enthüllen?«

»Wenn ich mir den Laden angeguckt und wenigstens ein bisschen guten Willen gezeigt habe.«

»Und was machst du dann? Also, wenn du deinen Coup durchgezogen hast und Dad das nicht einen weiteren Herzinfarkt beschert hat?«

»Mach keine Witze darüber. Er sieht echt beschissen aus. Nicht dass wir ein inniges Verhältnis hätten, aber er ist unser Vater.«

»Schon klar. Ich wünsche ihm auch, dass er nach Jahrzehnten endlich mal zuhause ist. Wer weiß? Am Ende kommen wir vielleicht gut miteinander aus. Aber jetzt mal ernsthaft: Du wirst abhauen, sobald alles unter Dach und Fach ist, oder?«

Ich mied seinen Blick. Meine Gedanken kreisten um Eve, malten sich eine Zukunft mit ihr aus. Weiter als bis zu dem Zeitpunkt, an dem ich vor ihrer Tür stand, hatte ich bisher nicht gedacht.

Richard lächelte. »Du willst zurück zu deiner Kleinen?«

»Wenn sie mich noch haben will.«

»Ein Mädchen, das dich abblitzen lassen würde?«

»Bei den anderen war es mir egal, ob ich verbrannte Erde hinterlassen habe. Aber nicht bei ihr. Ich hab's vermasselt,

Richard. Ich weiß nicht, ob Eve der Typ Frau ist, der Dinge leicht verzeiht.«

»Dann bring sie dazu!«

»Und wenn sie Vorbehalte hat? Mum war schrecklich zu ihr und ich hab sie sitzenlassen, anstatt ihr zu sagen, wie wichtig sie mir ist und dass ich wiederkommen will. Gott, ich bin so ein Idiot!«

»Das kann ich nicht bestreiten«, stimmte Richard mir zu. »Ich hab zwar nicht viel Ahnung von Frauen, aber ich habe seit einem halben Jahr eine Freundin. Mum und Dad wissen nichts von ihr, aber ich werde das bald ändern. Es ist ungerecht, sie zu verstecken. Das hat sie nicht verdient.«

»Wieso musst du deine Freundin verstecken? Was du machst, ist Mum doch egal.«

»Eigentlich schon, andererseits hält sie mir bei jeder Gelegenheit vor, dass ich mir nie wieder etwas leisten darf.« Seine großen Hände drehten den Zipfel des Sofakissens. Er wirkte verlegen.

»Wie heißt sie?«

»Elena. Sie arbeitet als Mechatronikerin in der Werkstatt, in der ich den Wagen nach dem Unfall hatte.«

»Jemand aus dem einfachen Volk?«, witzelte ich.

»Depp. Im Knast war es scheißegal, wer Kohle hatte und wer nicht. Da drin waren wir alle gleich. Seit ich draußen bin, sehe ich Geld mit anderen Augen. Elena hat mich anfangs für den Chauffeur gehalten. Ich hab das nicht korrigiert, weil ich wissen wollte, ob sie sich wirklich was aus mir macht. Erst vor ein paar Wochen habe ich ihr gestanden, dass ich nur arbeite, um nicht wieder auf die schiefe Bahn zu geraten. Und weil es mir Spaß macht.«

»War sie böse auf dich?«

»Nein. Sie hat verstanden, warum ich mich bedeckt halten musste. Es gibt genug Goldgräberinnen. Wie ist es mit Eve? Weiß sie, wo du herkommst?«

Ich nickte. »Sie weiß mindestens so viel über mich wie du. Aber die viele Kohle ist ihr völlig egal. Verrückt, oder?«

Alles Feixen war aus Richards Miene verschwunden. »Du wärst wirklich ein Idiot, wenn du sie ziehen lassen würdest.«

Ich biss mir von innen auf die Lippe. Scheiße.

Mein Hals verengte sich. Dieser Tag war zu krass gewesen. Ich konnte einfach nicht mehr. Vor meinem Bruder hatte ich nicht weinen wollen, aber die Tränen ließen sich nicht aufhalten. Immer noch grub ich die Zähne in meine Lippe, um das Schluchzen, das aus mir herauswollte, im Zaum zu halten.

Richard packte meinen Arm und zog mich in die Senkrechte, dann umarmte er mich fest. Mein Körper erzitterte, als sich mein angestauter Kummer Bahn brach. Eine tonnenschwere Last drückte mich nieder. Ich war fertig wegen Eve, wegen der Firmenübernahme, aber auch wegen Dad; weil ich jahrelang nicht heimgekommen war und mich weniger für ihn interessiert hatte als er sich für mich. Ich hatte Schuldgefühle, die ich niemals für möglich gehalten hätte.

»Scheiße«, flüsterte ich an Richards Schulter. Meine Tränen durchnässten das feine Hemd, das er anhatte, doch er ließ mich nicht los. Zu lange war er nicht mehr mein Anker gewesen und ich hatte fast vergessen, wie sehr ich ihn manchmal brauchte.

Mitten in der Nacht weckte mich meine Mutter, als sie in Tränen aufgelöst in mein Zimmer platzte. Von einer Sekunde auf die nächste war ich hellwach.

»Mum? Ist was mit Dad?«, fragte ich sie auf Walisisch und umfasste ihre dünnen Oberarme.

»Er hatte einen Herzstillstand. Sie haben ihn stabilisiert und ins künstliche Koma versetzt, aber es sieht nicht gut aus.«

Nackte Angst griff nach mir. Ich ließ meine Mutter los, damit ich ihr nicht wehtat. Konnte ich damit umgehen, auf mich allein gestellt zu sein? Keinen Vater im Hintergrund zu haben, der meine ersten Schritte überwachte? Konnte ich meinen Vater jetzt gehen lassen? Gestern im Krankenhaus hatte ich seit Langem gespürt, dass wir doch eine Beziehung zueinander hatten. Ich bekam keine Möglichkeit mehr, sie auszubauen, wenn er nicht mehr zu uns zurückkam. Trotz des eher geschäftlichen Termins hatte er mir seine Angst anvertraut, zu früh gehen zu müssen. Er hatte menschlicher gewirkt als in den letzten Jahren, zugänglicher. Mehr wie der Dad, den ich als kleiner Junge ab und zu hatte haben dürfen.

Ich fühlte mich wie in einem Albtraum, als Richard mit Mum und mir zur Klinik fuhr. Meine Mutter saß neben mir auf dem Rücksitz und hielt meine Hand, als brauchte sie diesen Beistand.

In diesen langen Minuten erkannte ich, dass meine Eltern sich doch liebten. Sie mochten es uns nicht oft gezeigt haben, aber so wie Mum sich verhielt, bedeutete Dad ihr weiterhin viel. Manchmal merkte man erst, was man hatte, wenn es einem genommen wurde.

Ich machte mir Sorgen um Dad, aber ich wusste, dass ich mit seinem Tod besser zurechtkommen würde als mit Mums, wenn sie eines Tages starb. So oft wir uns auch zoffen, wir standen uns näher. Was mich jetzt flach atmen ließ, war die Furcht vor dem letzten Schritt. Ich stand vor dem letzten Schritt ins Leben als Erwachsener. Am Tag zuvor hatte ich einen Haufen Papiere unterschrieben, aber das war nichts Greifbares gewesen. Nicht so greifbar wie das Gefühl, das ich in diesem Moment verspürte.

Während die fahlen Lichter der Straßenlaternen an uns vorbeizogen, wappnete ich mich für meine neue Rolle.

Die Ärzte bestätigten das, was jeder von uns insgeheim vermutet hatte. Wir mussten uns von Dad verabschieden.

Es tat mir leid um ihn, dass er nicht ein paar ruhige Jahre mit seiner Familie genießen durfte. Doch es führte mir auch deutlich vor Augen, dass das stressige Managerleben nicht das war, wonach ich strebte. Vor allem nicht, wenn ich nicht mal meinen sechzigsten Geburtstag erlebte. Ich wollte das alles nicht.

Schweigsam saßen wir um das Bett herum und schickten Dad ein paar letzte Gedanken. Schließlich blieb nur noch Mum zurück, sie wünschte sich, ihren Mann ohne uns zu begleiten.

Richard und ich waren elende Feiglinge, denn wir bestanden nicht darauf zu bleiben.

Stattdessen konnten wir nicht schnell genug wegkommen.

Im Park, der die Klinik umgab, setzten wir uns auf eine Bank und sahen zu, wie die Sonne aufging. Ich verspürte Trauer, aber sie war auszuhalten. Tatsächlich durchfuhr mich eine gewisse Erleichterung, weil mein Vater nicht mehr mitbekam, dass ich nicht das tat, was er von mir erwartete.

Ich hatte gestern seinen letzten Willen erfüllt.

Als hätte er meine Gedanken gelesen, brach Richard das Schweigen: »Weißt du was? Ich glaube, Dad hat nur auf dich gewartet. Als die Firma unter Dach und Fach war, konnte er loslassen.«

»Hört sich ziemlich esoterisch an. Aber ich bin froh, dass ich ihm nicht mehr Rede und Antwort stehen muss, wenn wir zwei das mit der Überschreibung durchziehen. Mum wird schon hart genug.«

»Ein bisschen Galgenfrist haben wir noch. Scheiße, am liebsten würde ich die Beerdigung schwänzen.« Er stützte die Ellbogen auf die Knie und schaute zu Boden. Ich strich ihm über den Rücken.

»Ich auch. Beerdigungen sind das Letzte.«

»Die meiste Zeit dachte ich, Dad hasst mich. Aber gestern, als du weg warst, hat er lange mit mir geredet«, gestand Richard mir plötzlich. »Er hat gesagt, er wäre froh, dass ich etwas aus meinem Leben machen will und dass ich dich unterstütze. Er hat gesagt, er hat mir längst verziehen.« Seine Schultern zuckten und dann verkrampfte sich seine Haltung.

O Gott. Das war's.

Jetzt saßen wir da und heulten wie kleine Jungs, weil unser Vater uns allein ließ. Mit brennenden Augen dachte ich daran, wie oft wir am Fenster gesessen waren und auf ihn gewartet hatten, wie wir uns gefreut hatten, wenn er endlich heimgekommen war und wie selten er wirklich bei uns war, weil ein Teil seiner Gedanken immer bei der Arbeit gewesen war. Und doch warf ich ihm nichts mehr vor. Dad ging viel zu früh. Und dieses Mal würde er nicht wiederkommen.

Die Morgenröte kündigte einen neuen Tag an.

»Farewell, Dad«, sagte Richard.

»Farewell.«

32

Eve

Das Training tat mir gut und das Tanzen sowie die Vorfreude auf den Wettbewerb halfen gegen meine kreisenden Gedanken und die Sehnsucht nach Henry. Ich bewegte mich ein wenig vorsichtiger als sonst, aber das fiel keinem auf. In unserer Choreografie kamen zum Glück keine Elemente vor, die ich vermeiden sollte, wie Rumpfbeugen oder auf dem Bauch landen.

Bislang hatte ich mir nur eine Hebamme gesucht und mir in der Bücherei einen Schwangerschaftsratgeber ausgeliehen. Ich achtete darauf, immer etwas zu essen in Reichweite zu haben, und schluckte artig das Nahrungsergänzungsmittel mit Folsäure. Die Übelkeit war erträglich und ich freute mich, dass ich mich nicht übergeben musste.

Mir war klar, dass ich bald mein Leben so ordnen musste, dass ein Baby Platz darin fand. Aber ich klammerte mich verbissen an die Zwölfwochenfrist. Ein kleiner Teil von mir hoffte, dass sich die Schwangerschaft von selbst erledigte, doch der größere Teil, der kämpferische und auch etwas egoistische, wünschte sich, dass das Baby blieb. Es war komplett unvernünftig, in meiner Situation Mutter zu werden, doch ich hatte mich bewusst gegen einen Abbruch entschieden und das Ganze mehr oder weniger in die Hände des Schicksals gelegt.

Zwar hatte ich mich gründlich darüber informiert, doch ich war schon davor zurückgeschreckt, einen Termin für die

Pflichtberatung bei *Pro Familia* auszumachen. Ich konnte diese Schwangerschaft nicht mutwillig beenden. Nein, ich wollte es nicht tun. Was auch immer das für mich und das kleine Wesen bedeutete, ich hatte mich entschieden. Ganz allein.

Die Meisterschaft fand in München statt. Der dämliche Teil von mir wollte Henry eine Nachricht schicken, ob er kommen wollte, was der vernünftige Teil sofort unterband. Außerdem hielt Henry sich womöglich wieder in den USA auf.

Ihn zu sehen, würde mir nur eines bringen: weiteren Liebeskummer.

Die Tanztruppe verteilte sich auf drei Autos. Ich fuhr mit Sophie, die zwei Jahre jünger war als ich, den beiden Jungs, Alex und Tobias, und unserer Trainerin Barbara mit. Wir starteten als *Adults*, also neunzehn- bis neunundzwanzigjährige Teilnehmer. Mein erster Start in dieser Kategorie.

Den Großteil der Fahrt nutzte ich für ein Schläfchen. Obwohl das Baby kaum an die Größe einer Bohne heranreichte, machte es mich dauerhungrig, weinerlich und müde. Außerdem hatte ich vor Tagesanbruch aufstehen müssen, damit wir pünktlich zur ersten Runde am Vormittag im Sportzentrum ankamen. Erst als wir die bayrische Hauptstadt erreichten, wachte ich auf.

Barbara lächelte mir über den Rückspiegel zu. »Na, endlich aufgewacht, Schlafmütze?«

»Dann bin ich wenigstens fit für den Wettbewerb.« Ich streckte mich genüsslich. Leise Enttäuschung machte sich in mir breit, als ich mein Handy checkte und keine Nachricht vorfand außer Jackys und Jennys »Viel Glück«-Daumendrück-Video.

Fast schon meditativ betrachtete ich die Straßenzüge und Kirchtürme, die wir passierten. Eine hübsche Stadt.

Vielleicht konnte ich sie mal besichtigen.

Aber ohne Henry, mahnte mich eine fiese Stimme.

Als wir endlich aussteigen durften, erfüllte mich kribbelige Unruhe. Bald ging es los!

Die anderen wirkten ähnlich aufgekratzt, während wir uns in die Umkleideräume aufmachten und Barbara uns anmeldete.

Den gegnerischen Teams zuzuschauen, war immer seltsam für mich. Es jagte mir Angst ein, schlechter zu sein, und gleichzeitig bestärkte es mich meistens, dass wir es mit ihnen aufnehmen konnten. Unsere Zehnerformation musste laufen wie eine frisch geölte Maschine, wenn wir eine Chance haben wollten.

Kein Team hockte in der Kabine, bis es dran war. Es gehörte schlicht zum guten Ton, die Auftritte zu würdigen. Daher nahmen wir die für uns reservierten Plätze auf einem der unteren Ränge ein. Es war zu laut, um sich zu unterhalten, aber heute war ich froh darum.

Außer den Tänzern gab es sehr viel Publikum, sogar ein Kamerateam filmte die Veranstaltung. Wettbewerbe in dieser Größenordnung hatte ich noch nie bestritten. Hier passten viel mehr Zuschauer in die riesige Halle, in der der Wettbewerb stattfand, außerdem musste ich auf meine Freunde als moralische Unterstützung verzichten. Meine Eltern wären auch in Heidelberg nicht gekommen, geschweige denn, dass sie eine Fahrt auf München auf sich genommen hätten, um mir bei meinem sinnlosen Hobby zuzusehen.

Alle Ränge waren besetzt, Musik und Applaus, Johlen und Pfiffe erfüllten die Sporthalle. Ich liebte diese Atmosphäre. Ich freute mich auf den Auftritt vor den vielen begeisterten Menschen, doch all das stachelte auch meinen Ehrgeiz an. Das hier, ging mir plötzlich auf, würde für längere Zeit der letzte Wettbewerb sein, an dem ich teilnehmen konnte. Ein Grund mehr, mein Bestes zu geben.

Vier Tanztruppen später waren wir dran. Wir gingen in Aufstellung und warteten darauf, dass Rihanna loslegte. Sobald die ersten Töne der Musik erklangen, blendete ich alles aus; die Menschen, die Kameras, meine Gedanken. Nichts zählte mehr außer die tausendfach geübten Tanzschritte und die Gruppe, deren Taktgeber ich war.

Der Beat lenkte meine Bewegungen, so intuitiv waren sie nach all dem Training. Ich geriet in einen Flow.

Da reckte ich schon die Arme in die Luft und alle nahmen die Abschlusshaltung ein.

Tosender Applaus holte mich in die Realität zurück. Ja!

Wir hatten unsere Sache gut gemacht. Egal, wie wir uns platzierten, für mich persönlich war dies ein guter vorläufiger Abschluss meiner Tanzkarriere. Vielleicht konnte ich irgendwann wieder anfangen. Gerade nach diesem Wettbewerb hatte ich noch weniger Lust, meinen Eltern entgegenzukommen und das Tanzen endgültig an den Nagel zu hängen.

Abseits der Tanzfläche umarmten wir uns gegenseitig, auch unsere Trainerin. Dann holten wir unsere Trinkflaschen aus der Umkleide, um den Rest der Vorrunde anzusehen. Gegen Ende wurde die Spannung immer schwerer auszuhalten. Waren wir weitergekommen?

Am Nachmittag verabschiedeten wir uns mit einem unerwarteten dritten Platz vom Publikum und den Veranstaltern.

Schon die Dusche geriet zur ausgelassenen Feier. Wir lachten und bespritzten uns mit Wasser. Nachdem mich weder Krämpfe noch Blutungen heimsuchten, schüttelte ich auch endlich die latente Sorge um mein Baby ab. Nächste Woche würde ich es allen sagen. Doch bevor mich alle nur noch als Muttertier sahen, wollte ich unseren Erfolg feiern.

Die Nacht würden wir in einem günstigen Hotel verbringen, weshalb wir noch zusammen essen und danach etwas trinken gehen konnten. Da wir alle volljährig waren, musste sich Barbara keine grauen Haare wachsen lassen, wenn einige später ins Hotel zurückkehrten. Ich würde dennoch nicht mitfeiern. Ich wünschte mir ein reichhaltiges Abendessen und dann ein weiches Bett.

Auf dem Weg zum Parkplatz des Sportzentrums sackte mir der Magen in die Knie. Neben unseren Autos, alle mit Heidelberger Kennzeichen, warteten zwei hochgewachsene junge Männer mit dunklen Haaren.

Henry und Richard.

Wollte ich Henry sehen? Natürlich wollte ich das, ich dachte praktisch an nichts anderes. Aber mein Selbsterhaltungstrieb befahl mir, stehen zu bleiben und nach einem Fluchtweg Ausschau zu halten. Es gab keinen. Ich musste in eines dieser Autos steigen, wenn ich zum Hotel kommen wollte. Henry hatte das gewusst und sich so positioniert, um mich abzufangen.

Es rührte mich, dass Henry sich offenbar meinen Auftritt angesehen hatte. Er hätte das nicht tun müssen. Mein Herz flatterte wie mein Magen.

Je näher ich kam, desto mehr schnürte es mir die Luft ab. Mein Herz stolperte nun in meiner Brust, als wüsste es nicht so recht, ob es stehenbleiben oder weiterschlagen sollte. Gott, er sah so gut aus! Und er fehlte mir so unheimlich. Ich war drauf und dran, mich ihm in die Arme zu werfen.

Viel zu schnell stand ich vor ihm. Zuerst nickte ich seinem Bruder zu, der mich anlächelte und sich anschließend etwas weiter entfernt hinstellte.

»Hi«, brachte ich heraus und ignorierte die Blicke meiner Teamkameraden.

Henry lächelte vorsichtig. Seine dunklen Augen schauten geradewegs in mich hinein. Mein innerer General befahl mir, stramm zu stehen und mich zu nichts hinreißen zu lassen. Das Geheimnis vor ihm zu wahren, hatte oberste Priorität!

»Hey«, gab er zurück. »Du warst toll da drin. Glückwunsch zum dritten Platz!« Unsicher schob er die Hände in die Hosentaschen. Dabei bewegten sich die Muskeln seiner Oberarme, die halb aus dem dunkelblauen T-Shirt hervorlugten. Warum nur war er so unglaublich heiß? Gleichzeitig sah er verletzlich aus, als erwartete er eine sofortige Abfuhr.

Ich wollte ihn so gerne drücken, aber Körperkontakt erschien uns wohl beiden unklug. Ich umklammerte den Riemen meiner Sporttasche.

»Danke«, erwiderte ich atemlos. Irgendwie wurde es gerade unangenehm. Da waren so viele widerstreitende Gefühle in mir. Ich wollte ihn umarmen, ihn küssen und gleichzeitig weglaufen, weil ich auf einmal gezwungen war, Small Talk mit Henry zu halten. Der Widerspruch ließ einen Knoten in meinem Magen wachsen. »Bist du länger in München?«, fragte ich daher möglichst locker.

Er schüttelte den Kopf. »Nur ein paar Tage, dann fliegen Richard und ich nach Boston, um dort etwas für die Firma zu erledigen. Aber danach bin ich wieder hier.«

»Okay.« Aus dem Augenwinkel nahm ich wahr, wie mein Team nach und nach in unsere Autos stieg. »Ich muss jetzt ins Hotel, alle warten schon auf mich.« Ich musste hier weg, sonst würde ich es nicht schaffen, weiterhin auf Distanz zu bleiben.

»Schreibst du mir, wenn du später Zeit hast? Ich würde gerne mit dir reden.«

Meine Hände zitterten und ich hielt meine Tasche fester. »Ich melde mich.« Diese Augen hypnotisierten mich. In meinem Bauch stob ein Schwarm Schmetterlinge nach allen Seiten davon.

»Bitte, es ist wichtig«, fügte er leise hinzu. »Bis dann.«

Und dann wandte Henry sich von mir ab und ging zu Richard.

Sicher, es war besser so, für uns beide, wenn wir uns nicht berührten. Trotzdem fühlte ich mich zurückgewiesen. Was albern war, schließlich war es mein Plan gewesen, Henry zurückzuweisen.

Seufzend setzte ich mich auf die Rückbank. Ich wurde aus mir selbst nicht mehr schlau.

33

Henry

Eve zu sehen, war wie ein Schlag ins Gesicht. Ihre geröteten Wangen, ihre strahlenden, großen Augen, knapp drei Wochen hatten ausgereicht, um meine Erinnerung zu verzerren: Sie konnte nicht mit der Wirklichkeit mithalten.

Wie benommen marschierte ich zu Richard, der mir glucksend ins Kreuz schlug.

»Süß, ihr beiden«, kommentierte er. »Wie ihr euch beherrschen musstet, nicht übereinander herzufallen.«

»Sehr lustig. Ich will es nicht noch mal versauen.«

»Sie sah nicht so aus, als hätte sie was dagegen, dass du über sie herfällst.«

Ich boxte ihn gegen den Oberarm. »Ruhe jetzt.«

Erst letzte Woche hatten wir meinen Vater beerdigt. Gleich danach war meine Mutter aus München an den Starnberger See geflohen. Ich konnte es ihr nicht verdenken.

Die riesige Trauerfeier war eine ätzende Veranstaltung gewesen. Den Großteil der Gäste, die mir ihr Beileid ausgesprochen hatten, waren Unbekannte. Ich war einfach nur froh gewesen, als es vorbei war.

Richard und ich hatten einige Tage später ein Treffen mit dem Vorstand hinter uns gebracht, bei dem wir alle über meine Pläne unterrichtet hatten. Überzeugt war niemand von Richard. Das kümmerte uns nicht. Morgen stand uns allerdings ein Gespräch mit meiner Mutter als größter Anteilseignerin bevor. Nach Dads Tod hatte sie seine Anteile geerbt. Ich hatte selbst welche und sämtliche Verfügungsgewalt, aber ich fürchtete mich vor dem Keil, den ich in unsere Familie treiben könnte, wenn ich über den Kopf meiner Mutter hinweg entschied.

Ich hoffte wirklich, dass sie einlenken würde. Ich konnte nicht fortgehen und einen Scherbenhaufen zurücklassen. Das wollte auch Richard nicht.

Aber eins nach dem anderen. Zunächst hatte ich die Chance, die Sache mit Eve gerade zu biegen. Sofern sie mich ließ.

Der Tanzwettbewerb war wie ein Geschenk des Himmels gewesen. Kurz in Gedanken versunken hätte ich beinahe die Einfahrt zu unserem Wohnhaus verpasst.

»Du musst mich schon rauslassen, bevor du deinen Stalkingposten beziehst.«

»Haha. Eve hat mir noch nicht geschrieben. Ich weiß also nicht, wo ich mich mit meinem Fernglas postieren soll.«

Ich parkte und folgte Richard in die Wohnung. Erst einmal Abendessen, dann duschen und bloß nicht alle zwei Sekunden aufs Handy starren.

Weil Richard unsere Köchin heimgeschickt hatte, brutzelte er uns Rühreier mit Salami. Dazu aßen wir Toastbrot und amüsierten uns über die Vorstellung, was Mum sagen würde, wenn wir ihr eine Portion davon vor die Nase stellten.

Danach sahen wir uns gemütlich in Jogginghose und T-Shirt ein Fußballspiel im Fernsehen an, was mich vom Herumtigern abhielt. Besonders spannend war es allerdings nicht, sodass ich mehrmals beinahe einnickte. Meine Müdigkeit verflog in Sekundenschnelle, als gegen halb neun Eves Nachricht eintraf. Wie von einer Wespe gestochen sprang ich von der Couch auf und rannte in mein Zimmer, um mir etwas Richtiges anzuziehen.

Vor Aufregung fing ich an zu schwitzen und hoffte inständig, dass ich nicht noch einmal unter die Dusche musste.

Wie Flash startete ich in ein Paralleluniversum, wo sich

Eve befand und den Teil meines Selbst, den ich bei ihr gelassen hatte. Zu rennen verkniff ich mir trotz meiner Eile. Das Hotel lag so nahe an unserer Wohnung, dass ich zu Fuß gehen konnte. Die kühle Nachtluft klärte kaum meine Gedanken, beruhigte aber ein wenig meinen Herzschlag.

Ich durchquerte die Lobby und grüßte die Empfangsdame hinter dem Tresen der Rezeption. Ohne Eve hätte ich ein solches Hotel niemals von innen gesehen. Unter fünf Sternen ging nichts in meiner Familie. Dabei waren der Service und die Ausstattung hier bestimmt nicht viel schlechter. Zumal es für eine Nacht wirklich egal war. Mir jedenfalls.

Mit dem Lift fuhr ich in den zweiten Stock und lief den mit dunkelgrünem Teppich ausgelegten Flur entlang, bis ich Eves Zimmer erreicht hatte.

Ich sammelte mich, dann klopfte ich an.

Ich schaffe das, bestärkte ich mich selbst.

Mit einem zaghaften Lächeln öffnete Eve die Zimmertür und ließ mich wortlos eintreten. Ich sah auf den ersten Blick, dass sie kein Einzelzimmer bewohnte.

»Hallo«, sagte ich.

»Hi. Sophie kommt erst spät zurück, sie ist mit ein paar anderen was trinken und will dann in irgendeinen Club. Wir können also ungestört reden.«

Mein Blick glitt an ihrer schmalen Gestalt herunter. Sie trug zu einem locker fallenden grauen T-Shirt diese kurzen Baumwollshorts, die ihre langen Beine betonten. Nein, nicht an ihre Beine denken!

Ich wandte mich ab, um die Tür zu schließen und Eve nicht anzustarren. Ich hatte vor, meine Hände und alles andere bei mir zu behalten. Doch es war Eve, die mir einen Strich durch die Rechnung machte. Selbst wenn sie eben etwas anderes behauptet hatte, stand ihr nicht der Sinn nach Reden.

Sie warf sich förmlich gegen mich, schlang ihre Arme um meinen Rücken und drückte ihren Kopf gegen meine Brust.

Perplex erwiderte ich ihre feste Umarmung. Ich hatte das Gefühl ihres zarten Körpers an meinem vermisst. Sie roch so wunderbar.

Mein Herzschlag legte an Tempo zu, als sie leise seufzte.

Ich konnte nicht anders, als sie auf die glatte Stirn zu küssen. Nur ein Streifen meiner Lippen, doch ich merkte sofort, wie sie sich in meinen Armen versteifte. Ich setzte zu einer Entschuldigung an, die sie unwirsch unterbrach.

»Nein, nicht.« Sie reckte sich und küsste die Linie meines Unterkiefers. Dass ich die sanfte Berührung nicht bis in die Knochen spürte, wäre eine Lüge.

Erbebend holte ich ihr Gesicht zu meinem heran und drückte meine Lippen auf ihre. Ich wertete es als gutes Zeichen, dass Eve mich nicht von sich schob. Vielmehr packte sie mein T-Shirt und stöhnte unterdrückt.

Mit ihrer süßen Zunge öffnete sie meinen Mund und bat um Einlass. Niemals würde ich mich einer solchen Bitte widersetzen. Rückwärts taumelten wir in Richtung Bett. Ich drehte mich mit Eve im Arm, sodass ich zuerst die Matratze unter mir hatte.

Auf meinem Schoß sitzend unterbrach Eve den Kuss nur, um sich ihr Shirt über den Kopf zu ziehen und es achtlos zu Boden fallen zu lassen. Ich tat es ihr gleich.

Himmel, sie trug keinen BH. Ich streichelte erst ihren Rücken, glitt dann nach vorne und wog ihre Brüste in meinen Händen, sodass sie heftig den Atem ausstieß. Wenn Eve das hier nicht wollte, hätte sie mich nicht geküsst. In ihren geschlossenen Augen konnte ich nicht lesen, aber so wie sie sich in meine Schultern krallte und sich mir entgegenbog, machte ich nichts Falsches.

Ich stöhnte tief, als ich eine Brustspitze in den Mund nahm und sie mit der Zunge umspielte. Ich liebte diese Brüste.

Immer unruhiger rutschte Eve auf meinem harten Schwanz herum und knabberte an meinem Hals. Mir wurde heiß und kalt.

Reden würden wir später.

Jetzt hob ich Eve von mir herunter und legte sie aufs Bett, zog ihre Shorts aus und schluckte trocken, als ich erkannte, dass sie auch auf einen Slip verzichtet hatte. Ein Grinsen huschte über ihr Gesicht, ehe sie mit geschickten Fingern meinen Gürtel öffnete und an meiner Jeans zerrte. Nackt legte ich mich zu ihr, umfing sie mit den Armen und fing wieder an, sie zu küssen, bis sie sich unter mir wand.

Eve holte ein eingeschweißtes Kondom unter dem Kopfkissen hervor. Ich war erstaunt, ließ mir aber nichts anmerken. Wenigstens hatte ich sie nicht überfallen. Anscheinend hatte sie geplant, mit mir zu schlafen, war sich aber nicht sicher gewesen, ob ich mitspielen würde.

Doch bei Eve fiel es mir nur allzu leicht, alle guten Vorsätze über Bord zu werfen.

Ich hatte keine Gelegenheit, mich weiter um Eve zu kümmern, denn sie streifte mir bereits das Kondom über und dirigierte mich über sich.

Ich musste die Zähne zusammenbeißen, als ich in sie eindrang. Sie war so eng und feucht, dass es mir beinahe den Verstand raubte. So war es immer, wenn ich in ihr war. Ich vergaß alles um mich herum. Trotzdem beherrschte ich mich und machte langsam. Sie winkelte die Beine stärker an und ließ mich tiefer ein.

»O mein Gott«, seufzte sie. Ihre Arme hielten zärtlich meinen Nacken umschlungen. Sie zog mich zu sich herunter, um mich zu küssen. Wir verschmolzen. Ich wusste nicht mehr, wo sie anfing und ich aufhörte. Meine Hände rahmten ihr erhitztes, schönes Gesicht ein, während ich mich in ihrer Wärme verlor.

Hier gehörte ich hin und nirgendwo anders.

So langsam hatten wir uns noch nie geliebt, so innig. Aber es war so gut. Ich wünschte, es würde niemals aufhören.

Mein Zeitgefühl war nicht mehr vorhanden, als ich spürte, wie Eves Muskeln sich um mich herum zusammenzogen und sie aussah, als müsste sie einen Schrei unterdrücken. Ich folgte ihr wenige Stöße später, presste mich ein letztes Mal in sie und kostete die Wellen aus, die mich durchtosten.

Wir blieben noch einen Moment verbunden, in dem wir uns stumm ansahen. In Eves großen Augen stand so viel Liebe, dass ich einen brennenden Schmerz hinter dem Brustbein verspürte. Sie dachte die Worte, sprach sie aber nicht aus. Vielleicht war sie klüger als ich.

»Ich liebe dich«, flüsterte ich.

Zitternd holte sie Luft. O nein, ihre Augen fingen an zu glitzern. Aber einmal ausgesprochen, konnte ich es nicht mehr zurücknehmen. Zumal es die absolute Wahrheit war.

Ich liebte Eve. Ich liebte sie so sehr, dass ich mir mein Leben nicht mehr ohne sie vorstellen konnte.

Sie ruckte unter mir herum und ich glitt aus ihr heraus. Ich gab ihr ein bisschen Zeit, sich zu fangen, und entsorgte im Badezimmer das Kondom.

Der Feigling in mir wollte sich ein Handtuch klauen und verschwinden, bevor ihm alles um die Ohren flog. Doch so ein Arsch war nicht mal ich.

Eve war aufgestanden, als ich zurückkam. Splitterfasernackt trat sie auf mich zu und umarmte mich.

»Du solltest mich nicht lieben, Henry«, sagte sie an meine Brust geschmiegt. »Ich bringe dich nur in Schwierigkeiten.«

Wie kam sie darauf? Wenn, dann war es höchstens umgekehrt.

»Du bringst mich nicht in Schwierigkeiten. Vergiss den Blödsinn, den meine Mutter verzapft hat.«

Doch sie schüttelte den Kopf. »Ich hätte mich nicht mit dir treffen sollen. Das war ein Fehler. Es tut mir leid.«

Ich war wie vor den Kopf gestoßen. Ich hielt Eve an den Armen ein Stück von mir weg, um sie anschauen zu können.

»Ist das dein Ernst?«

Sie nickte. »Es ist besser, wenn wir uns nicht aneinander festklammern. Wir haben keine Zukunft, Henry.«

Das glaubte ich jetzt nicht. Ärger wallte in mir auf, den ich niederrang, weil Eve auf einmal ängstlich wirkte. Und vor mir sollte sie niemals Angst haben müssen.

»Vielleicht hätten wir zuerst miteinander reden sollen«, sagte ich. Sie machte sich los und ging einen Schritt zurück.

Es fühlte sich an wie eine Ohrfeige.

»Es gibt nichts mehr zu besprechen. Du bist hier, ich bin dort.«

Eve ging zum Bett hinüber, um sich darauf niederzulassen. Ich folgte ihr, obwohl ich gehen sollte. Aber noch hatte ich einen Funken Kampfgeist in mir.

»Mein Vater ist gestorben.« Für einen Augenblick glitt ein mitleidiger Ausdruck über ihr Gesicht.

»Das tut mir so leid, Henry.« Ich nahm ihre Beileidsbezeugung mit einem Nicken zur Kenntnis.

Dann sagte ich: »Ich bin dabei, alles in die Wege zu leiten, dass Richard die Firma an meiner Stelle übernimmt. Ich brauche noch ein paar Wochen, bis ich alles geregelt habe, aber ...« Nachdem Eve mich gerade so hatte auflaufen lassen, brauchte ich Klarheit. »Ich habe dir gesagt, du sollst nicht auf mich warten, deshalb frage ich dich jetzt: Bin ich schon zu spät?«

Sie senkte den Kopf und mied meinen Blick. Zum Teufel, was sollte das? Hatte sie schon einen anderen und das eben war nur eine Sex-mit-dem-Ex-Nummer, ein Ausrutscher?

»Das Letzte, was ich jetzt gebrauchen kann, ist ein neuer Freund«, erklärte sie mit einem freudlosen Lachen.

»Und mich kannst du auch nicht mehr gebrauchen?« Die Worte brannten wie Säure in meinem Mund.

Endlich sah sie mich an. Ihr Blick war voller Schmerz.

»Nein. Kann ich nicht.«

Mir musste sämtliche Farbe aus dem Gesicht gewichen sein. Mit zitternden Händen nickte ich und wandte mich zum Gehen.

»Dann sag mir Bescheid, falls sich das ändern sollte. Wenn du dann nicht zu spät kommst.«

Mit einem fiesen Stechen in der Brust klaubte ich meine Kleider zusammen, zog mich an und verließ das Hotelzimmer. Den Weg nach draußen kämpfte ich gegen Zorn und Trauer gleichermaßen.

Auf der Straße begannen die Tränen zu laufen. Ich rannte nach Hause, so schnell, dass ich meinen ganzen Atem brauchte und nicht mehr heulen konnte.

Eve wollte mich nicht mehr. Diese Tatsache schmerzte weit mehr als der Abschied Wochen zuvor.

Ich hatte Lust, etwas zu zerschlagen.

Hinter unserem Stadthaus, von dem eine Wohnung nur von Richard und mir bewohnt wurde, gab es einen Garten und einen Hof mit einer alten Remise, in der wir den Rasenmäher und Feuerholz für die Kamine aufbewahrten.

Ich fand, Holzhacken war genau das richtige Mittel, um meine ganze Wut und Enttäuschung herauszulassen.

Ich riss die unabgeschlossene Tür auf und knipste die Baulampe an, die an der Decke hing. Im Hauklotz steckte wie immer die Axt. Bevor ich es mir anders überlegte, schnappte ich mir das nächstbeste Stück Holz und legte es auf den Klotz.

Ich hackte mich durch den Schmerz in meinem Innern, bis ich schweißgebadet und etwas weniger zornig war. Und selbst als mir die Arme wehtaten, machte ich unverdrossen weiter.

Bis Richard mich gegen Mitternacht im Schuppen aufsuchte.

»Ist dein Date so mies gelaufen, dass du dich hier verkriechst? Wer soll das denn alles verfeuern?«

Ich schrak zusammen, weil ich mit niemandem gerechnet hatte.

»Verpiss dich, Richard.«

»Mach ich gleich. Aber nur, wenn du mitkommst, duschen gehst und dich ins Bett legst wie jeder normale Mensch, der sich vom Nachtleben fernhält.« Und da ließ ich die Axt sinken. Ich würde üblen Muskelkater bekommen, so viel war klar. Aber tatsächlich ging es mir etwas besser.

»Soll ich dir wirklich erzählen, wie mein Date gelaufen ist?« Ich zog mein T-Shirt aus und wischte mir damit den Schweiß von der Stirn.

Richard setzte sich auf den Hauklotz, ich ließ mich auf den staubigen Boden fallen. Mein Bruder reichte mir ein Sweat-Shirt. Dankbar zog ich es über und begann zu erzählen. Immerhin brach ich nicht mehr in Tränen aus.

Richard fuhr sich seufzend durch die Haare, als ich fertig war. »Vielleicht hat sie wirklich einen guten Grund, nicht mehr mit dir zusammen zu sein, abgesehen von dem, was sie dir erzählt hat. Ich an deiner Stelle würde herausfinden, was für ein Problem sie hat und ihr zeigen, dass du ihr helfen kannst.«

»Und wenn ich ihr nicht helfen kann?«

»Finde es wenigstens heraus. Und verfolge deinen Plan mit der Firma weiter. Und das rate ich dir nicht, weil ich scharf auf die Leitung bin.«

»Weiß ich doch. Ich hoffe ja immer noch, dass Eve irgendwann sieht, dass ich mir ihre Worte zu Herzen genommen habe. Dass ich machen soll, was ich will, nicht was andere von mir wollen. So wie sie es hoffentlich versucht. Und dann hoffe ich, dass sie zu mir zurückkommen will.«

Richard nickte. »Und jetzt ab unter die Dusche. Du stinkst.«

34

Eve

Nachdem meine Tränen versiegt waren, wälzte ich mich im Hotelbett hin und her und fand keinen Schlaf. Sophie war immer noch nicht aufgetaucht, was mir nur recht war. Ich wollte ihr nicht mein verworrenes Liebesleben erklären.

Immer wieder sagte ich mir, dass ich das Richtige getan hatte. Henrys Gefühle für mich waren sicher echt; scheiße, er hatte mir eine Liebeserklärung gemacht! Aber er wollte garantiert nicht in wenigen Monaten Vater werden. Und selbst wenn er sich dazu durchringen sollte, bei mir zu bleiben, wollte ich nicht, dass er es aus Mitleid oder falschem Verantwortungsgefühl tat.

Ich freute mich, dass er seinen Wünschen folgte, aber ich konnte nicht mehr Teil seiner Wünsche sein. Nicht, seit ich wusste, dass ein Kind in mir heranwuchs. Dabei war es unerheblich, dass es sich um Henrys Kind handelte.

Er fing endlich an, sein Leben so zu führen, wie er es sich vorstellte. Welches Recht hatte ich, ihm das kaputt zu machen? Mein Leben machte das Baby nicht kaputt. Es gab ihm Orientierung und einen Sinn, der mir lange gefehlt hatte. Dieses Kind brauchte eine emotional stabile Mutter und keine, die jede Nacht wegen eines Kerls Tränen vergoss.

Bis wir am nächsten Morgen nach dem Frühstück im Hotel nach Heidelberg zurückfuhren, hatte ich meine Entscheidung getroffen. Und nichts würde mich davon abbringen.

Anstatt noch länger zu warten, ehe ich meine Pause vom

Sport verkündete, bat ich das Team, dass wir uns auf dem Parkplatz vor der Halle, in der wir trainierten, noch einmal miteinander sprachen. Bevor jeder nach Hause aufbrach, versammelten sich alle um Barbaras Auto.

»Leute, ich muss euch was sagen.« Solche Ansprachen fielen mir nicht leicht, aber es jedem einzeln zu erzählen, erschien mir auch bescheuert. Dennoch musste ich mich zu einem Lächeln zwingen.

»Dann raus damit, Eve«, bestärkte mich Alex. Ich lächelte ihm zu und stellte meine Reisetasche auf den Boden.

»Ihr müsst eine Zeit lang ohne mich auskommen. Ich bin nämlich schwanger.«

Barbara schaute mich erst groß an, dann schloss sie mich in die Arme. »Glückwunsch!«

»Danke!«

»Aber deine Kindergruppe behältst du erst mal, oder? So auf die Schnelle finde ich niemand anderen.«

»Natürlich! Ich schaue auch ab und zu bei euch vorbei. Ich darf aber bald nicht mehr auf Leistungsniveau tanzen, deshalb ist es besser, wenn ihr mich nicht in die neue Choreo einbaut.«

Obwohl ich fest mit Ablehnung gerechnet hatte, umringte mich plötzlich mein Team, um mich zu umarmen und mir ihre Glückwünsche zu übermitteln. Als ich jetzt lächelte, war es nicht mehr gezwungen. Es war ein schönes Gefühl, geschätzt und Teil einer Gruppe zu sein. Außer meinen wenigen Freunden stellte die Tanzgruppe meine einzigen sozialen Kontakte dar.

Ich verabschiedete mich und ging zur Straßenbahn. Jetzt wurde es Zeit, den nächsten die frohe Kunde zu übermitteln. Wobei, nicht allen. Meine Eltern ließ ich noch ein wenig schmoren. Seit unserem unseligen Familienessen hatte ich sie nicht mehr besucht und nur sporadisch mit meiner Mutter telefoniert. Ich war noch nicht bereit, ihnen alles zu beichten; die Schwangerschaft, den vollzogenen Fachwechsel und meine Absicht, BAföG zu beantragen.

Das Wintersemester bezahlten mir meine Eltern vielleicht noch und wenn ich Glück hatte, kam das Kind erst in den Semesterferien. Dann konnte ich die Klausuren in Deutsch noch mitnehmen.

Wenn ich die Sache mit Henry außen vorließ, ging es seit Wochen endlich für mich bergauf. Beschwingt stieg ich in die Bahn und suchte mir einen Platz, wo ich mein Handy auspackte und meine Kopfhörer aufsetzte. Vor Kurzem hatte ich die alte Band INXS entdeckt und hörte ihre Alben rauf und runter.

Das Klavierintro von »Beautiful girl« erklang. Ich lehnte mich zurück und schaute aus der schmutzigen Fensterscheibe hinaus in den sonnigen Nachmittag.

Für den Moment ging es mir gut.

Offiziell zur Feier meines dritten Platzes lud ich meine Freunde ein und kochte Kürbissuppe mit Wiener Würstchen, verwendete allerdings aus Rücksicht auf Ahmed und Ali die Geflügelvariante. Gerade als ich den letzten Teller auf den Esstisch stellte, läutete es an der Tür.

Ahmed streckte den Kopf aus seinem Zimmer. »Warum hast du uns nicht geweckt? Ich hab nichts an!«

»Meinst du etwa, ich störe euch?« Schnaubend ging ich zur Tür, um die ersten Gäste hereinzulassen.

Martin, Jacky und Michelle kamen zusammen aus dem Aufzug heraus. Michelle rannte mir entgegen und umarmte mich, dann überreichte sie mir ein Bild, auf dem eine braunhaarige Frau mit einem Pokal in der Hand zu sehen war. Der Pokal war hellbraun angemalt und mit einer großen, krakeligen Drei beschriftet.

»Dankeschön, Michelle! Das hänge ich an den Kühlschrank zu deinen anderen Bildern.« Sie hatte schon eine kleine Galerie bei uns.

Michelle hüpfte an mir vorbei in die Wohnung und machte den Weg frei für meine beste Freundin, die mich fest drückte und beglückwünschte. Ihre rote Mähne erstickte mich fast und wir lachten beide, als sie es bemerkte. Martin, der seit Henrys Besuch forscher auf mich zuging, umarmte mich ebenfalls. Dennis und Jenny waren wie immer die Letzten, kamen aber nur wenige Minuten nach den anderen. Als auch Ahmed und Ali vorzeigbar am Tisch saßen, beschloss ich, dass ich bis nach dem Essen mit meiner Ankündigung warten würde. Noch eine kleine Weile wollte ich meinen dritten Platz genießen.

Die Suppe schmeckte bei aller Aufregung sehr gut. Sogar Michelle aß einen Teller voll, wenn sie auch mehr Freude an den Würstchen hatte.

In einer Gesprächspause sah ich meine Chance gekommen. Ich brauchte ein paar Anläufe, aber Jacky deutete die Zeichen richtig und brachte Dennis zum Schweigen, ehe ich einen Rückzieher machte.

»Ähm ... Ich habe euch nicht nur wegen des Wettbewerbs eingeladen.« Ich räusperte mich. Jacky nickte aufmunternd.

»Sondern auch, weil ich wollte, dass ihr wisst, dass ich äh ... also ...« Verdammt! Immerhin hatte ich die ungeteilte Aufmerksamkeit meiner Freunde. Jacky fing an zu grinsen. Sie würde mir da nicht raushelfen, indem sie das Reden für mich übernahm. Schade eigentlich.

»Sollen Dennis und ich uns kurz verziehen?«, erkundigte Martin sich fürsorglich.

»Ich muss endlich lernen, richtig mit euch zu sprechen«, murmelte ich meinem Teller zu. Martin hörte es trotzdem. »Moment«, sagte ich dann lauter und stand auf.

Ich holte die Ultraschallbilder aus meinem Zimmer und drückte eines davon Martin, das andere Ahmed in die Hand.

»Gebt es einfach herum«, brachte ich heraus. Mit hochrotem Kopf setzte ich mich wieder hin. Ein wenig fürchtete ich mich vor ihren Reaktionen. Jacky ausgenommen.

Jenny kreischte als Erste los und fiel mir um den Hals, als sie das Bild in die Hand bekam.

»Das ist so toll, Eve! Ich freu mich für dich!« Ich lächelte über ihre Schulter hinweg. Jenny liebte Kinder. Vermutlich bekam ich sie kaum noch aus der Wohnung, wenn das Baby da war. Jacky erwiderte mein Lächeln, verdrehte aber gleichzeitig die Augen.

»Ich muss wohl ein ernstes Wörtchen mit ihm reden«, hörte ich Ahmed knurren.

Da vergaß ich, dass meine Sprechhindernisse nicht den Raum verlassen hatten, und drehte mich ruckartig zu meinem Mitbewohner um. »Du wirst ihn in Ruhe lassen! Er weiß nichts davon und so soll es auch bleiben!«

Martin mischte sich ein. »Warte mal, Henry wird Vater und hat keinen blassen Schimmer? Ich dachte, er hätte sich deswegen verkrümelt.«

Bitte was? Was dachten nur alle von ihm? Konnte Martin ihn wirklich so schlecht einschätzen?

Ich schüttelte den Kopf und auf einmal war es leicht, mit Martin zu reden. Niemand außer mir konnte Henry verteidigen. Ich hatte ihn vielleicht zum Teufel geschickt, aber ich würde nicht zulassen, dass schlecht über ihn gesprochen wurde.

»Er wäre wahrscheinlich nicht gegangen, wenn er es wüsste.« Ich schaute alle am Tisch an. Ich war stolz auf mich. »Daher werdet ihr alle dichthalten. Henry passt nicht in mein Leben und ich nicht in seines. Das Baby ändert nichts daran. Es war meine Entscheidung, es zu behalten, also werde ich auch mit den Konsequenzen leben. Niemand von euch darf Henry etwas vorwerfen. Denn ich habe von uns beiden entschieden, nicht länger mit ihm befreundet zu sein.«

Daraufhin schwiegen erst mal alle. Einzig Michelle sang in Nebenzimmer vor sich hin, während sie in Socken auf meinem Bett hopste.

»Du willst das also alleine stemmen?«, fragte Ahmed nach.

»Ich hoffe, dass ihr mich ein bisschen unterstützt. Aber ja, ich werde eine alleinerziehende Mutter. Ist heutzutage ja nichts Ungewöhnliches.«

»Aber du müsstest keine sein!«, fuhr Ahmed auf. Ali legte ihm beschwichtigend die Hand auf den Unterarm.

»Lass sie, Ahmed«, sagte er. »Es ist ihre Entscheidung. Wir sind hier und werden ihr helfen.« Er schaute mich freundlich an. Ich nickte. »Lieb von dir, Ali.«

Ahmed schüttelte den Kopf. »Als ob wir dir nicht helfen würden! Aber du bist fies gegenüber Henry, ist dir das klar? Ich würde gerne meine Kinder kennenlernen. Und das Kleine möchte sicher auch seinen Vater um sich haben. Wir sind nette Onkel und Babysitter, aber keine Väter, Eve.«

Störrisch schüttelte ich den Kopf.

»Ein Kind braucht gesicherte Verhältnisse und keine unausgegorene Beziehungskiste. Stell dir vor, es hat verdammt wehgetan, Henry in die Wüste zu schicken. Ich hätte es nicht geschafft, wenn es nicht das Vernünftigste wäre. Aber wir gehören nicht zusammen.«

»Er liebt dich, Eve«, warf Martin überraschend ein.

Damit war meine Fähigkeit, sich einer Konfrontation zu stellen, aufgebraucht. Ich guckte auf meinen leeren Teller. »Das weiß ich.«

»Sie liebt ihn auch, aber manchmal ist das nicht genug«, kam es von Jacky.

Am Tisch brach eine sinnlose Diskussion darüber aus, was Liebe alles bewirken könnte, aber darauf hatte ich keine Lust. Resigniert stand ich auf und schlurfte ins Bad. Mein letzter Rest Stolz untersagte es mir, vor allen am Tisch zu weinen.

Sie hatten sich schon genug eingemischt. Henry einzuweihen oder nicht, ging nur mich etwas an.

Auf dem Badewannenrand stützte ich das Kinn in die Hände und ließ die Tränen laufen.

War ich wirklich so ein Monster, das zwei Menschen mutwillig verletzte? Henry und mein ungeborenes Kind? Würde es mich eines Tages hassen, weil es seinen Vater nie kennenlernen durfte? Würde es dies mir vorwerfen, so wie Jacky es früher ihrer Mutter vorgeworfen hatte?

Das brachte mich tatsächlich zum Nachdenken. Nächste Woche hatte ich nach längerer Pause wieder einen Termin bei meiner Therapeutin. Vielleicht sollte ich mit ihr darüber sprechen. Sie war objektiv und mehr eine Außenstehende als meine Freunde. Vielleicht schenkte sie mir eine neue Perspektive auf das Ganze.

35

Henry

Zwischen all den Schlipsträgern kam ich mir fehl am Platz vor. Auch Richard und ich trugen Anzüge und Krawatten, doch mein Bruder fühlte sich wohler darin als ich. Für mich war es nicht mehr als eine Verkleidung; mein Kostüm, wenn ich vor den fremden Konzernmitarbeitern sprach und so tat, als hätte ich alles im Griff.

Ich war dankbar, dass Richard die Zahlen des letzten Quartals verkündete und mit einem Haufen Fachbegriffe um sich warf, die mir nur noch zum Teil aus dem Studium geläufig waren. BWL hatte ich nur im Nebenfach belegt, was sich jetzt bitter rächte. Mein Vater musste Scheuklappen aufgehabt haben, weil er mich für kompetenter gehalten hatte als Richard. Vielleicht sah er uns beiden gerade zu und schüttelte entweder den Kopf oder staunte über seine Söhne; über Richard positiv, über mich eher negativ.

Hastig verbannte ich diese Gedanken und fokussierte wieder meinen Bruder, der gerade seine PowerPoint-Präsentation beendete und mich zu sich winkte.

Die Bostoner Filiale war die vorletzte, die noch nicht über den Führungswechsel nach Dads Tod unterrichtet war. Das holten Richard und ich jetzt nach.

»Wie bereits eingangs gesagt, hat mein Bruder die Konzernführung inne. Er wird Ihnen nun die weiteren Pläne erläutern«, sagte Richard förmlich und setzte sich hin, um mir das Feld zu überlassen. Vor lauter Nervosität nestelte ich an der Krawatte herum, bevor ich mich räusperte und endlich den über dreißig Anwesenden in die Gesichter blickte.

Schlussendlich hatten Richard und ich uns entschieden, Mum vor vollendete Tatsachen zu stellen. Irgendwann würde sie damit klarkommen. Wir bauten darauf, dass sie ihre Kinder genug liebte, um jede ihrer Entscheidungen zu akzeptieren. Allerdings machten wir uns auf ein gewaltiges Donnerwetter und anschließende Funkstille gefasst. Von unseren Großeltern, Firmenbesitzer in zweiter Generation, erwarteten wir dasselbe. Besonders Großvater würde mehr als erzürnt sein. Aber er hatte sich seit Jahren nicht mehr im Unternehmen blicken lassen, weil er lieber mit Großmutter verreiste. Vermutlich bereute er diesen Entschluss bald.

Ich schluckte noch einmal, dann sagte ich mit fester Stimme: »Mein Bruder Richard hier wird mich in wenigen Tagen als Vorstandsvorsitzender ablösen. Die Unterlagen liegen bereits beim Notar. Ich behalte keine Firmenanteile, werde also nicht mehr Hauptaktionär sein. Diesen Part überlasse ich anderen, die besser dafür geeignet sind als ich.«

Vereinzeltes Lachen im Raum, das mich lächeln ließ. Es fühlte sich richtig an, mich nicht mehr auf Gedeih und Verderb an das Unternehmen zu binden. Die Idee, auch meine Anteile an Richard zu überschreiben und mich von ihm auszahlen zu lassen, war mir eher spontan gekommen. Doch mittlerweile war ich davon überzeugt, mit einem sauberen Schnitt allen einen Gefallen zu tun, nicht nur mir selbst.

»Ich werde den Vorstand auch nicht beratend unterstützen, sondern vertraue auf die Fähigkeiten meines Bruders, die Familientradition im besten Sinne weiterzuführen. Ich danke Ihnen für Ihre Aufmerksamkeit. Richard wird alles Weitere mit Ihnen besprechen.«

Ich nickte ihm zu und setzte mich neben ihn. Für die Amerikaner schien Richard kein solcher Dorn im Auge zu sein. Dad hatte wohl nichts von seinen Eskapaden über die deutschen Staatsgrenzen hinausdringen lassen. Ich konnte nur hoffen, dass der Fall in Großbritannien genauso lag. Dorthin würden wir morgen fliegen, denselben Mist wie hier durchziehen und uns danach mit Mum auseinandersetzen.

Ich brauchte nicht einmal meinen Treuhandfonds anzurühren, den Großvater verwaltete und sicher sofort einfror, wenn er das hier spitzkriegte. Das Geld stand mir zwar zu, sobald ich mein Erbe antrat, aber ich konnte auch warten, bis sich die Wogen geglättet hatten. Denn der Wert der Firmenanteile reichte aus, um irgendwo ein Haus zu kaufen und eine ganze Weile nicht arbeiten gehen zu müssen. Genügend Puffer also, um in Ruhe eine Ausbildung oder ein Studium abzuschließen.

Genug Zeit, um Eve von mir zu überzeugen.

In Hochstimmung verließ ich eine gute Stunde später mit Richard den noblen Konferenzraum.

»Jetzt nur noch die Briten, dann kannst du dich aufs Altenteil zurückziehen«, scherzte mein Bruder gut gelaunt.

»Vergiss nicht Mum. Die wird der härteste Brocken. Das hier wird für sie zehnmal schlimmer sein als meine Ablehnung ihrer Heiratskandidatinnen. Vielleicht nervt sie ja jetzt dich damit.«

»Ich stelle ihr nächste Woche meine Freundin vor, dann ist hoffentlich Ruhe. Schließlich bin ich jetzt sozusagen der erste Mann im Staat.«

»Freust du dich darauf?«

»Ganz ehrlich? Sehr sogar. Ich kann dir nur immer wieder danke sagen, dass du nie den Glauben an mich verloren hast.«

Er umarmte mich spontan.

»Du tust mir den größeren Gefallen«, sagte ich und erwiderte die Umarmung. »Willst du es wie Dad halten?«

»Sein Führungsstil war nicht der schlechteste«, meinte Richard, worauf ich nur mit den Schultern zuckte. »Aber ich will mir mehr Zeit für meine Familie nehmen, wenn ich mal eine haben sollte.«

Ich nickte. Das klang nach einer guten Sache.

Richard sollte recht behalten: Der Besuch bei unserem britischen Firmenableger, der als Gründungsunternehmen unseres Urgroßvaters immer als bedeutender angesehen wurde als der weit größere deutsche Sitz, lief traumhaft. Richard und ich fühlten uns zwar in Deutschland heimisch, Briten blieben wir trotzdem. Auch deshalb wurden wir mit offenen Armen empfangen und die Beileidsbekundungen zu Dads Tod fielen deutlich herzlicher aus als in den USA.

Als wir am Abend vor dem Rückflug in Glasgow an der Hotelbar saßen und Saftcocktails tranken – Richard musste sich auch von Alkohol fernhalten –, dachte ich daran, dass es mir auf der Insel gut gefiel. Jedes Mal, wenn ich herkam, stellte sich ein gewisses Heimatgefühl ein.

»Haben wir noch das Cottage in der Nähe von Cardiff?«, fragte ich ins Blaue hinein.

»Klar haben wir das noch. Mum vermietet es an Touristen. Im Winter steht es normalerweise leer. Letztes Weihnachten, als du nicht nach Deutschland kommen wolltest und deine Prüfungen vorgeschoben hast, haben wir dort die Feiertage verbracht. Warum willst du das wissen?«

»Ich würde gerne dort Urlaub machen. Ist schon lange her.«

Richard grinste und spielte mit der Orangenscheibe am Rand seines Glases. »Du willst ganz alleine dort Urlaub machen?«

»Natürlich nicht. Das Haus hat genug Zimmer, um ein paar Leute mitzubringen. Martin hat seit Jahren keine Reise mehr unternommen. Ich würde mich gerne bei ihm für seine Einladung bedanken, hatte allerdings auch mit einem Auto überlegt ... Unabhängig davon, ob das mit Eve noch mal was wird.«

»Wann fährst du nach Heidelberg?«

»Übermorgen. Erst will ich das mit Mum über die Bühne bringen. Du musst nicht dabei sein, eigentlich verdiene nur ich den Ärger.«

»Ich gehe mit. Mum wird mich auch zusammenstauchen wollen. Dann kann sie gleich alles in einem Aufwasch erledigen.«

»Woher nimmst du diese gechillte Einstellung, Mann?«

»Weiß nicht. Liegt vielleicht daran, dass ich bei dem Unfall fast draufgegangen wäre. Und wenn nicht dabei, dann irgendwann an einer Überdosis. Das Leben ist oft beschissen, aber es gibt jeden Tag etwas, worüber man sich freuen kann. Viele haben nur verlernt, genau hinzuschauen.«

»Du weiser alter Mann«, sagte ich lächelnd und hob mein Glas, um mit ihm anzustoßen. »Auf dich, Richard.«

Am nächsten Tag fackelten wir nicht lange. Nach der Ankunft in München am Mittag duschten wir, ich packte meine Sachen aus und eine Tasche für Heidelberg, warf sie ins Auto und fuhr mit Richard an den Starnberger See zu Mum.

Dort gab es einen Wagen, den ich nutzen konnte, sodass ich nicht auf den Zug angewiesen war.

Obwohl ich meine eigene Mutter besuchte, fühlte ich mich wie auf dem Weg zu meiner Hinrichtung. Die Notariatspapiere, die Richard als neuen Firmenchef und Hauptaktionär auswiesen, hatte ich in Form von beglaubigten Kopien in einer Mappe auf dem Beifahrersitz zu liegen; Richard hatte die Originale sicher im Safe der Münchner Wohnung gelassen und paranoid, wie ich war, hatte ich ihn gezwungen, den Zugangscode zu ändern. Diese Papiere waren Richards einziger Beweis dafür, dass ich nicht mehr Alleinerbe war.

Als wir am See ankamen, saß Mum im großzügigen Wintergarten zwischen Palmen und Orangenbäumchen und trank einen Nachmittagstee. Kaffee gab es nur für Gäste, die sich nichts aus dem britischen Teezeremoniell machten.

Ihre Frisur saß perfekt, auch ihre Bluse wies keine einzige Falte oder gar einen Fleck auf. Aber Mum fehlte die Härte, die sie sonst auszeichnete. Sie sah älter aus, seit ich sie zuletzt gesehen hatte. Vielleicht lag es auch daran, dass sie ausnahmsweise nicht geschminkt war.

»Hallo Mum«, sagte Richard und lief zu ihr, um sie förmlich zu umarmen. Gefühlsüberschwänge waren meiner oft so kühlen Mutter zuwider, selbst wenn es um ihre Söhne ging.

Ich umarmte sie ebenfalls pflichtschuldigst, dann setzten wir uns jeder in einen der Korbstühle, die um den Glastisch gruppiert waren.

»Wollt ihr auch eine Tasse Tee?«, erkundigte sich Mum auf Walisisch. Richard und ich wechselten einen kurzen Blick.

»Für mich nicht, danke«, sagte ich.

Richard tat es mir nach: »Für mich auch nicht.«

»Wie lief es bei deiner Geschäftsreise?«, wandte sich Mum an mich. Als ob Richard nicht dabei gewesen wäre!

»*Unsere* Geschäftsreise lief sehr gut.« Ich betonte extra das Wort ›unsere‹ und dann ließ ich die Bombe platzen. »Alle wichtigen Personen sind darüber informiert, dass Richard in Zukunft das Unternehmen leiten wird. Er besitzt zusätzlich zu seinem Posten als Vorstandsvorsitzender jetzt auch Dads und meine Firmenanteile und ist damit gleichzeitig Hauptaktionär.«

Meinem Magen fühlte sich an wie bei einem Sturzflug, doch ich hielt Mums bohrendem Blick stand. Meinen Bruder ignorierte sie noch immer.

Sie stellte ihre Teetasse klirrend auf dem Tisch ab.

»Richard ist was?«

»Derjenige, der die Geschicke der Firma leiten wird.«

Ihre Stimme glich einem Zischen.

»Du wirfst dein Erbe weg? Du gibst es ihm?« Sie zeigte anklagend auf Richard.

»Du und Dad seht in Richard einen Vollidioten, der es gerade so geschafft hat, seine Drogensucht zu überwinden, ansonsten aber immer ein Versager bleiben wird. Das ist ungerecht. Im Gegensatz zu mir hat er Ahnung in Unternehmerdingen und vor allem Freude daran, sich einen millionenschweren Klotz anzuhängen. Das war nie meine Welt, Mum! Tut mir leid, dass ich so lange gebraucht habe, um das zu kapieren.«

»Ihr habt das alles ohne mich in die Wege geleitet?« Ihre Nasenflügel bebten, das einzige Anzeichen, dass sie sich nur mit Mühe beherrschte, nicht zu schreien.

»Wir haben natürlich einen Notar hinzugezogen, alles ist mit rechten Dingen zugegangen«, erklärte Richard ruhig.

Seine Hände zitterten nicht mal. Beeindruckend. Ich hielt mich krampfhaft an den geflochtenen Stuhllehnen fest.

»Euer Vater würde sich im Grab herumdrehen!«, zischte Mum und erhob sich. »Das letzte Wort in dieser Angelegenheit ist noch nicht gesprochen.«

Mit wehendem Haar ging sie davon.

»Ui, das war übel. Aber lange nicht so übel, wie ich gedacht hatte«, sagte Richard nach einigen Augenblicken der Stille.

Ich rieb mir über die Stirn. »Sollen wir ihr nachgehen?«

»Ich mach das schon, wenn sie in ein paar Stunden nicht wieder auftaucht. Ihre Verachtung bin ich gewöhnt.« Es versetzte mir einen Stich, dass er so locker darüber redete. Mum sollte ihn wirklich besser behandeln.

»Du musst das nicht machen. Ich wollte mein Erbe nicht antreten, also ist es meine Schuld, dass Mum böse ist.«

»Wir warten erst mal ab. Vielleicht zeigt sie sich zum Abendessen wieder. Was hältst du bis dahin von einer Runde Billard?«

Mit mir sprach Mum bis zu meiner Abreise nicht mehr. Sie verließ nicht einmal das erste Obergeschoss, wo sich ihre Räumlichkeiten befanden. Richard und ich machten das Beste aus unserem kurzen Aufenthalt, spielten Billard im Partykeller, schauten einen Film im Heimkino und bestellten uns chinesisches Essen, weil Mum sich nicht mit uns an einen Tisch setzen wollte.

Dass ich erleichtert war, als ich die Autotür des uralten Opel Rekord C zuknallte, war noch untertrieben. Das Liebhaberstück aus den frühen Siebzigern war das einzige aus der Erbmasse meines Dads, das ich hatte haben wollen. Jetzt schnallte ich mich an, stellte den am wenigsten verrauschten Radiosender ein und fuhr rückwärts aus der Garage. Der Wagen wurde regelmäßig bewegt und gewartet, andernfalls hätte ich den Zug nehmen müssen. Trockene Blätter stoben auf, als ich die Zufahrt hinunterbrauste.

Das Gespräch mit Mum war die Aufwärmübung gewesen, die wahre Prüfung stand mir erst bevor.

36

Eve

Der Badreiniger verursachte mir Übelkeit. Ich hatte diesen Zitrusduft immer gemocht und plötzlich konnte ich ihn nicht mehr ertragen. Als ich würgen musste, gab ich es auf, die Badewanne zu schrubben, und ging zu Ahmed hinüber.

Höflich klopfte ich an seiner Tür, obwohl ich der Meinung war, dass er am Wochenende nicht bis um halb zwölf im Bett liegen müsste. Zumindest nicht, wenn ich dringend seine Hilfe brauchte.

»Komm einfach rein, Eve«, brummte es von drinnen.

Ich hatte ihn tatsächlich geweckt. Er war allein. Im abgedunkelten Zimmer roch es miefig. Ich ging schnurstracks hindurch, kurbelte den Rollladen hoch und öffnete das Fenster sperrangelweit.

»Morgen«, sagte ich erst dann. »Kannst du übernehmen, die Badewanne zu putzen? Mir wird schlecht von dem Reiniger.«

»Echt jetzt? Hast du ihn getrunken, oder was?« Er rieb sich verschlafen die Augen und gähnte.

»Ja, klar. Wenn Zitrone drin ist, wird das Zeug viel Vitamin C enthalten. Wach mal auf!«

»Sei doch nicht gleich so zickig.« Er schwang die Beine aus dem Bett und blieb einen Moment sitzen, um mich anzuschauen.

»Wann hast du vor, Henry anzurufen und endlich nicht mehr ständig so ein Gesicht zu ziehen?« Er fand immer die treffendsten Worte. Ich presste die Lippen aufeinander, hielt mich davon ab, ihm den Putzschwamm ins Gesicht zu werfen, und verließ den Raum.

Ich musste ihm seit Tagen mächtig auf die Nerven gehen. Es waren weniger die schwangerschaftsbedingten Hormone, die mich weinerlich und unberechenbar machten, es war vor allem die Wut auf mich selbst, weil ich Henry so hatte abfahren lassen. Aber ich hatte keine Ahnung, wie ich wieder auf ihn zugehen sollte. Zumal ich mir immer noch unsicher war, ob ich ihn mit dieser ganzen Vaterschaftsgeschichte behelligen sollte.

Am Nachmittag trainierte ich meine Kindergruppe. Die zwölf Mädchen waren zwischen acht und zehn Jahre alt und Feuer und Flamme, als ich ihre Vorschläge für eine neue Choreografie sammelte. Emma hatte in der Woche zuvor ihren neuen Lieblingssong »Makeba« von Jain mitgebracht und mich zusammen mit den anderen überredet, dazu zu tanzen. Ich fand das Lied selber cool, verzichtete aber auf eine Erläuterung des politischen Kontexts, sondern schrieb mir auf, welche Ideen sie hatten.

Ich achtete immer darauf, dass jeder Vorschlag in irgendeiner Form in der fertigen Choreografie auftauchte, sodass sich niemand übergangen fühlte. Hier in dieser Sporthalle dachte ich ausnahmsweise weder an Henry noch an das stetig wachsende Kind in meinem Bauch.

Nach dem Aufwärmen übten wir die ersten Schritte, bevor wir es das erste Mal zur Musik versuchten.

Ich tanzte mit, mit dem Rücken zu den Mädchen, damit niemand links und rechts verwechselte. Zwei Durchläufe später stellte ich mich an den Rand und gab nur noch die Einsätze, bevor ich alle zu einer Zwischenbesprechung zusammentrommelte. So konzentriert und aufmerksam waren Kinder nur, wenn sie Spaß an dem hatten, was sie taten. Und, das kannte ich von mir selbst, wenn auch der Trainer mit Freude und vollem Einsatz dabei war.

Der nächste Durchgang lief schon flüssiger und weil sie heute so fix waren, choreografierten wir bis zur Mitte des Liedes durch.

Dieser Song ... Er machte es mir unmöglich, die Füße still zu halten. Breit lächelnd tanzte ich mit meinen Mädchen, wieder und wieder, bis ich jäh stehenblieb und die ganze Formation aus dem Takt brachte. Mein Herz setzte aus, dann beschleunigte es sein Tempo. Ein Schauer fuhr mir vom Kopf bis in die Zehen. Alles in mir spannte sich auf einmal an.

In der Tür zu der kleinen Halle stand Henry und schaute uns zu. Mir gefror das Lächeln auf meinem Gesicht.

Ich drehte mich zu den Mädchen um, die die Hälse reckten und den Neuankömmling beäugten.

»Ihr könnt euch umziehen gehen.« Die Stunde war ohnehin gleich vorbei. »Ihr wart super heute!«

Einzeln gingen sie an mir vorbei und klatschten mich ab, ein Ritual, das ich ebenso genoss wie die Kinder.

Und dann hatte ich keine Ausrede mehr, Henry warten zu lassen. Ich würde mich komplett lächerlich machen, wenn ich in den Geräteraum oder auf die Toilette flüchtete.

»Eve«, sprach er mich leise an, als wollte er mich nicht erschrecken. Seine Stimme legte irgendeinen Schalter in mir um. Tief durchatmend näherte ich mich ihm. Es war auf eine Art verwirrend, wie gut es tat, ihn zu sehen. Wo ich mich vorhin noch gefreut hatte, einmal nicht an ihn zu denken.

Der Weg kam mir schier unendlich vor. Oder meine Gedanken flossen wesentlich schneller als sonst. Alle klugen Überlegungen entglitten mir, je näher ich ihm kam. Eine nach der anderen rauschte davon.

Als ich vor ihm stand, hüllte sein Geruch mich ein. Ich wusste nicht mehr, was ich ursprünglich hatte sagen wollen. Ich zwang alle Entschuldigungen, alle Worte, die meine wahren Gefühle für Henry verraten würden, zurück in meine Kehle, wo sie zu einem immer größeren Ballon anschwollen.

»Du hast eben sehr glücklich ausgesehen. Tut mir leid, dass ich das kaputt gemacht habe«, raunte er. Sein warmer Atem strich über meine Stirn wie eine Liebkosung. Ich musste mich zwingen, Abstand zu ihm zu halten.

Warum war er hier? Ich hatte doch alles zwischen uns beendet, sowohl unsere Sommerromanze als auch unsere Freundschaft. Hatte ihm gesagt, dass ich ihn nicht mehr brauchte. Hatte er etwa meine Lügen durchschaut?

Dabei würde das nichts an unserer Situation ändern.

Ich hatte mit dem Gedanken gespielt, ihm zu folgen, wohin er auch ging. Doch mittlerweile wusste ich, dass in Wirklichkeit Henry jemanden gesucht hatte, dem er folgen konnte. Ich war mir immer noch nicht sicher, ob ich das zulassen wollte; zu durcheinander war ich nach wie vor.

»Möchtest du noch ein bisschen hierbleiben?«

Er nickte.

Aber vielleicht bewies er mir, dass er um meiner selbst willen bei mir bleiben wollte, nicht weil äußere Umstände ihn dazu brachten. Diesen Gedanken hatte ich viel zu oft und begrub meist die Hoffnung wieder, nicht außer Acht lassend, dass ich ihn in München abserviert hatte. Doch es strömten noch mehr Gedanken in meinem Kopf. Auch der, dass ich ohne Henry verdammt unglücklich war. Ich konnte mir Henry nicht abgewöhnen, weil ich es nicht wirklich wollte. Die ganze Zeit dachte ich an ihn, vermisste ihn und ließ ein Fünkchen Hoffnung zu, dass wir am Ende doch zueinanderfinden würden. Und jetzt stand er hier vor mir, obwohl ich so gemein zu ihm gewesen war.

Ich musste ihm und mir noch eine Chance geben, oder? Wollte ich auch diese Gelegenheit vorbeiziehen lassen, weil es vermeintlich richtig war? Ja, es stimmte. Wäre er nicht hergekommen, hätte ich versucht, ohne ihn zu leben. Aber nun war er hier und brachte all meine Überzeugung zum Einsturz.

Wortlos umarmte ich ihn, als der Druck zu groß wurde. Er

hielt mich so sanft fest, dass ich mich jederzeit befreien könnte. Ich musste aufhören, mir etwas vorzumachen. Wenn ich bei Henry war, rückte alles wieder an seinen Platz. Das Ungleichgewicht verschwand, als ich mich an ihn schmiegte.

Henry erwartete nicht, dass ich mehr sagte. Er kannte mich erschreckend gut.

Zurück in der Halle suchte ich auf meinem Handy die Musik zum ersten Teil unserer Wettbewerbschoreografie heraus, Rihannas »Only girl«. Danach bedeutete ich Henry, sich neben mir aufzustellen.

Ich hätte gedacht, dass er ablehnen würde, aber ich vergaß mal wieder, dass sein Selbstbewusstsein riesig war. Vielleicht war es auch berechtigt, denn nachdem ich ihm die ersten vier Schritte gezeigt hatte, behielt er sie gleich im Kopf.

Bald tanzten wir das halbe Lied beinahe synchron und ich wandelte die Choreografie ab, damit ein Paartanz daraus wurde. Dass er mir damit einen lang gehegten Traum erfüllte, wusste Henry nicht und ich würde es ihm vermutlich auch nie anvertrauen.

Unversehens ging das Lied zu »Beautiful girl« über. Bevor ich zu meinem Handy gehen und es wegdrücken konnte, fasste Henry mich an den Handgelenken und zog mich zurück.

Jetzt tanzten wir näher beieinander, ohne feste Schrittfolge, aber jeden Atemzug in völligem Einklang. Henry ließ mich kein einziges Mal los.

Irgendwann wiegten wir uns nur noch hin und her, meine Stirn lehnte an seiner harten Brust. Ich war am besten Ort der Welt. Wo sonst sollte ich sein?

Als das nächste Lied begann, blieben wir stehen. Ich schloss die Augen, stellte mich auf die Zehenspitzen und fing Henrys Mund ein. Mir ging das Herz auf. Voller Wärme reckte ich mich ihm noch mehr entgegen. Henry küsste mich, bis mir schwindlig war. Auch nachdem ich mich von seinen Lippen gelöst hatte, hielt er mich noch fest im Arm.

Wir atmeten heftig, gaben uns aber nicht frei, als fürchtete jeder von uns, der andere würde nicht bei ihm bleiben. Doch nichts lag in diesem Moment ferner. Ich streichelte seinen Rücken durch das dunkle T-Shirt.

Ich liebe dich, dachte ich. Vielleicht verstand Henry mich ohne Worte.

Auf der Heimfahrt in Henrys Oldtimer, der trotz seines fortgeschrittenen Alters nichts mit einer Schrottkarre gemein hatte, wagte ich endlich einen Gesprächsversuch.

»Henry? Danke, dass du mit mir getanzt hast.«

»Immer gerne.«

Ich langte nach seiner Hand, die locker auf dem Schaltknüppel lag und verschränkte seine Finger mit meinen.

»Ich war gemein zu dir«, sagte ich. Verdammt, war das schwierig. »Dennoch hat dich das nicht davon abgehalten, mich erneut zu besuchen. Du meinst es wirklich ernst.«

Er schaute mich an und richtete den Blick wieder auf die Straße. Es war dunkel im Wagen, nur die Straßenlaternen und das schwach leuchtende Armaturenbrett erhellten Henrys Gesicht. Ich wartete darauf, dass er etwas sagte.

»Im Hotel hast du zuerst auch so gewirkt, als würdest du es ernst meinen.«

»Das habe ich. Jedes Wort.« Er machte Anstalten, mir seine Hand zu entziehen, ich hielt ihn jedoch fester. »Nein, Henry, nicht. Ich dachte, es wäre besser, wenn wir uns endgültig trennen. Ich hatte nicht damit gerechnet, dass es so schwer werden würde.«

»Du sagst mir immer noch nicht die ganze Wahrheit, Eve.«

Der Schreck fuhr mir in die Glieder. Nun ließ ich seine Hand los, als könnte er durch den Hautkontakt meine Gedanken lesen.

»Schön«, sagte Henry, als von mir nichts kam. »Ich werde

dich nicht in die Enge treiben. Den Fehler habe ich schon mal gemacht. Aber ich will wissen, woran ich bei dir bin.«

Daraufhin schwiegen wir.

Ich schaffte es noch nicht, ihm zu erzählen, dass ich ein Kind erwartete. Sein Kind.

Nein, ich würde erst abwarten, wie sich das Ganze entwickelte.

In meiner Wohngemeinschaft angekommen aßen wir zusammen mit Ahmed Nudeln mit Tomatensoße. Achmed scherzte losgelöst, dass morgen endlich jemand einkaufen musste, und ließ sich nichts anmerken. Er war derjenige gewesen, der am lautesten beharrt hatte, dass ich Henry einweihe, hielt sich jedoch an meine Bitte, zu schweigen.

Als ich nach dem Essen ins Bad ging, um zu duschen, hing immer noch schwach der Zitronengeruch in der Luft. Die Übelkeit ließ sich auch durch mein Erdbeershampoo nicht lindern und so beeilte ich mich, um aus dem Bad herauszukommen. Henry und Ahmed räumten zusammen die Küche auf. Ich hoffte, dass sie dafür lange genug brauchten, dass ich alle verräterischen Spuren aus meinem Zimmer verschwinden lassen konnte.

Das Folsäurepräparat in der Küche hatte ich geistesgegenwärtig im Backofen versteckt, doch auf meinem Schreibtisch lag noch unübersehbar der Mutterpass, auf meinem Nachttisch der Schwangerschaftsratgeber. Henry sollte es nicht auf diese Weise erfahren. Ich war mir immer noch nicht sicher, ob er es überhaupt erfahren sollte.

Hatte ich ein Problem damit, den Dingen ihren Lauf zu lassen? Definitiv. Bisher war immer alles in meinem Leben durchgeplant gewesen. Seit Henry dazugehörte, lösten sich alle meine Pläne regelmäßig in Luft auf.

So auch der Plan, ihm die Schwangerschaft weiter zu verheimlichen, bis ich mich sicher genug fühlte, reinen Tisch zu machen.

Eingewickelt in ein Badelaken hastete ich zu meinem Zimmer. Sofort bekam ich Herzklopfen, als ich erkannte, dass die Tür offenstand und nur noch Ahmeds Stimme in der Küche irgendeinen arabischen Popsong zum Besten gab.

Ich klammerte mich an meinem Handtuch fest und betrat mit wackeligen Schritten mein Zimmer.

37

Henry

Ich hatte nur meine Tasche in Eves Zimmer bringen wollen, doch Ahmed wartete vergeblich darauf, dass ich ihm weiter beim Abtrocknen des Geschirrs half.

Ein hellgraues Heftchen auf Eves Schreibtisch fesselte meine Aufmerksamkeit. Ohne daran zu denken, dass mich Eves Sachen nichts angingen, ließ ich meine Reisetasche fallen und griff danach. Mein Mund wurde trocken, als ich es umdrehte und die Aufschrift las. *Mutterpass.*

Ein Adrenalinstoß schoss mir direkt in den Magen. Ich öffnete das Heftchen.

Es gehörte Eve. Darin stand ihr Name. Ein Ultraschallbild war an einer Seite festgetackert. Meine Hände zitterten, während ich es betrachtete. Ich hatte das Gefühl, mich irgendwo festhalten zu müssen.

Die kleine Bohne auf dem Foto könnte mein Kind sein. Wenn meine Rechenkünste nicht versagten, war es in den Ferien entstanden. Als ich und ziemlich sicher kein anderer Mann mit Eve zusammen gewesen war.

Holy shit.

Ich legte den Mutterpass zurück auf den Schreibtisch, nur um ihn gleich wieder in die Hand zu nehmen und erneut das Bild anzuschauen. Ich wartete auf die Panik, darauf, dass ich nach meiner Tasche griff und die Biege machte.

Aber ich spürte nichts als Faszination und eine seltsame Aufregung. Versonnen strich ich über das Bild, bevor ich das

Heft wieder zuklappte. Verschwunden war die Freude und machte aufwallendem Ärger Platz. Mit wachsendem Zorn blickte ich hinunter in die von tausenden Lichtern erhellte Rheinebene, ohne richtig hinzusehen.

Eve hatte das wochenlang vor mir geheim gehalten und schien mir noch immer nichts sagen zu wollen. Dachte sie so schlecht von mir? Glaubte sie, dass ich mich vor der Verantwortung drücken würde?

Früher hatte ich geglaubt, dass ich ein solcher Typ Mann war, der beim ersten Anzeichen von Schwangerschaft abhauen würde. Ich hatte auch geglaubt, dass ich nicht dafür geschaffen war, ein guter Vater zu sein. Mir mangelte es in der Hinsicht an Vorbildern. Doch all diese Gedanken waren null und nichtig, seit ich das Bild gesehen hatte.

Niemals würde ich Eve und das kleine Wesen im Stich lassen.

Etwas Schweres drückte auf meinen Magen, als mir ein ganz anderer Gedanke kam. Womöglich wollte Eve mich nicht als Vater ihres Kindes. Allein die Vorstellung schmerzte.

Was musste ich noch alles tun, um endgültig ihr Vertrauen zu gewinnen? Ohne Absicht wurde ich ständig zu dem Typen, der sie enttäuschte.

In meinem inneren Aufruhr versunken bemerkte die heranziehende Katastrophe zu spät. In der Tür stand Eve und wirkte sowohl geschockt als auch erbost.

»Was machst du hier?«

Genug der Zurückhaltung. Ich schnappte mir das graue Heftchen und hielt es hoch.

Ich fuhr zu ihr herum und hasste mich augenblicklich dafür, dass sie deswegen zusammenzuckte. »Wann wolltest du mir hiervon erzählen? Oder hattest du das nie vor?«

Sie antwortete nicht, sondern stakste zu ihrem Kleiderschrank, warf ihr Badelaken über den Schreibtischstuhl, zog sich in Windeseile an und schmiss die Schranktüren zu.

Schließlich schaute sie mir in die Augen. In ihren spiegelten sich Wut und Traurigkeit.

»Irgendwann hätte ich dir davon erzählt; wenn das zwischen uns nicht mehr so ein Hin und Her ist! Und bis dahin geht es dich nichts an!«

Das war doch nicht ihr Ernst! Aufgebracht ließ ich den Mutterpass auf den Schreibtisch fallen.

»Ach nein? Ist es das Kind von jemand anderem? Sag mir, dass es nicht von mir ist, und ich lasse dich in Ruhe.«

Sie schüttelte den Kopf.

Ich sah ihr an, dass sie sich zusammenriss, damit sie nicht weinte, doch ich war zu sauer, um sanfter mit ihr umzuspringen. Meine Geduld mit Eve war am Ende angelangt. Eine solche Sache verschwieg man niemals jemandem, den man angeblich liebte; der auch noch der Vater des Kindes war!

»Rede mit mir«, bat ich sie, obwohl ich genau wusste, dass sie dann erst recht nichts sagte.

Und dann war sie es, die floh und aus dem Zimmer rannte. Ich hörte, wie sie im Flur ihre Jacke vom Haken riss und sich ihren Hausschlüssel aus der Schale neben der Tür griff.

Erschöpft wie nach einem langen Marsch plumpste ich auf den Bürostuhl und stützte meine Ellbogen auf den Schreibtisch.

Ahmed unterbrach mich jedoch schnell bei meinen Grübeleien.

»Das ist ja mal super gelaufen«, kommentierte er die Auseinandersetzung zwischen Eve und mir.

»Ja, richtig super«, murmelte ich, während Ahmed sich neben mir an den Schreibtisch lehnte. »Hat sie wenigstens dich eingeweiht?« Ich zeigte auf den Mutterpass.

»Nein, zuerst nur Jacky, was ich aber verstehe. Letzte Woche hat sie es dann allen anderen verkündet. Übrigens war keiner mit ihrer Entscheidung einverstanden, dich über deine Vaterschaft im Dunkeln zu lassen.« Er hielt einen Moment inne und ich glaubte, dass ihn noch etwas anderes beschäftigte. »Darf ich dir gratulieren oder ist das jetzt unpassend?«

Ich zuckte mit den Schultern. Da reichte Ahmed mir die Hand und sagte feierlich: »Herzlichen Glückwunsch, du Glückspilz.«

»Bin nicht gerade in Feierstimmung«, murrte ich und schlug die Hand aus. »Eve wird mich wieder abschießen und sich einigeln. Vermutlich hasst sie mich, weil ich ihr ein Kind angehängt habe.«

Ahmed guckte mich ungläubig an. »Eve liebt die kleine Bohne schon jetzt, weil sie nämlich von dir ist. Und dich liebt sie auch, aber sie hat Angst. Sie denkt, dass ihr es nicht auf die Reihe kriegt, und dann habt ihr ein traumatisiertes Trennungskind.«

Eves Gedankengänge waren oft schwer nachvollziehbar. Ich blinzelte nur.

»Und dann denkt Eve, dass du nur aus Pflichtgefühl bei ihr bleibst und dabei unglücklich bist, weil sie dich gezwungen hat, Vater zu sein. Sie hat es für das Beste gehalten, wenn sie dich aus der Sache raushält.«

»Das klingt irgendwie logisch«, erwiderte ich langsam. »Und gleichzeitig ziemlich dämlich. Was soll ich denn jetzt machen? Wenn ich sage, ich will bei ihr und unserem Kind bleiben, wird sie das ablehnen. Und wenn ich gehe und sie ihr Ding durchziehen lasse, hält sie mich für ein egoistisches Arschloch. Ich kann ja nur verlieren!«

Ahmed nickte grinsend. »Manchmal bin ich verdammt froh, schwul zu sein.«

»Ja, manche Probleme werdet du und Ali vermutlich nicht haben. Zum Beispiel kann keiner von euch schwanger werden und es dem anderen verheimlichen.« Ich kniff mir in die Nasenwurzel, um mich zu sammeln. »Glaubst du, sie ist zu Jacky gegangen?«

»Bestimmt. Ich rufe sie an, wenn es dich beruhigt.«

»Ich muss erst mal die Tatsache verdauen, dass ich Vater werde. Falls Jacky mit dir darüber reden will, sag ihr, ich freue mich über jeden Hinweis, um das Dilemma zu lösen.«

»Dann lass ich dich mal in Ruhe.«

Nachdem Ahmed die Tür hinter sich zugezogen hatte, legte ich mich auf Eves Bett, grub einen Moment die Nase in ihr Kopfkissen und beschloss dann, Rat bei meinem Bruder zu suchen. Sofern Mum ihn noch nicht ermordet hatte, fand er vielleicht einen Ausweg.

Zitternd holte ich mein Smartphone aus der Hosentasche.

Ich hatte Glück, Richard ging nach dem zweiten Klingeln ans Telefon.

»Hey Henry, was gibt's?«

Ich seufzte tief. »Sitzt du?«

»Ich liege auf dem Sofa. Wieso?«

»Dann bleib dort. Du wirst Onkel.«

Kurzes Schweigen am anderen Ende der Leitung, dann folgte ein verblüfftes »Was? Verarschst du mich?«.

»Über so was würde ich nie Witze reißen. Ich hab's auch nur durch Zufall erfahren.«

»Das Mädchen hat dir die ganze Zeit verschwiegen, dass sie schwanger ist?«

»So sieht's aus.«

Richard gluckste. »Freust du dich oder suchst du nach einem Weg, dich aus der Affäre zu ziehen?«

Ich erzählte ihm von der Bredouille, in der ich steckte, dass Eve Reißaus genommen hatte und ich nicht mehr weiter wusste.

»Du darfst auf keinen Fall gehen«, beschwor mich Richard schließlich. »Gib Eve Zeit, aber hau bloß nicht ab, sonst vertraut sie dir nie.«

»Das ist dein einziger Ratschlag? Abwarten und Teetrinken?«

»Teetrinken ist nie verkehrt, aber ja, das ist mein Rat. Nimm ihn an oder lass es bleiben.«

»Trotzdem danke.« Zumindest hatte Richard mein Gefühl bestätigt, dass Hierbleiben der beste Weg war. »Wie geht's Mom? Hat sie sich eingekriegt?«

»Oh, wir hatten noch eine wortreiche Auseinandersetzung. Irgendwann meinte sie, wenn du dich nicht selbst enterbt hättest, hätte sie dafür gesorgt, dass du in Armut endest. Jedenfalls hat sie Großvater deinen Treuhandfonds sperren lassen. Keiner von beiden kommt damit durch, aber gönnen wir ihnen eine Weile das Gefühl, oder?« Plötzlich brach Richard in erheitertes Lachen aus und ich fragte mich, was daran so witzig war. »Ich freu mich schon darauf, wenn du ihr beichtest, dass du deine Freundin geschwängert hast. Das will ich auf keinen Fall verpassen!«

»Arsch.« Aber ich musste auch grinsen. Die Welt sah nicht mehr so finster aus wie vor einer halben Stunde.

Wir beendeten das Gespräch und ich schaute auf die Uhr.

Es war spät genug, um mich bei Ahmed nach Eves Wohlergehen zu erkundigen.

Es erleichterte zumindest mein schlechtes Gewissen, dass Eve bei Jacky und Martin Zuflucht gefunden hatte. Im Bett telefonierte ich auch kurz mit Martin und entschuldigte mich bei ihm, weil ich Eve aus ihrer Wohnung vertrieben hatte, was er mir nicht übel nahm. Wir redeten eine Weile miteinander und hinterher war ich gelassen genug, um rasch einzuschlafen.

Gegen halb acht weckte Ahmed mich zum Frühstück und ging bald darauf zur Arbeit, sodass ich Gelegenheit hatte, einen ersten Schritt meiner Eve-Zurückgewinnungs-Taktik anzugehen.

Aus meiner Tasche holte ich das Dutzend Bleistiftzeichnungen, das ich im Laufe des Sommers für Eve angefertigt und ihr noch nie gezeigt hatte. Es gab eine naturgetreue Zeichnung eines meiner schönsten Ammoniten, eine eher impressionistisch angehauchte Zeichnung der Aussicht durch Eves Fenster, die Franzosenkarikatur und Zeichnungen von Eve, wie sie am See auf ihrem Handtuch lag sowie von Federn, die wir bei einer Joggingrunde im Wald gefunden und mitgenommen hatten.

Die Bilder verteilte ich in Eves Zimmer, nachdem ich es aufgeräumt hatte. Danach stellte ich meine Reisetasche in Ahmeds Zimmer, für den Fall, dass ich doch auswandern musste.

Mit Tüten voller Leergut unter dem Arm verließ ich das Haus, um den Wocheneinkauf zu erledigen. Martin hatte Jacky hoffentlich instruiert, dass sie sich mit Eve beschäftigte und sie vom Einkaufen abhielt. Wie sonst sollte ich beweisen, dass ich mich kümmerte?

Nach dem Einkauf ging ich im Wald joggen. Die Luft war feucht und kühl, obwohl die Sonne schien, war es längst nicht so warm wie das letzte Mal, als ich hier gewesen war. Der Herbst hielt Einzug. Hier und da verfärbten sich bereits die Blätter der Bäume.

Der monotone Rhythmus meiner Schritte ließ auch meine Gedanken zur Ruhe kommen. Ich würde nicht grübeln, bis ich die Strecke bewältigt hatte.

Erst an der Wegkreuzung, auf der großen Lichtung, hielt ich an und setzte mich auf eine der Bänke. Ich kam rasch wieder zu Atem, als ich mich zurücklehnte und meinen Blick schweifen ließ.

Im Juni, am zweiten Tag meines Urlaubs hier, war ich mit Eve hergekommen. Damals hatte ich Eve näher kennenlernen, unsere Beziehung aber oberflächlich halten wollen. Heute, über drei Monate später, dachte ich nur daran, was für ein Narr ich gewesen war. Was Eve anging, war Aufgeben keine Option; noch nicht. Meine penetrante innere Stimme gab mir zu bedenken, dass es nicht mehr allein um Eve ging.

Wir würden Eltern werden. Noch etwas, was ich mir bis gestern nicht hatte vorstellen können. Doch erstaunlicherweise versetzte mich diese Aussicht nicht in Angst und Schrecken. Im Gegenteil, plötzlich wusste ich, mit wem ich darüber reden wollte.

Ich holte mein Smartphone aus der Hosentasche und rief meine Kontakte auf. Helmuts Tochter war längst erwachsen und hatte selbst Kinder. Bestimmt hatte er einen guten Ratschlag für mich, wie ich besser für mein Kind da sein könnte als mein eigener Vater.

Auch von den Problemen mit Eve würde ich ihm erzählen. Denn jetzt weigerte ich mich, Eves Wunsch, mich rauszuhalten, Folge zu leisten. Ich musste wenigstens versuchen, sie umzustimmen. Denn ich konnte endlich von mir behaupten, unseren Pakt ernstgenommen und mein Leben nach meinem eigenen Willen verändert zu haben. Eve hatte damit begonnen und es lag auch an mir, ihr auf dem letzten Stück Weg unter die Arme zu greifen. Selbst wenn sie mich schließlich fortjagte, ich würde bis dahin nicht kampflos abziehen.

O nein!

In Eves Wohnung erkannte ich schnell, dass sie da gewesen war. Der Mutterpass war fort, ebenso waren es die Bilder, die ich in ihrem Zimmer drapiert hatte.

Ich würde bald erfahren, ob das ein gutes oder ein schlechtes Zeichen war.

38

Eve

Kopflos davonzulaufen, war das Kindischste, was ich hätte tun können. Aber nun saß ich bei Jacky und Martin am Esstisch, trank heißen Fencheltee und bemühte mich, meine aufgepeitschten Gefühle wieder in den Griff zu bekommen.

Immerhin heulte ich nicht. Das hatte ich in den letzten Wochen viel zu oft getan.

Ich hatte eine Nacht darüber geschlafen und meinte, mich Henry stellen zu können. Aber nicht sofort. Ein wenig Zeit brauchte ich noch. Da ich heute zu einem weiteren Vorsorgetermin in die Praxis kommen sollte, musste ich aber wohl oder übel in spätestens einer halben Stunde in meine Wohnung, um den Mutterpass zu holen. Das blöde Teil, das mich derartig in Schwierigkeiten gebracht hatte.

»Soll ich für dich nach Hause gehen?«, erkundigte sich meine beste Freundin. Wir saßen am Esstisch bei Tee und Keksen und ich hatte ein schlechtes Gewissen, weil ich Jacky vom Lernen abhielt.

Ich verneinte. »Ich hab mich lange genug vor Henry versteckt. Es hat mich einfach überfordert, dass er es herausgefunden hat. Ich wollte ihm das anders beibringen. In ein paar Tagen oder so.« Oder in einigen Wochen. Ich trank noch einen Schluck Tee.

»Vielleicht ist es ganz gut so, wie es gelaufen ist«, merkte Jacky an. »Ohne dich kann Henry das Ganze in Ruhe durchdenken. Oder glaubst du etwa, er würde deswegen den Kontakt zu dir abbrechen?«

»Gefürchtet hab ich das schon. Wer weiß, womöglich ist er schon über alle Berge.«

Jacky schüttelte den Kopf. »So schätze ich ihn nicht ein. Nicht mehr.«

Ich nickte und schürzte die Lippen. Jacky hatte recht. Im Moment war nicht das Kind das größte Hindernis, sondern ganz allein ich. Weil ich Angst hatte, entweder sitzengelassen zu werden oder Henrys Mitleidsfreundin zu sein. Die erste Wahlmöglichkeit war der zweiten bei allem Kummer vorzuziehen.

Ich teilte diese Gedanken mit Jacky, wie ich es auch bereits gestern Abend getan hatte.

Und Jacky stellte mir dieselbe Frage wie am Abend zuvor: »Willst du mit Henry eine Familie gründen?«

Und auch dieses Mal beantwortete ich sie nicht. Ich wünschte mir mehr als andere, mit Henry zusammen zu leben, unsere gemeinsamen Kinder aufzuziehen. Das ganze Paket. Ganz gleich, wie jung wir waren, wie kurz wir uns kannten, wie schwierig alles war. Es war ein Herzenswunsch, unvernünftig und blauäugig, aber ein tiefer Wunsch.

Doch ich hatte zu viel Angst. Ich wollte nicht, dass ich ihn an mich fesselte, so wie zuvor seine Familie an das Unternehmen gebunden hatte.

»Ich will nur nicht, dass du vor lauter Sturheit vergisst, Henry zu fragen, was er sich vorstellt«, sagte Jacky.

Schließlich ließ es sich nicht länger aufschieben, ich musste in meine Wohnung. Ängstlich hielt ich den Atem an, bis ich bemerkte, dass niemand zuhause war, weder Ahmed noch Henry. In meinem Zimmer sah es ordentlicher aus als gestern, jemand, vermutlich Henry, musste aufgeräumt haben.

Als ich den Raum durchschritt, um zu meinem Schreibtisch zu gelangen, entdeckte ich eine Zeichnung auf meinem tadellos gemachten Bett. Auf dem Nachttisch lag auch eine, ebenso auf dem Schreibtisch, eine weitere lehnte am Fenster. Ich sammelte sie alle ein und betrachtete sie. Sie stammten zweifellos von Henry. Sie waren wunderschön, jedes Bild eine Erinnerung an unsere gemeinsame Zeit.

Als ich die letzte Zeichnung von meinem Kopfkissen nahm, glitt ein Lächeln über mein Gesicht. Die Frau auf dem Bild war eindeutig ich. Wärme breitete sich in meinem Bauch aus. Ich musste unbedingt mit ihm sprechen.

Doch als ich mich umschaute, fand ich nirgends sein Gepäck. War er etwa abgereist, bevor wir miteinander reden konnten?

Mit wild pochendem Herzen schnappte ich mir den Mutterpass, sammelte alle Zeichnungen ein und steckte alles in meine geräumige Handtasche. Ich musste los, damit ich nicht zu spät zu meinem Arzttermin kam. Langsamer als sonst lief ich zur Bushaltestelle.

Im Bus schrieb ich Henry eine Nachricht, ob er sich noch in Heidelberg befand. Bis ich ins Behandlungszimmer gerufen wurde, hatte er nicht darauf geantwortet.

Energisch schob ich alle Gedanken an ihn beiseite, um dem Arzt zuzuhören.

Mit meinem Kind und mir war so weit alles in Ordnung, nur musste ich zusätzlich noch Eisentabletten einnehmen. Wenn es nur das war ...

Wieder daheim schlich ich mich in die Wohnung, denn ich hörte Männerstimmen. Beide vertraut, aber aufgebracht. Im Flur blieb ich stehen und lauschte. Meine Hände drückten den Schlüssel so fest zusammen, dass er mir in die Haut schnitt. Aber das spürte ich kaum.

Ich fing an zu schwitzen und mir sprang beinahe das Herz aus der Brust: In meinem Zimmer standen sich Henry und mein Vater gegenüber und diskutierten darüber, was fremde

Männer in meiner Wohnung zu suchen hatten und wo ich abgeblieben war. Ich spähte um die Ecke, zu unwirklich war die Szene, die ich mitanhörte. Tatsächlich, dort standen sie und nahmen mich nicht wahr.

Mein Vater, wie immer adrett in Hemd und Cordhose gekleidet, trug einen riesigen Koffer in der Hand. Was hatte er vor?

»Sie entscheiden sicher nicht, was das Beste für meine Tochter ist!«, fuhr er Henry an. Der wich keinen Millimeter zurück. Ich bewunderte ihn dafür. Wenn mein Vater wütend wurde, zogen die meisten den Schwanz ein.

»Ich kenne sie sehr gut. Besser als Sie! Eve ist nicht mehr das liebe, kleine Mädchen, das Sie sich wünschen! Sie ist eine erwachsene Frau! Wann fangen Sie endlich an, sie auch so zu behandeln?«

Wow. Es fühlte sich gut an, dass Henry mein Ritter sein wollte. Doch er sollte nicht meine Kämpfe für mich ausfechten. Henry und ich mussten es miteinander versuchen und meine Eltern mussten mit allem klarkommen, was ich ihnen noch erzählen würde. Das Auftauchen meines Vaters zwang mich nun viel früher dazu, als ich es mir gewünscht hatte, aber sei's drum.

Dass ich nicht zu ihnen fahren musste, kam mir dennoch entgegen.

Ich gab meinen Lauschposten auf.

»Was ist denn hier los?«, fragte ich mühsam beherrscht. Ich fasste es nicht, wie schwer es mir noch immer fiel, mich meinem Vater entgegenzustellen. Mit Henry war das noch nie ein Problem gewesen. Bei ihm hatte ich nie mit Liebesentzug zu rechnen, wenn ich nicht das tat, was er erwartete.

Zorn wuchs in mir, als mir aufging, dass die Beziehungen zu meinen Freunden und besonders die zu Henry die ersten gesunden Verbindungen meines Lebens waren. Denn die zu meinen Eltern war es nicht.

»Du kommst zurück nach Hause«, erklärte mein Vater ruhiger als zuvor. Als rechnete er nicht mit meinem Widerspruch.

Ich war es so verdammt leid.

»Nein«, antwortete ich schlicht.

»Das steht nicht zur Debatte. Dein neuer Mitbewohner hat mich nicht für dich deine Sachen packen lassen, aber da du nun da bist, kannst du das selbst übernehmen. Ich warte dann unten auf dich.« Er stellte den Koffer ab und wandte sich zum Gehen.

»Stopp, Papa. Du kannst den Koffer wieder mitnehmen. Ich werde nicht mit dir kommen und schon gar nicht wieder bei euch einziehen. Ich wohne hier, in meiner eigenen Wohnung.«

»Wenn wir uns weigern, dir weiterhin die Miete zu zahlen, wirst du keine Wohnung mehr haben.«

Henry schwieg, stand aber dicht hinter mir. Er war bei mir, unterstützte mich.

»Ich bin nicht mehr auf euch angewiesen. Wenn ich mutiger gewesen wäre, hätte ich das schon lange nicht mehr sein müssen. Du kannst Mama ausrichten, dass ich euch gerne weiterhin besuche, aber ich bleibe hier.«

Das Gesicht meines Vaters verzog sich halb verärgert, halb schmerzlich. Mehr Mimik, als er sonst zuließ.

»Sei doch vernünftig, Eveline! Du schaffst es nicht, dich auf dein Studium zu konzentrieren, weil du überfordert bist mit einem eigenen Haushalt. Dazu noch deine zeitraubende Tanzerei. Deine Mutter und ich haben das schon eine ganze Weile mitangesehen, ohne etwas zu unternehmen. Aber nun reicht es. Also benimm dich und pack deine Sachen.«

Er kapierte gar nichts. Mein Vater erschien mir in diesem Moment so fremd wie noch nie. Wie hatte ich nur daran zweifeln können, dass Henry mir geholfen hatte, erwachsen zu werden? Dass er an meine Seite gehörte und niemand sonst?

»Ich bin weder überfordert mit dem Alleinleben noch mit dem Tanzen. Ich gehe hier nicht weg.«

Mein Vater schaute nun Henry wieder an.

»Haben Sie ihr diesen Floh ins Ohr gesetzt? Dass sie nicht mehr bei ihren Eltern sein will?«

»Das haben Sie ganz allein geschafft«, sagte Henry. Er verstand mich. Henry hatte mich von Anfang an verstanden.

Die Liebe folgte keinen festgelegten Mustern. Jedes Paar musste seine eigene Geschichte schreiben. Ich hatte nicht vor, Henrys und meine Geschichte schon enden zu lassen. Ich gehörte zu ihm und er gehörte zu mir. Es war an der Zeit, nicht mehr die Augen vor der Wahrheit zu verschließen.

Ich griff nach Henrys Hand, holte noch einmal tief Luft und brachte die Welt meines Vaters zum Einsturz.

»Henry ist nicht mein Mitbewohner, er ist mein Freund. Und der Vater meines Kindes.«

Es war interessant zu beobachten, wie mein Vater erst erbleichte, sich fing und dann puterrot im Gesicht wurde.

»Was?«

»Ich bin schwanger.« Henry drückte meine Hand. Als ich ihn ansah, lächelte er auf mich herunter. Alles fühlte sich richtig an. Hier standen wir als Paar und boten meinem Vater die Stirn.

»Von ihm?«

»Wäre es dir lieber, es wäre das Resultat eines One-Night-Stands?« Meinen Vater bewusst zu provozieren, ließ mich wachsen, noch mutiger werden.

Mein Vater wirkte auf einmal verunsichert. Er wischte sich den Schweiß von der Stirn und schüttelte den Kopf.

»Weiß es schon jemand?«, fragte er.

Ich verkniff mir ein höhnisches Lachen. Hauptsache, die Nachbarn bekamen es nicht mit, dass seine Tochter jung schwanger geworden war und in wilder Ehe lebte.

»Nur meine Freunde und meine Tanzgruppe. Ich pausiere

eine Weile und trainiere nur meine Mädchen. Soll ich es Mama selbst sagen?«

Er seufzte. »Ich mach das schon, keine Sorge. Sie freut sich vielleicht sogar. Aber was ist mit deinem Studium? Willst du alles wegwerfen, wofür du so hart gearbeitet hast?« Immerhin gab er das zu.

»Das kann ich früh genug weiterführen. Im Übrigen habe ich Geschichte anstelle von Französisch belegt. Deutsch werde ich wohl behalten, falls es dich beruhigt.«

Natürlich schmeckte meinem Vater der Fachwechsel nicht, aber Henry und das Kind in meinem Bauch beschäftigten ihn verständlicherweise mehr.

»Ich bin enttäuscht von dir, Eveline.« Er seufzte erneut.

»Wann warst du das mal nicht?«, entgegnete ich bitter. »Ich habe so viele Jahre damit verschwendet, dich stolz zu machen, ein Lob von dir zu bekommen oder wenigstens das Gefühl, angenommen zu sein. Aber du hast mich immer darum kämpfen lassen, von dir geliebt zu werden.«

Mein Vater ließ sich auf meinen Bürostuhl fallen.

»Wir haben nur das Beste für dich gewollt, Eveline. Wir wollten, dass du erfolgreich wirst, dass du dein Leben meisterst, trotz deiner Störung.«

Erst in diesem Moment wurde ich richtig zornig.

»Ihr wolltet vor allem, dass niemand etwas davon erfährt, dass euer einziges Kind einen Knall hat!«, fuhr ich auf. »Ihr habt versucht, ein besseres Kind zu bekommen als mich und es muss euch wie blanker Hohn erscheinen, dass euch das versagt geblieben ist. Ist es so schlimm, mit mir vorliebnehmen zu müssen?«

Bei meinen Worten sah ich ihn fest in die Augen, ich wollte mich ihm stellen.

»Um Gotteswillen, nein! Wie kannst du nur so etwas denken! Das ist mehr als undankbar, nach allem, was wir für dich getan haben!«

Ich ließ Henrys Hand los und ballte die Hände zu Fäusten.

»Ihr habt mich gegängelt, wo ihr konntet! Die einzige freie Entscheidung, die ich jemals getroffen habe, war die für das Tanzen! Und diese Entscheidung tragt ihr mir seit Jahren nach und versucht, mich zum Aufhören zu überreden! Aber jetzt ist es genug, Papa! Ich habe mein Leben und ihr habt eures. Ihr könnt mir den Geldhahn zudrehen, bitte sehr. Ich brauche keine Unterstützung mehr. Nicht, wenn sie an so viele Verpflichtungen gebunden ist.«

»Du glaubst, er hier wird dich und dein Kind ernähren?«

»Ich kann für mich selbst sorgen! Aber bis dahin werden wir zusammenlegen, so wie du und Mama das früher auch gemacht habt. Manchmal denke ich, du hast vergessen, dass du selber mal jung warst!«

»Schön.« Er atmete aus. »Wenn du das so willst, dann gehe ich jetzt. Komm aber ja nicht angekrochen, wenn deine Sturheit dich auf die Straße gebracht hat.«

So viel wie in den letzten Minuten hatte ich meinen Vater schon lange nicht mehr reden hören. Es erschreckte mich, wie lange er seine Härte mir gegenüber gezeigt, aber nie so deutlich ausgesprochen hatte. Aber ich war gewappnet. Und ich brauchte ihn nicht mehr.

Er packte den Koffer und verließ den Raum. Die Wohnungstür ließ er offen stehen, vermutlich weil er sie andernfalls zugeknallt hätte. Und was sollten dann meine Nachbarn denken?

Meinen Nachbarn war das scheißegal. Noch etwas, das Papa nie verstehen würde.

Ermattet ließ ich mich rückwärts gegen Henrys festen Körper sinken. Er umfing mich mit beiden Armen und legte sein Gesicht an meinen Hals.

Reglos standen wir da, während ich versuchte, zu verarbeiten, was geschehen war.

Ich hatte endlich den Mann in die Schranken gewiesen, der es verdiente. Ihm ging es immer weniger um mich als um seinen Ruf, sein Ansehen. Urplötzlich schossen mir die

Tränen in die Augen. Endlich hatte ich das Netz durchschnitten, das meine Eltern um mich gelegt hatten. Obwohl ich weinte, atmete ich freier.

Das Verhältnis zu ihnen zu kitten, würde ein langer Prozess werden. Falls ich es überhaupt jemals kitten konnte.

Doch ich musste da nicht alleine durch. Ich hatte Henry.

39

Henry

Ich war so stolz auf Eve. Sie war vor ihrem Vater genauso mutig für sich selbst eingetreten wie ich zuletzt vor meiner Mom. Eigentlich noch mutiger, denn ich hatte Richard im Rücken gehabt, Eve niemanden.

Als ich ihr das sagte, schüttelte sie den Kopf und schniefte. Ihre feuchten Augen brachten meine Brust dazu, sich zusammenzuziehen. Nur Eve konnte verletzlich und unbeugsam zugleich sein.

»Ohne dich hätte ich das nicht geschafft. Weißt du, was dich grundlegend von meinen Eltern unterscheidet? Du lässt mich nicht um deine Aufmerksamkeit kämpfen. Du versteckst mich nicht vor anderen, weil ich nicht mit jedem sprechen kann oder schaust auf mich herab, weil ich lieber tanze, als meine Nase ständig in Fachbücher zu stecken. Ich habe nur eine Weile gebraucht, um das zu verstehen.« Ich lächelte, als Henry mich auf die Schläfe küsste. »Ich will nicht, dass du noch einmal fortgehst, nicht ohne mich.«

Da legte ich meine Hände an ihre nassen Wangen und küsste Eve sanft. Sie wollte nicht mehr ohne mich sein.

Innerlich jubelte ich. Überschwänglich drückte ich Eve an mich, in der Absicht, sie nie mehr loszulassen.

Sie hielt mich ebenso fest.

»Danke für die Bilder«, sagte sie an meinem Shirt. »Ich möchte sie aufhängen, wenn wir mal genug Platz dafür haben.«

Das gefiel mir. Vor allem die Sache mit dem »Wir«.

Ich setzte mich aufs Bett und zog Eve auf meinen Schoß.

»Bist du dir jetzt ganz sicher mit uns?«

Sie nickte. »So sicher, wie man sich nur sein kann. Wenn du dich für mich mit meinem Vater streitest, kannst du nicht nur aus Pflichtgefühl bei mir bleiben.«

»Ich wäre nie aus Pflichtgefühl mit dir zusammengeblieben. Ich *will* dein Freund sein. Und ich will unser Kind aufwachsen sehen.« Zaghaft, da ich immer noch fürchtete, sie könnte mich wegstoßen, legte ich eine Hand an ihren Bauch. »Es kommt mir noch total unwirklich vor, aber seit ich weiß, dass dieses Kind existiert, will ich sein Vater sein. Darf ich das sein, Eve?«

Sie presste die Lippen zusammen und nickte erneut.

»Wie war das, als du es erfahren hast? Ich war ja nicht mehr da, um dich zu unterstützen.« Nachträglich loderte die Wut auf mich selbst auf, weil ich Eve damit alleingelassen hatte. Streng genommen hatte ich nichts davon gewusst, trotzdem fühlte ich mich schuldig.

Sie musste es in meinem Blick lesen können. »Du brauchst kein schlechtes Gewissen zu haben. Ich habe dir bewusst nichts gesagt. Ich dachte, das mit uns funktioniert sowieso nicht. Aber ohne dich hat es auch nicht funktioniert. Ich hatte Angst, dennoch habe ich keine Sekunde an eine Abtreibung gedacht. Ich konnte mich sogar ein bisschen freuen. Und jetzt freue ich mich richtig, weil du dabei bist.«

Ich küsste sie auf die Wange.

»Ich freu mich auch. War nur hart, gestern Abend vor vollendete Tatsachen gestellt zu werden. Ich war echt sauer auf dich, weil du mich für so ein Arschloch gehalten hast.«

»Hab ich nicht. Ich wollte dir nur nicht das Leben schwer machen. Auch reiche Leute haben ihr Päckchen zu tragen.«

»Du warst nie eins meiner Päckchen. Ohne dich hätte ich nie den Mut gehabt, mein Leben zu verändern. Denn du hast mir gezeigt, dass es Wege gibt, seine Träume zu erreichen, wenn man nur mutig genug ist, sie zu gehen und wenn man nicht alles alleine durchziehen will. Du hast mir den wichtigsten Grund gegeben, meinen vorgefertigten Lebensplan in den Wind zu schießen, weil ich dich nur dadurch in meinem Leben haben kann. Und dass ich ohne dich nicht mehr sein will, hab ich längst erkannt.«

»Pakt erfüllt, würde ich sagen.«

»Wir haben ihn beide erfüllt. Es hat zwar länger als einen Sommer gedauert, aber das war es wert.«

»Und wie geht es weiter? Bleibst du?«

»Wenn du mich nicht rausschmeißt, bleibe ich. Ich dachte daran, ein Haus zu kaufen. Aber du musst nicht mit mir dort einziehen, wenn dir das zu schnell geht. So lange kennen wir uns ja noch nicht. Also, das war nur eine Idee ...«

Ihr Lächeln war bei meinen letzten, zugegeben ziemlich unbeholfenen Worten breiter geworden.

»Warum sollte ich nicht mit dir zusammenwohnen wollen?«

»Keine Ahnung, ich ...« Eve zog mich zu einem Kuss zu sich und ersparte mir weiteres Gestammel. Mein Herz hüpfte und mein Magen zog sich wohlig zusammen. Es fühlte sich so gut an, Eve zu küssen. Noch mehr zu spüren, dass sie mich wollte.

»Erzählst du mir von dem Böhnchen in deinem Bauch?«, fragte ich, als wir uns voneinander lösten. »Das Untersuchungsheft hätte auch auf Chinesisch geschrieben sein können. Außerdem hat dein Arzt eine Sauklaue.« Ich grinste sie an. Plötzlich fühlte ich mich federleicht.

Sie setzte sich neben mich und fing an zu berichten. Wie weit fortgeschritten die Schwangerschaft war, wie groß das Kind etwa sein müsste und so weiter und so fort.

Ich wollte noch einmal das Ultraschallbild angucken, also holte sie den Mutterpass aus ihrer Handtasche.

Ein unbeschreibliches Gefühl durchschoss mich, als wir

uns gemeinsam darüber beugten. Genau hier, an Eves Seite, wollte ich sein.

»Darf ich für Richard ein Foto davon machen?«

»Tu dir keinen Zwang an. Zur nächsten Untersuchung kommst du mit, dann siehst du das Kleine mal live. Vielleicht bewegt es sich sogar.«

Danach legten wir Handy und Mutterpass zur Seite, um unsere neu gewonnene Zweisamkeit zu feiern. Lange und gründlich.

40

Eve

In der Abenddämmerung schälten wir uns aus der Bettdecke, zogen uns an und bereiteten in der Küche ein kleines Abendessen zu, gebratene Nudeln vom Vortag mit gekochtem Schinken und dazu gemischter Salat.

Mit dem Großaufgebot, das an der Tür klingelte, als mein Hintern gerade den Stuhl berührte, hatte niemand gerechnet. Henry stand noch einmal auf, um auf den Türöffner zu drücken. Wenige Minuten später trabten Jacky, Martin, Michelle, Jenny und Dennis in die Wohnung.

Anscheinend wollten sie sich mit eigenen Augen davon überzeugen, dass Henry und ich uns nicht getrennt, sondern tatsächlich die Kurve gekriegt hatten. Meine kurze Nachricht an Jacky hatte wohl nicht ausgereicht.

Als wäre es noch nicht voll genug in der Wohnung, kam auch noch Ahmed von der Arbeit nach Hause.

Es war ein einziges Durcheinander aus Glückwünschen für Henry, Umarmungen für mich und aufgedrehtem Rumgehopse von Michelle. Dennis war der Letzte, der mich in die Arme schloss. Früher hatte ich meistens Abstand von ihm gehalten, um nicht in die Verlegenheit zu kommen, mit ihm reden zu müssen. Aber ich war mir sicher, dass ich auch das überwinden würde.

»Freut mich für euch«, sagte Dennis. Wie so oft roch er leicht nach Altöl und Benzin.

»Da... danke, Dennis«, stotterte ich.

»Siehst du, du kannst mit mir sprechen«, lobte er mich, sodass ich rot wurde und mich aus seiner Umarmung befreite.

Ich nickte. »Es wird besser.«

»Lass dir ruhig Zeit damit. Ehrlich gesagt fand ich es immer angenehm, neben dir zu sitzen. Jenny und Jacky kauen einem jedes Mal das Ohr ab.« Er grinste sein Bubengrinsen, das ihn viel harmloser wirken ließ, als er war. Ich erwiderte es. »Warte nur ab.«

Da alle außer Ahmed bereits bei Jacky gegessen hatten, warteten Henry und ich auf meinen Mitbewohner, während die anderen sich zu uns an den Tisch quetschten.

Ich aß meine Nudeln und hörte der Unterhaltung nur zu. Henrys Oberschenkel berührte meinen und ab und zu schauten wir uns an.

Als mein Teller leer war und Ahmed sich mit Henry um die Reste stritt, war es mit der Ruhe für mich vorbei.

Jenny und Jacky sahen mich bedeutsam an. Dann sagte Jenny: »Glaub ja nicht, dass wir dich mit einer Textnachricht davonkommen lassen. Wir wollen alles hören!«

Das hatte ich befürchtet. Zugleich mochte ich es, dass diese Menschen hier so viel Anteil an meinem Leben nahmen. Ich fühlte mich wohl in ihrem Kreis.

»Mein Vater ist hier aufgeschlagen und wollte mich mitnehmen. Er hatte einen Koffer für mein Zeug dabei, unglaublich.«

»Ist nicht wahr!«, kam es von Ahmed aus der Küche, der den Kampf knapp für sich entschieden hatte und direkt aus der Pfanne futterte. Henry begnügte sich mit der Salatschüssel. Martin schoss davon ein Foto mit seinem Handy und brachte uns alle zum Lachen.

Dann erzählte ich weiter bis zu der Stelle, die meine Freunde nun wirklich nichts anging.

Henry stellte die leere Salatschüssel auf den Herd, lief zu mir herüber und umarmte mich auf meinem Stuhl. Michelle kam gerade rechtzeitig aus meinem Zimmer und krähte zur allgemeinen Erheiterung: »Ei, ei, ei, was seh' ich da? Ein verliebtes Ehepaar!«

Oh, so weit war es noch lange nicht.

»Verliebte Ehepaare sitzen genügend am Tisch, aber Henry und ich gehören nicht dazu«, wehrte ich ab.

»Aber wenn ihr mal heiratet, dann streu ich euch die Blumen! So wie bei Jacky und Martin und wie bei Jenny und Dennis! Ich bin nämlich das beste Blumenmädchen der Welt.«

»Wenn wir mal heiraten, sagen wir dir Bescheid«, versprach Henry und ließ mich los.

Zufrieden mit seiner Antwort hüpfte Michelle in den Flur, vermutlich, um vor dem bodentiefen Spiegel zu posieren und Grimassen zu schneiden. Die Gesichts- und Fingerabdrücke auf dem Spiegel verrieten sie jedes Mal.

Mir wurde heiß und kalt, als ich registrierte, dass sämtliche Blicke auf mich gerichtet waren.

»Hmpf«, machte ich und schüttelte den Kopf.

»Keine Angst, so was frag ich dich, wenn wir allein sind«, sagte Henry und erstickte damit die aufkommenden Fragen im Keim. Zusammensein, zusammenwohnen und ein gemeinsames Kind reichten mir in puncto Beziehungsstatus vollkommen aus.

Andererseits ... Kategorisch ablehnen würde ich einen Antrag nicht, man konnte sich ja verloben, ohne gleich zu heiraten.

»Wie es in ihrem Kopf rattert«, feixte Dennis. »Die Zahnrädchen knirschen bis zu mir.«

Ich streckte ihm die Zunge heraus, sonst eigentlich Jackys Part, aber die war zu beschäftigt damit, Martin etwas ins Ohr zu säuseln.

Dennis und Jenny hielten mal wieder Händchen. Dass ich nicht längst Komplexe unter diesen glücklich verliebten Paaren bekommen hatte, wunderte mich bis heute.

Ahmed war endlich mit den Nudeln fertig und spülte vorbildlich die Pfanne. Ali und ich konnten uns auf die Schulter klopfen, was wir und das WG-Leben aus dem einstigen Muttersöhnchen gemacht hatten.

»Ali und ich würden gerne heiraten«, grummelte er deutlich genug, dass es jeder am Tisch verstand. »Aber das können wir vergessen. Unsere Familien würden das nie mitmachen. Es reicht, dass ich nur noch heimlich Kontakt zu meiner Schwester habe. Ali soll seine Familie behalten.« Auch um den Preis, dass sie seine sexuelle Orientierung leugnete, weil sie nach ihrer Auslegung des Islam als verboten galt, jedenfalls wenn sie ausgelebt wurde.

Mitleid wallte in mir auf. Ich erhob mich, um meinem besten Freund kurz einen Arm um die Hüften zu legen und mich an ihn zu lehnen.

Ich senkte die Stimme, weil das, was ich sagen wollte, nur für Ahmeds Ohren bestimmt war: »Wenn ihr heiraten würdet, würden wir alle kommen. Michelle würde euch Blumen streuen, Dennis wäre dein Trauzeuge und Martin würde für euch das Hochzeitsauto fahren. Vielleicht ist es eines Tages möglich.«

»Eher wird Michelle verheiratet sein, bevor wir es sind. Aber es ist okay. Wir wussten von Anfang an, was wir auf uns nehmen«, raunte er zurück. »Aber wie ist es mit dir? Wenn du heiraten willst, dann heiratest du. Niemand wird dir reinreden. Nicht mal deine Eltern.«

»Vielleicht will ich das wirklich. Wenn Henry und ich die Probezeit bestehen.«

»Manchmal weiß man einfach, dass es passt.«

Ich küsste ihn auf die stoppelige Wange. »Mir ist gerade jemand eingefallen, der einen super Patenonkel abgeben würde.«

»Dennis?«, fragte Ahmed halb im Scherz.

Ich knuffte ihn gegen die Brust. »Du natürlich!«

»Hab ich mir schon gedacht. Sehr gerne, Eve.«

Um guten Willen zu zeigen, besuchten Henry und ich am darauffolgenden Sonntag meine Eltern.

Es war nicht besonders harmonisch, aber meine Mutter freute sich tatsächlich auf die Aussicht, Großmutter zu werden und zudem wirkte Henrys Charme bei ihr wahre Wunder. Nur mein sturer Vater würde noch einige Zeit brauchen, um meine neue Lebenssituation mitsamt meinem Freund zu akzeptieren.

Zum Abschied versprach ich meiner Mutter, sie auf dem Laufenden zu halten.

Erleichtert stieß ich die Luft aus, als ich nach zwei Stunden die Haustür hinter mir zuzog und den Vorgarten verließ.

»Das hatte ich mir wesentlich schlimmer ausgemalt«, gab Henry zu, während wir zu seinem Wagen liefen.

»Ich bin immer noch ihre Tochter, auch wenn Papa ernstgemacht hat und die Miete streicht. Von dem Geld, das ich für die Kindertanzgruppe bekomme, kann ich nicht leben. Ich müsste einen Studienkredit aufnehmen und den bekomme ich nur, wenn ich auch studiere.«

Er blieb stehen. »Du musst keinen Kredit aufnehmen, Eve. Du hast doch jetzt mich.«

»Ich will dir nicht auf der Tasche liegen, nicht komplett.«

»Du bekommst auch Elterngeld und Kindergeld. Aber darüber hinaus sollst du dir nur Sorgen um unser Kind und um dein Studium machen. Du wirst nicht auch noch einen Nebenjob annehmen, bitte, Eve!«

»Na schön. Aber macht das nicht die Befürchtungen deiner Mutter wahr?«

»Was für Befürchtungen?« Die, die ich mir ausgedacht hatte.

»Wird sie nicht denken, ich bin mit voller Absicht schwanger geworden, um dich auszunehmen?«

Ein Glucksen stahl sich aus seinem Mund, als er mich belustigt ansah.

»Gar nicht mal so unrealistisch«, räumte er ein. »Das ist mir aber völlig egal. Entweder freut sie sich über ein Enkelkind oder sie lässt es. Das betrifft uns nur am Rande. Mein Bruder hat mir übrigens angedroht, die gesamte Erstausstattung für das Baby zu bezahlen. Mach dir über Geld also keine Gedanken!«

»Das ist lieb von Richard. Hoffentlich kann ich mich anständig bei ihm bedanken.«

»Zur Not schreibst du ihm einen Zettel.« Er streichelte meine Hand. »Wirst du dich nicht an ihn gewöhnen? Mit Dennis und Martin läuft es doch auch mittlerweile besser.«

Wir gingen weiter.

»Je vertrauter mir jemand ist, desto leichter wird es oft. Aber längst nicht immer.« Ich seufzte, ehe ich ein weiteres Thema aufbrachte. »Meine Therapeutin findet, ich wäre langsam stabil genug, um ohne sie auszukommen. Damit liegt sie sicher richtig, aber der Kontakt wird mir fehlen. Die meiste Zeit war sie die einzige Person, der ich alles anvertrauen konnte.«

Ohne sie zurechtzukommen, würde ein weiterer wichtiger Schritt für mich sein. Vor einem halben Jahr noch wäre ich nicht bereit gewesen, auf die Psychologin zu verzichten. Doch die Zeiten hatten sich geändert.

Henry nickte, dann holte er den Autoschlüssel aus der Hosentasche und schloss das Auto auf.

Anstatt zuhause direkt in die Tiefgarage einzubiegen, fuhr Henry weiter über den Hügel die Jellinekstraße entlang, bis er auf halber Höhe in Richtung Buswendeschleife am Fahrbahnrand anhielt.

»Was machen wir hier?«, fragte ich verdutzt, als Henry den Gurt löste und ausstieg.

»Steig aus, dann zeig ich dir's.«

Wir besichtigten tatsächlich eines der Reihenhäuser, die irgendwann in den Achtzigerjahren an den Hang gebaut worden waren. Immer noch modern wirkende, ziemlich quadratische und weiß gestrichene Backsteingebäude mit dunklen Fensterrahmen.

Erwartungsvoll folgte ich Henry über einen schmalen Weg aus Waschbetonplatten zur Haustür, wo er läutete.

»Jetzt komm schon, wir sehen uns nur mal um. Vielleicht hat es einen bescheuerten Schnitt oder Hausschwamm. Es ist erst das vierte Haus, das ich mir anschaue.«

Da grinste ich über beide Backen. Henry hatte nach Häusern für uns gesucht.

Ein Mann um die siebzig öffnete uns die Tür und bat uns herein. Da er laut seinen Erzählungen keine Kinder hatte, die das Haus erben könnten, verkaufte er es nach dem Tod seiner Frau und zog in eine seniorengerechte Wohnung unten in Rohrbach. Nicht so schön für ihn, aber womöglich Glück für uns.

Der Mann redete in einer Tour, während er uns durch das Haus führte. Direkt in der Diele gab es eine Gästetoilette, das Bad befand sich oben und verfügte zwar über eine Badewanne, aber über kein Fenster. Gut, das kannte ich aus meiner jetzigen Wohnung auch nicht anders. Im Obergeschoss befanden sich drei Räume, einer davon mit Balkon. Die Parkettböden wirkten gepflegt. Wieder unten im Erdgeschoss besichtigten wir einen großen Raum mit Küche und Essplatz, der durch zwei Treppenstufen mit dem Wohnraum und einem größeren Balkon verbunden war. Vom Wohnzimmer aus ging es auch in den Keller hinunter, der viel Stauraum bot. Eine Garage gab es nicht, nur einen Stellplatz vor dem Küchenfenster. Dafür hatte das Haus, wenn man außen herum nach unten ging, noch eine Einliegerwohnung mit Bad, einem Hauptraum und Terrasse zu bieten. Außerdem war die Aussicht aus dem ersten Obergeschoss gigantisch.

Die ganze Zeit über hielt ich Henrys Hand und versuchte, stumm mit ihm zu kommunizieren.

Ich wollte dieses Haus. Es lag in der Nähe meiner Freunde und fast so nahe am Wald wie meine WG. Es war hell und groß genug für eine Familie.

Als der Hausbesitzer in der Diele seine Führung beendete, zupfte ich an Henrys Arm und sah ihn bittend an.

Ich brauchte kein anderes Haus mehr zu sehen, ich wollte hierbleiben. Vor meinem inneren Auge hatte ich bereits die Räume eingerichtet und einen Teil der Backsteinwände im Wohnzimmer freigelegt.

»Die Küche würde ich Ihnen überlassen, wenn Sie das möchten. Meine Frau und ich haben sie erst vor fünf Jahren erneuert.«

»Das wäre super«, sagte ich. »Ihr Haus ist wunderschön! Fällt es Ihnen nicht schwer, hier wegzuziehen?«

Der Mann lächelte. »Alleine ist es mir zu groß und bereitet zu viel Arbeit, es sauber zu halten. Zudem ist das Treppensteigen kein Vergnügen mehr.«

»Wir nehmen es. Es sei denn, Sie haben Käufer, denen Sie es lieber geben würden«, traf Henry eine Entscheidung.

»Ich hatte ein paar Interessenten, aber alle sind abgesprungen. Ich verkaufe Ihnen sehr gerne mein Haus.« Sie besiegelten den Wortwechsel mit Handschlag, dann bekamen wir einen Kaufvertrag zur Durchsicht mit, bevor Henry ihn unterschrieb.

Wir verabschiedeten uns und fuhren heim. Ich fühlte mich wie aufgezogen. Kribbelig knetete ich die Hände. Ich malte mir unsere Zukunft in schillernden Farben aus, doch gleichzeitig verspürte ich auch etwas Angst. Wir kauften ein Haus! Das ging alles so schnell. Wobei – Henry kaufte ein Haus, ich zog nur dort ein. Irgendwie wurmte mich das bei aller Vorfreude und Aufregung.

»Eve?«, sprach Henry mich an, nachdem er das Auto in der Tiefgarage abgestellt hatte. »Alles okay? Du bist so still.«

»Ich freue mich wahnsinnig, dass wir bald ein Haus haben. Aber es wird dein Haus sein, nicht meines. Ich kann gar nichts dazu beisteuern.«

Er nahm meine Hand. »So brauchst du gar nicht zu denken.«

»Tue ich aber.«

Er seufzte. »Ich wüsste etwas, wie du keine Angst mehr haben musst, eine Schmarotzerin zu sein. Wenn wir heiraten, hast du das Gesetz auf deiner Seite.« Er lachte über mein pikiertes Gesicht.

»Du Verrückter! Wir können doch nicht gleich heiraten.« Obwohl ich mittlerweile zu allen Schandtaten bereit war.

»Warte nur ab, ich frage dich, wenn du es am wenigsten erwartest.«

Allein in der Wohnung legten wir den Kaufvertrag auf meinen Schreibtisch und gingen zusammen duschen.

Ohne Kleidung erkannte man bereits eine leichte Wölbung meines Bauches. Ich lehnte mich unter dem warmen Wasserstrahl gegen Henry, ließ mir von ihm die Haare waschen und wehrte mich nicht, als seine neckenden Küsse forscher wurden. Ich begrüßte das Kribbeln in meinen Eingeweiden und hielt mich an dem großen Mann fest, als mir die Knie weich wurden.

Ich wollte keinen anderen mehr. Ich wollte diesen einen.

Unsere Berührungen wurden rasch intensiver, meine Lust erwachte. Ehe ich einen klaren Gedanken fassen konnte, hatte Henry mich hochgehoben und gegen die kühlen Fliesen gedrückt. Er gab mir einen weiteren feurigen Kuss, der mir die Sinne schwinden ließ und versenkte sich langsam in mir. Ich schlang die Beine um seine Hüften und erschauerte.

Viel zu schnell überrollte mich mein Höhepunkt und brachte meinen Körper zum Zittern.

Henry war mit mir gekommen. Kurz ruhten wir Stirn an Stirn aus, dann stellte er mich vorsichtig auf meine wackligen Beine. Wir duschten zu Ende, dicht beieinander, in ständigem Hautkontakt.

Bevor er aus dem Bad verschwand, um sich wieder anzuziehen, hielt ich ihn zurück.

»Warte. Ich muss dich noch was fragen.«

Erstaunt beobachtete er mich, wie ich seine Hände in meine nahm und vor ihm auf die Knie ging.

»Du bist der Mann, mit dem ich immer reden kann. Aber du bist auch der Mann, der mich liebt, wenn ich es nicht kann. Willst du mich heiraten?«

Henrys Lächeln war schon Antwort genug, aber er schluckte einmal und sagte: »Ja.«

Stürmisch umarmten wir uns.

Vor drei Monaten hatte ich Henry auf dem Parkplatz getroffen und mich sofort zu ihm hingezogen gefühlt. Ich hatte tief in meinem Innern gehofft, dass er mich beachten würde, doch niemals hätte ich mir ausmalen können, dass wir heute hier an diesem Punkt stehen würden.

Henry hatte mein Leben auf den Kopf gestellt. Und dafür würde ich ihm ewig dankbar sein.

»Ich liebe dich«, wisperte er in mein Haar.

Ich umschlang ihn fester. »Ich dich auch.«

Ich dich auch.

Epilog

Henry

Den Umzug schafften wir noch vor der Geburt. Tatkräftige und hilfsbereite Freunde zu haben, war neu für mich. Mein Bruder hatte sich nicht freinehmen können, schickte aber Möbelpacker, die die Lieferung eines Kinderzimmers in den ersten Stock trugen. Unser Kind würde zwar erst in einem Jahr richtig dort einziehen, aber eine Wickelkommode und einen Schrank für Klamotten, Windeln, Schlafsäcke und Spielsachen war nicht verkehrt. Überhaupt war ich erstaunt, wie viel Zeug ein Baby brauchte.

Seit wir wussten, dass wir eine Tochter bekamen, plagten Eve und ich uns mit der Namenssuche. Einig waren wir uns nur darin, dass sie meinen Nachnamen erhalten sollte.

Heiraten würden wir im nächsten Jahr, so eilig hatten wir es damit nicht. Zu wissen, dass wir es tun würden, genügte vollkommen.

Die letzten Wochen der Schwangerschaft hätte ich Eve gerne abgenommen. Sie schlief unruhig und hasste es, wie sehr der kugelrunde Bauch ihre Bewegungsfreiheit einschränkte. Ich hingegen liebte ihren Bauch und besonders das, was darin war und oft gegen meine Hand trat, wenn ich mit unserer Tochter redete. Eve konnte es kaum erwarten, ihren Körper endlich wieder für sich zu haben. Sie vermisste auch das Tanzen.

Immerhin hatte sie Jacky als Trainerin ihrer Mädchengruppe gewinnen können, bis sie selbst wieder dazu in der Lage war.

Unsere Tochter hatte ein perfektes Timing.

Die Wehen setzten am Tag nach der letzten Klausur ein, die Eve hatte schreiben müssen. Auch ihre Hausarbeit hatte sie in plötzlichem Arbeitseifer frühzeitig abgegeben. Nach unserem Babyurlaub – wobei ich vermutete, dass die erste Zeit mit einem Säugling das ziemliche Gegenteil von Erholung sein würde – fing ich zum Sommersemester mit meinem Studium in Geowissenschaften an. Eve hatte mich letztendlich überredet, es wenigstens auszuprobieren.

Ich hatte häufig mit meinem Reichtum gehadert, doch mittlerweile war ich glücklich über die Freiheit, die mein Geld uns bescherte. Ohne die Firma im Nacken war das Vermögen nicht länger eine Last.

Eve erlaubte mir erst nach Stunden, sie in die Klinik zu fahren. Tapfer war Eve den halben Nachmittag auf und abgelaufen, hatte sich mit Bad putzen und Wäsche waschen abgelenkt und mich jedes Mal angeschnauzt, wenn ich mich nach ihrem Befinden erkundigt hatte.

Natürlich war es von der Natur so vorgesehen, dass Frauen sich quälten und Männer ein schlechtes Gewissen deswegen bekamen, aber ich wünschte, ich könnte es ändern. Ihr dabei zuzusehen, wie sie Schmerzen hatte, fühlte sich beschissen an.

Auf der Fahrt ins Krankenhaus war sie still. Gelegentlich atmete sie tiefer, wenn eine Wehe anrollte, ansonsten bemühte sie sich um äußere Stärke.

»Du musst wegen mir nicht die Zähne zusammenbeißen«, sprach ich sie an, kurz bevor wir unser Ziel erreichten.

»Ich will dir keine Angst machen«, sagte sie zu meiner Verblüffung.

»Ich hab keine Angst.« Doch, ich hatte riesige Angst, dass ihr oder dem Baby etwas zustieß. Deshalb fuhr ich auch wie ein Rentner auf Sonntagsfahrt.

Sie glaubte mir kein Wort. »Mein Körper schafft das«, versicherte sie mir. »Ich bin schließlich nicht die erste Frau, die ein Baby bekommt.«

Sie verzog das Gesicht und stieß langsam die Luft aus.

»Sind wir bald da? Die Abstände werden immer kürzer und es drückt schon stark nach unten.«

»Was? Das sagst du mir jetzt?« Ich war ein reines Nervenbündel. Zittrig parkte ich den Wagen, klaubte Eves Tasche aus dem Kofferraum und zog sie aus dem Auto.

»Kannst du noch laufen?«

»Ja«, zischte sie, beugte sich aber unter einer heftigen Wehe nach vorne und stützte sich auf ihren Oberschenkeln ab. Sie wankte erstaunlich schnell zur Anmeldung. Ich packte sie, als sie vor dem Tresen zusammensackte. Als ich das Blut sah, das ihre Hose tränkte, musste ich wegschauen. Ich war ein super Beistand.

»Um Himmels willen!«, rief die Empfangsschwester. »Ab mit Ihnen in den Kreißsaal! Ich wische das hier weg.«

»Die Wehe war fies«, keuchte Eve. »Und die blöde Fruchtblase musste natürlich vor dem Empfangstresen platzen.«

Danach ging alles sehr schnell. So schnell, dass ich völlig überwältigt war, eine halbe Stunde nach der Ankunft im Kreißsaal meine Tochter in die Arme gelegt zu bekommen.

Eve lag lächelnd auf dem Bett und wartete auf die Nachgeburt. »Ich dachte, das dauert länger.«

»Für eine Erstgebärende waren sie wirklich schnell«, meinte die Hebamme. »Allerdings kamen Sie auch sehr spät bei uns an.«

Nach den ersten Untersuchungen ließen uns die Hebamme und die Ärztin allein, um unser Kind richtig zu begrüßen. Auch bei einer ambulanten Geburt durften wir noch einige Zeit im Kreißsaal bleiben.

Unsere Tochter lag auf Eves Bauch. Staunend betrachteten wir sie unablässig. Ihre dichten schwarzen Haare waren noch feucht und ihr niedliches Gesicht zerknautscht. Da war so viel Wärme in mir für diese beiden Menschen, dass ich glaubte, mein Herz würde zerbersten.

»Willst du sie noch mal halten? Etwas getrunken hat sie ja jetzt«, fragte mich Eve und reichte mir das winzige Bündel.

Trübe, aber eher dunkle Augen schauten mich an.

»Hallo, Emily«, sagte ich leise. Als sie automatisch den Finger umklammerte, den ich an ihre Handfläche legte, verlor ich die Fassung. Mit Tränen in den Augen drückte ich das kleine Mädchen an mich.

Ich war nach Heidelberg gekommen, um vor meinem Leben zu fliehen, dabei hatte es die ganze Zeit hier auf mich gewartet. Das beste Leben, das ich mir wünschen konnte.

»Wie wäre es mit einem neuen Pakt?«, brach Eve das Schweigen. Ich hatte geglaubt, sie wäre nach der anstrengenden Geburt eingeschlafen, doch sie beobachtete mich und die Kleine aufmerksam. Ich schniefte und lächelte sie ein wenig beschämt an.

»Wenn mein Gehirn mich nicht unter Drogen gesetzt hätte, würde ich auch heulen«, beruhigte Eve mich. »Ich hab euch beide lieb.«

»Was für ein Pakt schwebt dir vor? Ein neues Leben haben wir beide bereits angefangen.«

Eve dachte einen Moment nach.

»Wie wäre es damit: Wir ziehen das hier bis zum Ende durch, die ganze In-guten-wie-in-schlechten-Zeiten-Nummer. Unsere Familie wird immer an erster Stelle stehen. Deal?«

»Deal. Du und ich und Emily. Ein Leben lang.«

»Ein Leben lang.«

Ich ging zum Bett hinüber und küsste sie auf die Stirn, auf die Nasenspitze und schließlich auf den Mund. Emily zappelte ein wenig in meinen Armen.

»Wollen wir langsam heimgehen? Ich hole die Ärztin, damit sie dich entlässt.«

»Danke, Henry.« Ich wusste, dass sie mir nicht nur dafür dankte, dass ich nach der Ärztin suchte, sondern für alles. Genauso wie ich ihr.

»Danke, Eve.«

Content Note

In diesem Buch werden die Themen **selektiver Mutismus** und **Ableismus** behandelt.
 Des Weiteren gibt es explizite Beschreibungen von:
 — Gaslighting
 — Panikattacke
 — ungeplante Schwangerschaft
 — Tod eines Elternteils
Sowie Erwähnungen von:
 — Fehlgeburt
 — Drogensucht & Rehabilitation nach Drogensucht
 — Autounfall